궁귀검신

弓鬼劍神

궁귀검신 1

조돈형 新무협 판타지 소설

초판 1쇄 찍은 날 § 2002년 1월 2일
초판 2쇄 펴낸 날 § 2008년 6월 10일

지은이 § 조돈형
펴낸이 § 서경석

편집장 § 문혜영

펴낸곳 § 도서출판 청어람
등록번호 § 제1081-1-89호
등록일자 § 1999. 5. 31
어람번호 § 제2-0040호

주소 § 경기도 부천시 원미구 심곡1동 350-1 남성B/D 3F (우) 420-011
전화 § 032-656-4452 팩스 § 032-656-4453
http://www.chungeoram.com
E-mail § eoram99@chollian.net

ⓒ 조돈형, 2002

값 7,500원

ISBN 89-5505-256-1 (SET)
ISBN 89-5505-257-X 04810

궁귀검신

弓鬼劍神

1

조도형 新무협 판타지 소설

도서출판
청어람

목차

들어가며……

꿈이란 이루기 힘들기에 꿈이라 불리는 것 같다. 그런 면에서 학창 시절 수없이 많은 무협지를 보며 '언젠가는 나도 한번 무협지를 써보자' 하고 막연히 생각만 하던 내가 이렇게 책을 펴내게 되었으니 스스로 행운아라 불러도 손색이 없을 듯싶다.

다만 두려운 것은 이 책이 독자들에게 어떻게 비추어질까 하는 점이다. 재미는 고사하고 '무슨 이따위 책이 다 있어' 하고 집어 던지지는 않을까 두렵기도 하고, 기존의 많은 무협 작가님께 누를 끼치지는 않을까도 걱정이 된다.

매일같이 통신상에 올라가 많은 분들을 만난다. 약간의 칭찬에도 기분이 좋아 입이 벌어지는 내가 속물인 걸까? 암튼 때때로 올라오는 격려의 글과 올린 글을 읽어주시는 분들이 계시기에 힘이 난다. 물론 그게 부담으로 다가오기도 하지만…….

소문과 주위의 인물들을 그리면서 많은 고심을 했다. 어떤 성격을 만들까? 여자는 몇 명이나 등장시킬까? 무공 수위는 어느 정도로 설정을 할까… 등등. 하지만 지금 되돌아보면 처음 생각한 것과는 너무도 많은 변화가 있어 아쉽기만 하다.

난 주인공은 물론 주변 사람들도 정말 개성 강하고 주관이 뚜렷한 인물들로 만들고 싶었는데… 이것이 일반적으로 말하는 역량의 차이가 아닌가 싶다.

처음 1장의 제목을 만들고 글을 쓴 게 며칠 전인 것 같은데 어느새 『궁귀검신』이 책으로 발간된다고 하니 기쁘기도 하고 두렵기도 하다. 앞으로 쏟아질 비평을 어찌 감당해야 할런지……. 하지만 나름대로 열심히 쓴 글, 이제 판단은 독자 분들께 넘어갔다. 난 그저 마음 졸이며 바라볼 수밖에 없는 입장이다. 이 책을 읽으시는 분들이 조금의 재미라도 느끼신다면 난 그것으로 만족한다. 또 그러기를 간절히 바랄 뿐이다.

끝으로 이 책을 출판해 주시는 서경석 사장님과 청어람 식구들에게 깊은 감사를 드린다. 그리고 통신상에서 내게 많은 도움을 주었던 모든 분들께도 감사드린다.

남수, 성진, 종혁! 컴맹인 나를 개화시키고자 많이들 애썼다. 이렇게 책을 내게 된 것도 너희들의 도움이 없었다면 불가능했을 것이다. 하지만 고맙다는 말을 하진 않겠다. 친구니까!

제1장

'이기어시(以氣馭矢)'도 있다

'이기어시(以氣馭矢)' 도 있다

소문(蘇文)은 오늘도 활과 함께 하루를 보내고 있었다. 화살을 시위에 재었다 풀었다 하기를 수차례, 급기야 마당 한 켠의 나무에 화살을 날리기 시작했다.

그 나무의 중간엔 짚으로 둥그런 표적을 만들어놓았는데 놀랍게도 소문이 수없이 많은 화살을 쏘았음에도 하나의 화살도 빗나가지 않았다. 날아간 대부분의 화살이 매어놓은 표적 정중앙에 꽂혔다.

소문은 화살을 거두어들이며 흡족한 미소를 머금었다. 그때 대청 마루에 비스듬히 앉으셔서 물끄러미 소문을 바라보시던 할아버지가 그에게 다가왔다.

"소문아!"

소문은 화살을 거두다가 들려오는 목소리에 뒤를 돌아보면서 공손하게 대답했다.

"예, 할아버지."

"너는 활이 왜 쓰인다고 생각하느냐?"

소문은 할아버지의 너무나 당연한 질문에 오히려 더 당황을 했다.

"그야… 멀리 있는 걸 맞히려고……."

막 산등성이를 넘어가는 노루를 보던 할아버지는 소문의 대답을 듣고는 버럭 화를 내셨다.

"이놈아! 누가 그 따위 걸 모르느냐? 진정한 도리와 이치에서 활 쏘기란 무어냔 말이다."

"그것이……."

대답을 하는 소문의 얼굴엔 불만이 가득했다.

"쯧쯧쯧, 그것도 모르는 놈이 활을 가지고 촐싹거리기는……."

"언제 촐싹거렸다고 그러신담… 젠장! 나이 10살에 무슨 도리에 이치는……."

크게 얘기는 못하고 땅에 있는 돌을 툭툭 차며 중얼거리는 순간, 소문의 눈에 별이 번쩍거렸다.

꽝!

"아고야!"

할아버지의 손엔 어느새 곰방대가 들려 있었고, 소문의 이마엔 혹이 뽈록 솟아올랐다.

"이놈아! 무엘 그리 쫑알거리는 것이냐?"

할아버지는 가뜩이나 살벌한 눈을 부라리며 호통을 쳤다. 소문은 그저 찍소리도 못하고 입을 다물 수밖에 없었다.

"활이라는 것은 가능한 한 멀리 눈에 보이는 거리를 뛰어넘어 그 뒤에 도사리고 있는 생명까지 지배하는 병기다. 뇌전(雷電)처럼 빠르며 뇌성(雷聲)보다 강하고 독사(毒蛇)의 이빨처럼 날카로움을 지닌 것이 바로 활인 것이다. 그만큼 활은 무섭고 위력이 강한 병기라고 할 수 있다. 눈에 보이지도 않는 무기가 생명을 노린다고 가정을 해보거라. 이보다 두려운 것이 또 무엇이 있겠느냐?"

할아버지의 말이 끝나자 소문은 자신의 손에 들려진 활을 물끄러미 쳐다보았다. 그럴듯하게 휘어진 나무에 명주실을 꼬아 시위를 만든 활로 비록 어른이 쓰는 강궁은 아니지만 제법 구색을 갖춘 활이었다. 더구나 불로 살짝 그슬려서 만들어진 거무튀튀한 색이 활을 더욱 그럴듯하게 만들었다.

'후, 난 그저 사냥이나 하고 단순히 가지고 노는 장난감이라 생각했는데 그게 아니네. 무기란 말이지… 그것도 아주 무서운……'

자신이 그런 병기를 다룬다는 것에 약간의 두려움이 있기는 하지만 자부심이 더 생기는 걸 보고 천성이 사냥꾼이라고 생각하며 피식 웃는 소문이었다.

할아버지는 자신을 아직 어리다고 생각해서 가소롭게 보고 계시지만 소문이 생각하기에 나이 10살에 토끼도 곧잘 잡는 자신은 이미 훌륭한 사냥꾼이 되어 있었다.

'그러고 보니 나도 활을 가지고 논 것이 꽤 되었네……'

소문은 자신의 활을 보다가 회상에 잠겼다.

소문은 할아버지와 단둘이 산다. 부모님은 소문이 아주 어렸을 때 돌아가셨다. 할아버지는 아무 말씀 안 하셨지만 동네 어른들이 하시는 말을 들어보면 도적들이 부모님을 죽였다고 한다.

그때 아버지는 몹시 아프셔서 그 도적들에게 힘없이 돌아가셨다나… 할아버지는 때마침 아버지의 약을 구하시느라 출타하셔서 그 자리에 계시지 않았는데 아버지를 보호하지 못한 것을 자책하고 계신다고 했다. 그렇다면 하나뿐인 손자에게 잘해 줄 만도 한데 이건 완전히 하인 부리듯 하니 그 말도 영 믿을 게 못됐다.

아무튼 이런저런 환경으로 소문은 어렸을 때부터 마을(깊은 산이었지만 사냥꾼과 약초꾼이 한데 어우러져 작은 마을 하나를 이루고 있었다)의 다른 아이들과는 달랐다.

물론 살고 있는 곳이 험난하고 신령스럽기로 유명한 장백산(長白山)의 한 자락에 위치한지라 그다지 많은 사람이 살지도 않았고 부모님이 아닌 할아버지와 생활한다고 가정을 해도 다른 여느 아이와는 다른 점이 많았다.

아장아장 걷기 시작할 때부터 활은 그의 손에 있었다. 다른 아이들이 평범한 장난감을 가지고 놀 때도 소문은 활을 쏘면서 놀았다. 소문이 최초로 손에 잡은 활은 두 뼘 남짓한 길이의 활이었는데 화살은 있지도 않았다. 하지만 소문은 활시위를 당기면서 하루를 보내곤 했다. 활시위에 손가락에 물집이 잡히기도 하고 상처도 났지만 그래도 좋았다.

할아버지가 화살을 처음으로 만들어준 것은 소문이 다섯 살 나던 해였다. 방 청소를 위해 수숫대로 빗자루를 만들곤 하던 할아버지가 그것으로 세상에서 가장 근사한 화살을 만들어주셨다. 어린 나이에도 그동안 활을 가지고 놀면서 뭔가 늘 아쉬움이 남는 소문이었다. 이제야 그 아쉬움이 뭔가를 알게 된 소문은 그 이후 아예 하루를 활과 시작하여 끝을 맺을 정도로 정신없이 빠져 버리고 말았다.

그런 소문을 보면서 할아버지는 말리기는커녕 오히려 적극적으로 도움을 주셨는데 소문이 점점 자랄라치면 그때마다 소문에게 가장 알

맞는 활과 화살을 준비해 주셨다. 화살은 여전히 수숫대로 만들었지만 활은 다양한 재료와 크기의 나무들이 동원되었다. 지금 소문이 가지고 있는 활은 작년 이맘때 해주신 거였다.

할아버지는 비록 툭하면 혼내고 화를 내는 괴팍한 성격을 지니고 계셨지만 그래도 활 쏘기에서만큼은 놀랍도록 신경을 써주셨다.

'젠장 평소에 좀 착한 할아버지가 되면 어디가 덧나남… 하나밖에 없는 손자를 복(伏) 날 개 잡듯이 하니…….'

소문의 생각이 여기까지 이를 때였다. 잠자코 산을 바라보던 할아버지가 소문에게 시선을 돌렸다.

"소문아!"

"예, 할아버지."

무슨 트집이라도 잡힐까 두려워한 소문은 얼른 활을 내려놓고 공손히 대답했다.

"지금까지 네가 가지고 놀고 있는 활은 단순한 장난감이자 네 운동을 위한 것이었다. 하지만 이제 네 나이도 10살이 되었으니 이제 본격적으로 활 쏘기를 배워보자꾸나. 우선 이제부터 배울 것은 활을 이용한 무공으로 단순한 활 쏘기와는 다름을 알아야 한다. 또한 지금처럼 노는 것이 아닌 배움이기에 몹시 힘들 것이다. 너는 할 수 있겠느냐?"

'얼레, 오늘따라 왜 그리 점잔을 빼시나… 거참, 어째 불안하네…….'

할아버지가 평소와 다르게 잔잔하고 부드럽게 말하지만 그게 더 불안한 소문이었다. 불안한 마음속에서도 자신이 가장 사랑하고 좋아하는 활을 더 가르쳐 주겠다고 하는 말에 은근히 끌리는 소문이었다. 소문은 긴장을 하면서도 당당하게 대답했다.

"예, 할아버지."

그런 소문을 대견해하시면서 할아버지는 말씀을 이어가셨다(이건 단지 소문의 생각이었다).

"이제부터 배울 활 쏘기는 가문 대대로 이어져 내려오면서 버릴 것은 버리고 취할 것은 취하면서 발전되어 내려온 상승의 궁도지만 그 이름은 특별히 정해지지 않았다. 참 이제부터는 활 쏘기라 하지 말고 '궁도(弓道)'라 칭하거라. 배움의 단계를 시작했으니 그에 맞는 명칭으로 불러야 할 것이다. 그건 궁도라는 기예를 어떤 틀 속에 가두어 버리면 더 이상의 발전이 없을까 두려워하신 선조들의 염려 때문이다. 그러나 내 단언하건대 우리 가문의 궁도를 따라올 수 있는 무공은 없다. 그 이유는 차차 알게 될 것이다."

굵은 목소리로 진중하게 말하는 할아버지의 모습에서 평소에 경박하고 주책없는 늙은이의 모습은 찾아볼 수 없었다. 다만 은은하게 떨려오는 목소리와 격동하는 얼굴에서 소문은 할아버지가 얼마나 강한 자부심을 가지고 있는지 어렴풋이 느낄 수는 있었다.

"궁도라는 것은 보기엔 쉬우나 결코 간단한 공부가 아니다. 첨이야 쉽게 활시위를 당길 수 있고 쏠 수도 있어서 우습게 보일지는 모르지만 쏘면 쏠수록, 알면 알수록 어렵고 힘든 것이 활 쏘기이다. 또한 활이라는 것이 활시위에 화살을 재고 당기면 끝이 나는 것으로 보이지만 이런 단순한 동작에도 수없이 많은 방법과 도리가 숨어 있는 것이 또한 궁도니라!"

"예, 할아버지."

할아버지의 활 쏘기에 대한 설명이 이어지면 이어질수록 놀라는 소문이었다. 자신이 알기에 활이라는 것은 그저 먼 거리에 있는 목표물을 맞히면 최고인 것이었고 지금까지 그렇게 해왔는데 그 안에 어떤 묘리가 숨어 있다니… 이는 상상도 하지 않은 것이었다. 그랬기에 더욱 주의를 기울여 할아버지의 말에 귀를 기울였다.

"가장 평이하면서도 일반적인 궁도가 '평사(平射)' 다. 이것은 눈에 보이는 목표물을 향해 활시위를 당기는 것으로 대부분의 사냥꾼이나 관부의 병졸들의 수준으로 볼 수 있다. 다음이 '속사(速射)' 다. 적이 많을 때나 위급한 경우엔 천천히 조준하고 쏠 수 있는 여유 따위가 있을 수 없다. 화살이 시위를 떠나자마자 또 하나의 화살이 시위에 올라야 하며 처음 떠난 화살이 목표에 도달하기 전에 두 번째 화살이 시위를 떠나야 한다. 목표는 같을 수도 있고 다를 수도 있겠지만 단순히 빠르다는 것뿐만 아니라 또한 정확히 목표에 명중하는 것이 중요하다. 경험 많고 노련한 사냥꾼이나 병사들이 대체로 이 정도의 실력을 지녔다고 볼 수 있다. 속사처럼 다수의 적을 향해 사용하기엔 좋지만 좀 더 어려운 기술이 '연환사(連環射)' 다. 이것은 하나의 화살이 아닌 여러 개의 화살을 한 번에 날리는 것이다. 누군가는 수 개의 화살을 한 번에 쏜다고 하지만 그것은 과장되었거나 혹여 그것이 가능할지라도 그 위력이나 정확성이 현저히 떨어진다. 일반적으로 한 번에 쏠 수 있는 화살은 세 개다. 사람은 손가락 사이에 정확히 3개의 화살을 끼고 시위를 당길 수 있다. 이것이 하나의 목표를 노릴 수도 또 다른 각각의 목표를 노릴 수도 있다. 하지만 속사와 마찬가지로 정확성이 생명임을 알아야 한다. 이 정도의 연환사가 가능하다면 그는 상당한 궁도의 소유자라 할 수 있다. 끝으로 '이기어시(以氣馭矢)' 가 있다."

진지하게 경청하던 소문은 이기어시란 말에 몹시 의아했다. '이기어검(以氣馭劍)' 이나 '이기어도(以氣馭刀)' 라는 말은 들어봤어도 '이기어시' 라니… 생전 처음 듣는 말이었다.

"할아버지! 이기어시라뇨? 이기어검이라는 말은 들어봤어도……."

소문이 말을 마치기도 전에 할아버지는 대답을 하셨다.

"대저 이기어검이 무엇이더냐?"

"검이 손을 떠나……."

소문이 말을 다 잇지 못하자 할아버지는 웃으면서 말씀하셨다.

"검이 손을 떠나 목표를 향해 나아가는데 화살이 그리 못할 이유는 전혀 없지 않느냐?"

"그래두……."

조용히 말씀하시던 할아버지의 모습이 돌변한 건 그때였다.

"이눔의 자식이 내가 그렇다면 그런 거지, 어찌 이리 말이 많누!!"

'젠장! 그럼 그렇지. 그놈의 성격 어디 가나 했다.'

소문은 억지로 입을 막고 죽을죄를 진 듯 고개를 기울였다. 그런 소문의 모습을 보며 진정을 한 할아버지는 소문을 한번 쏘아보며 계속해서 설명을 하기 시작했다.

"이기어검이나 이기어도는 모두가 기로써 검과 도를 움직여 시전자의 의사대로 자유자재로 다루는 기술이다. 당연히 화살 또한 쏘는 자의 의지로 그 방향을 자유로이 움직일 수 있지 않겠느냐? 그러나 이러한 상승무공은 누구나가 하는 것이 아니라 어느 한 방면에서 일가를 이룬 정도의 실력을 지닌 자들만이 시전할 수 있다. 이를 위해서는 피를 토하고 뼈를 깎는 노력을 해야 한다. 그렇지 않고서는 감히 엄두도 못내는 경지인 것이다. 너 또한 앞으로 수없이 많은 위험과 견디기 힘든 상황에 직면하게 될 것이다. 이를 반드시 극복해야만 상승의 궁도에 도달하게 될 것이다. 알겠느냐?"

"예, 할아버지."

소문은 자신이 있었다. 이미 자신의 활 솜씨는 금방 사냥꾼들이 모두 인정하는 상태였고, 몇 년 전부터 배우기 시작한 숨 쉬기 운동이 자신의 근력을 어리지만 상당한 수준에 이르게 하였기 때문이다.

무엇보다도 소문은 자기 스스로를 가장 믿고 있었다. 그래서 그리 당당하게 대답을 하였는데 할아버지는 그런 소문을 보면서 야릇한 웃음을 지을 뿐이었다.

'요넘아, 지금의 미천한 재주로 자신을 하나본데 어디 한번 두고 보거라. 매일같이 활을 부러뜨리고 싶게 만들어주마. 흐흐흐!'

"흠, 우선 공부에 앞서 간단히 설명할 것이 있다. 너는 우리 가문의 내력을 아느냐?"

소문은 질린 표정을 지었다.

'그럼 그렇지. 오늘은 왜 그냥 넘어가네 했네. 내가 태어나서 가장 많이 들은 이야기가 가문 이야기일걸. 허구한 날 말하고는 오늘 또… 가문이라 봐야 겨우 일맥으로 내려오면서… 하긴, 이젠 그나마 나밖에 없군.'

소문이 처음 말하게 됐을 때 나온 말은 엄마 아빠가 아닌 가문이었다는 소문(所聞)이 있었다. 소문이 눈도 뜨기 전부터 할아버지는 소문에게 가문 이야기를 하셨다고 한다.

첨엔 아무 생각 없이 들었고 또 자랑스러워했지만 그것도 어디 하루이틀이지 매일같이 듣다 보니 귀에 못이 아니라 정이 박힐 정도였다. 하지만 내색할 수도 없었다. 유난히 가문 얘기에 열을 올리고 자랑스러워했으니 거기에 딴지를 걸고는 생사를 장담할 자신이 없기 때문이었다.

"어느 정도는 알지만 다시 한 번 듣고 싶습니다."

정해진 수순이었다. 소문은 눈물을 머금고 얘기를 청했다.

"험, 우리 가문은 그 옛날 고구려의 황실을 수호하던 그림자 같은 가문이었다……."

이 말을 시작으로 장장 한 시진에 걸쳐 지루한 얘기가 시작됐다.

하지만 요지는 간단했다. 황실을 지키던 가문이 고구려가 멸망하자 세상을 버리고 은거한 것이다. 다만 무공은 그 가문의 마지막 자존심이라 계속 발전시켜 온 것이라는…….

이런 간단한 말을 장장 한 시진에 걸쳐 늘어놓으니 견딜 재간이 없었다.

"…그래서 너는 가문의 무공을 익히고 발전시킬 의무가 있는 것이다. 알겠느냐?"

할아버지는 말을 마치곤 목이 타는지 앞에 놓인 물을 한 모금 들이키셨다.

"네, 할아버지. 명심하겠습니다."

대답을 하면서도 소문은 감탄의 감탄을 하였다.

'어찌 말할 때마다 한 치의 오차도 없는 것일까? 신기하단 말야… 토씨 하나 안 틀리는고만…….'

"우리 가문의 무공은 크게 세 가지로 나뉜다. 하나는 네가 지금껏 익힌 궁도요, 다른 하나는 보법(步法)이다. 그리고 마지막 하나는 검법(劍法)이다."

"엥, 검법이요?"

소문은 검법이 있다는 말에 깜짝 놀랐다. 자신이 알기엔 가문의 무공이라고는 활 쏘기와 보법이 전부였다. 그런데 성격이 완전히 다른 검법이라니… 더구나 그런 내색은 전혀 하지 않은 할아버지였기에 더욱 궁금하였다. 하지만 소문의 그런 궁금증은 할아버지의 날카로운 눈빛에 이내 쏙 들어가고 말았다.

"한 번만 더 말을 자르면 오늘 저녁은 없다."

'치사한 할배 같으니라고… 먹는 것 갖고 또 치사하게……'

지난번 가문 얘기가 나왔을 때 잠시 졸았다는 이유로 3일을 굶었다. 그때의 고통을 절대 잊을 수 없는 소문이었다. 불만이 가득했지만 어쩔 수 없었다.

"우선 활 쏘기는 앞서 말한 것처럼 특별한 명칭이나 초식은 없다. 다만 적을 제대로 맞힐 수 있는 방법을 익히게 될 것이다. 이런 활 쏘기 방법을 통틀어 나는 '포두이술(捕頭以術)'이라 명명(命名)했다.

그리고 보법은 '출행랑(出行狼)'이라고 한다. 나아감과 물러섬이 이리와 같이 재빠르다 하여 지어진 이름이다."

'이름 참 졸렬하네. 어째 36계 줄행랑이란 말이 떠오르지? 어감이 비슷해서 그런가. 아무튼 누가 들음 오해하기 딱 좋겠다.'

설명 중에도 의심을 해보는 소문이었다.

"이것은 활 쏘는 과정에서 저절로 익히게 될 것이다. 끝으로 검법은 우리 가문의 최후의 비기로 모든 공부가 끝난 이후에 배우게 될 것이다. 그때까진 신경을 끊거라."

"예, 할아버지."

궁금은 했지만 역시 후환이 두려운 소문이었다.

"그리고 이 모든 무공을 제대로 이루려면 또 하나 필요한 것이 있다."

말을 하면서 힐끔 소문을 쳐다보는 할아버지였다. 그때 소문은 가까스로 입을 막고 있었다. 소문은 짐짓 태연한 척 시치미를 뗐다.

'아쭈, 요놈 보게. 안 넘어오네.'

'헐, 위험했다. 이런 방법에 한두 번 당한 것이 아니면서 이놈의 주 둥이가 또…….'

소문은 놀란 가슴을 쓸어 내렸다.

"그것은 일명 내공(內攻)이라는 것으로 너두 이미 배운 경험이 있을 것이다. 니놈은 절대 알 리 없지만 네가 다섯 살 나던 해부터 해오던 것이 내공 공부였다."

'아! 잠자고 일어나서 그리고 잠자기 전에 잠시 앉아서 하는 호흡법 말이었군. 어쩐지 그 이후로 더 건강해지더니만 그게 내공법이라는 것 이었구만.'

지금은 익숙해졌지만 그때는 몹시 귀찮고 짜증을 냈었던 기억이 떠 올랐다. 아마 그때 그것을 습관화하느라고 밥을 꽤 굶지 않았던들 지 금의 실력에는 미치지 못했을 것이란 생각이 들었다.

은근히 할아버지가 고맙게 생각됐지만 그때 단식의 고통이 생각나 고개를 흔들고 말았다.

"하지만 그것은 아주 가문의 무공을 대성하기엔 다소 모자라는 감이 있다. 우리 가문의 진정한 내공심법(內攻心法)은 따로 있다. 그러나 그 내공심법은 익히는 법은 쉬우나 처음 시작하는 것이 너무나 어렵다.

그것을 만드신 분은 나의 15대 조부님으로 그분은 가문의 무공이 너 무 활에만 몰려 있는 걸 늘 불만으로 생각하셨다. 불혹(不惑)에 이르시 어 당신을 가로막고 있던 가문의 무공을 완성하시자 그동안 꼭 다루시 고 싶어하셨던 검에 손을 대기 시작하셨다.

검에 대해 참오하시기를 꼭 20년, 환갑에 이르러 3초식의 검법과 그 것의 바탕이 되는 내공심법인 '무위공(無爲功)' 완성하시고는 이튿날 조용한 미소와 함께 세상을 떠나셨다.

이후 많은 후손들이 그 검법을 익히고자 했으나 아무도 성공한 사람이 없었다. 후손들이 멍청하거나 무공이 불완전한 것은 아니었다. 다만 검법을 익히는 가장 기초가 되는 내공심법인 무위공을 익힐 수가 없었기 때문이었다.

이유는 그 무공을 만드신 15대조에게 있었다. 그분은 자신의 후손이라면 누구나 자신의 경지에 이를 것이라 생각하고 자신의 수준을 기점으로 하는 내공심법을 만드셨는데 그것은 큰 착각이었다.

과거 가문의 무공이 어느 정도의 수준인가를 시험코자 손에 활 하나를 쥐시고 중원으로 출도하신 분이 있었다. 훗날 그분은 가문에 돌아와서는 당당하게 말씀하셨다.

"가문의 무공은 절대 약하지 않았다. 내가 불민하여 10성의 경지를 이루고 출도하였으나 나를 상대할 수 있는 사람은 별로 없었다!"

10성의 경지를 이루고도 그 정도였으니 당연히 가문의 무공을 대성하신 15대조의 무공 실력은 최강이었다. 하나 그분 이후로 이 심법을 익히신 분은 아무도 없었다. 비록 그 심법없이도 가문의 무공이 워낙 출중하여 아무 문제가 없었다지만 그래도 그분의 후손이자 너의 선조님들은 이 무공을 살리고자 백방으로 노력하신 바 결국 그 방법을 찾아내셨다.

"그것이 어떤 방법인가요?"

소문은 말을 해놓고 아차 하는 심정이었다.

'젠장! 또 굶었군!'

하지만 할아버지는 그런 소문은 신경도 쓰지 않고 말을 계속 이어나갔다.

"몇 대의 연구가 끝난 후 나온 결론은 의외로 간단했다. 무위공을 익히려면 그것을 만드신 조사님 수준의 내공을 익히고 있거나 다른 내공과 병행하여 익혀야 한다는 것이었다. 무위공은 그 기운이 탁하지 않고 정순함을 기본으로 하는 빼어난 내공 심법이나 기가 너무 빨리 형성된다는 단점 아닌 단점이 있는데, 그래서는 몸이 견디질 못한다. 일정한 시간 동안 몸에서 받아들일 수 있는 기의 양은 한계가 있는데 무위공은 이를 순식간에 넘겨 버리게 만드니 몸이 감당을 못하고 폭주(暴注)하는 것이다. 선조님들은 폭주를 막기 위해 이를 다른 내공심법과 병행하여 익힘으로써 형성되는 기운의 속도를 조금 늦추고자 했다. 이런 간단한 이치를 알고 시험에 들어가셨지만 그 결과는 참혹했다. 두 개의 내공 심법을 익힌 선조님 중 대부분이 죽거나 폐인이 되셨다. 또는 간신히 폐인은 면하셨지만 무인의 생명이 끝나는 엄청난 비극을 초래하고 말았다. 그 이유는 너무나 자명했다. 병행하여 익힌 내공의 수준이 그리 떨어지지 않았음에도 무위공에 비해선 많은 모자람이 있었기 때문이다. 해결책은 이미 나와 있었다. 그것은 가문의 내공심법인 무위공에 버금가거나 뛰어넘는 다른 내공심법을 찾으면 되는 것이었다. 결국 우리 선조님들은 중원으로 다시 출도를 하셨다. 하지만 이번 출도는 무공의 검증이 아닌 내공심법을 찾기 위한 조용한 행사였다. 불행하게도 수 대에 걸쳐 천하를 샅샅이 뒤져 봐도 무위공에 버금가는 내공심법을 지닌 곳은 어디에도 없었다. 거의 포기 상태에서 마침내 나의 조부님, 즉 너에게 고조부님이 되시는 분이 하나의 내공심법을 찾아내셨다. 조부님은 그동안의 선조님들과는 생각을 달리하셨다. 아무리 뒤져도 나오지 않는 내공심법은 과감히 포기하시고 위력은 조금 떨어지나 세상 모든 무공을 익혀도 융화시킬 수 있는 세상에서 가장 정순한 내공심법을 그 대안으로 찾으신 것이다. 그리고 마침내 그러한 내공심법을 찾으실 수 있었다."

여기까지 들은 소문은 입 안이 바싹 타 들어갔다. 굶는 게 문제가 아니었다. 어쩌면 이것이야말로 자신의 미래를 결정할 가장 중요한 말이 될 수도 있기 때문이었다.

"어떤 내공심법이었나요?"

이번에도 역시 할아버지는 아무런 호통 없이 말을 이으셨다.

"천하에 무위공과 견줄 수 있는 내공심법은 없었지만 중화(中和)시킬 수 있는 내공심법은 오로지 하나가 있었다. 소림에 있는 '반야심경도해(般若心經圖解)'였다."

'닝기리! 내공 심법이고 뭐고 다 끝이네. 난 또 뭐라고…… 제기랄!'

소림이라는 말에 절망에 빠진 소문이었다.

소림이라니… 소문이 아무리 조선(朝鮮) 땅, 그것도 산속에 살고 있었지만 소림에 대해서는 익히 들어 알고 있었다. 중원무림(中原武林)의 요람이자 불문의 성지(聖地). 근동의 사냥꾼들 말에 의하면 천상천하유아독존(天上天下唯我獨尊)하는 세력이 바로 소림이었다.

"소림에 있다면 그건 얘기하고 자시고 할 것도 없잖아요. 그렇게 중요한 것이면 빌려달라 해도 빌려주질 않을 것이고 소림에 가서 뺏어오지 않는 한… 물론 뺏으려다 맞아 죽겠지만……."

소문이 그럴 줄 알았다는 듯이 투덜거렸다.

"구했다!"

툭 던진 할아버지의 이 한마디에 소문은 경악과 희열이 교차하는 표정을 지었다.

"어떻게……?"

"아까 말한 너의 고조부가 구해오셨다. 비록 소림이 용담호혈(龍膽

虎穴)이라 하나 아까 말했듯이 그 내공심법 없이도 가문의 무공은 천하를 오시할 수 있다. 소림을 치는 것도 아니고 단순히 책 한 권 가져오는 것이야 문제도 아니니라. 하지만 우리 조부님은 아주 정중히 예를 갖추어 빌려오셨다."

말씀을 하시던 할아버지는 지그시 눈을 감으셨다. 지난날의 조부님의 활약에 감동을 하는 듯했다. 소문은 소문대로 용담호혈이 뭔지는 모르겠지만 그 책을 구했다는 말에 귀가 번쩍 뜨이고 다리 밑에서부터 올라오는 희열을 만끽하고 있는 중이었다. 이제 그 뭐시냐 반야… 어쩌구 하는 무공을 익히고 가문의 무공도 익힐 수 있는 것이다.

하지만 잠시 후 눈을 뜨신 할아버지는 소문의 기대와는 달리 전혀 다르게 행동하셨다.

"소문아?"

"예, 할아버지!"

"이런 빌어먹을 넘아! 아무리 참으려고 해도 참을 수가 없구나. 감히 지엄하신 할아버지가 하시는 말씀에 토를 달아? 그리고 비웃기까지 해?"

"아니, 제가 언제……?"

"아니, 그래도 이놈이! 좋다. 니놈이 무얼 믿고 그리 까부는지 모르겠다만 앞으로 사흘 간 밥이라고는 생각도 말아라. 굶으면서 니눔이 얼마나 잘못했는지 뼈저리게 반성하고 느껴보거라. 고얀 놈 같으니라고!"

할아버지는 곰방대를 마구 휘둘렀다. 눈이라도 달린 듯 정확하게 파고드는 곰방대를 맞으면서 후회 또 후회를 하는 소문이었다.

'빌어먹을… 손에는 곰방대가 없었는데 도대체 어디서 나온 거야?'

제2장

'포두이술(捕頭以術)' 의 초연(初演)

'포두이술(捕頭以術)'의 초연(初演)

　할아버지와의 대화 이후에도 며칠 동안 소문의 일상은 변한 것이 없었다. 기상과 동시에 내공의 일종이라는 호흡법을 시작으로 아침 식사 후 활 쏘기(할아버지는 궁도 어쩌고 했지만 소문은 그 딴 것에는 신경을 쓰지 않았다)를 하고 오후에도 활 쏘기를 하는 등 지난날과 하등의 변화도 없었다.

　그렇게 몇 달이 더 간 어느 날의 오후였다. 그날도 마찬가지로 소문은 마당의 나무에 화살을 날리고 있었다. 소문의 실력은 한층 더 발전하여 속사는 물론이고 이제는 연환사에 있어서도 상당한 실력을 갖추고 있었다. 다만 연환사의 특성상 한 개 이상의 활을 재기에는 소문의 손이 너무 작아 힘을 싣기가 어려웠다. 그래서 그 위력은 기대만큼 크지 않았다.

　"흠, 역시 훌륭해! 이 정도면 나를 능가할 사냥꾼이 별루 없겠고만⋯

카카카!'

소문은 나무에 박힌 화살을 보며 의기양양했다. 그때였다.

"딱!"

"윽! 어떤 자슥이……?"

소문은 갑자기 머리를 울리는 충격에 당연히 자신과 할아버지밖에 살지 않는 곳에서 다른 자슥을 찾는 실수를 했다.

"나란 자슥이다."

'빌어먹을… 닝길!'

들려오는 싸늘한 음성! 얼굴색이 똥빛으로 변한 소문은 그저 자신의 신세를 한탄하며 돌아올 곰방대의 역습에 대비하고 있었다. 그러나 할아버지는 소문을 잠시 노려보다가 몸을 돌리셨다. 이러한 태도에 당황한 것은 소문이었다.

'어라? 웬일이랴. 노망이 나셨나? 어째…….'

사람이 평소에 하던 일을 안 하면 이상한 법이다. 당연히 날아올 곰방대가 보이지 않으니 소문은 더 불안했다.

"이리 오너라."

여전히 곰방대에 대해 견제를 하며 천천히 다가간 소문은 내키지 않는 걸음으로 할아버지의 뒤를 쫓았다.

"호, 제법이구나!"

나무에 매달아놓은 표적에 꽂힌 화살을 보시며 감탄을 하는 할아버지였다.

"아직은 부족합니다만 이 정도는 언제나 연습을 하는 것이라……."

제법 겸양을 차린 말이다. 하지만 소문의 속내는 전혀 아니올시다였다.

'카카카! 누가 쏜 것인데 당연한 것을……'

"그렇다면 저것을 맞힐 수 있겠느냐?"

소문이 고개를 들어 바라보니 약 20여 장 떨어진 곳에 위치한 소나무였다.

"물론입니다."

소문은 대답을 하고 화살을 활시위에 재고는 잠시의 망설임도 없이 화살을 날렸다. 멋지게 포물선을 그리며 날아간 화살은 정확히 소나무를 맞혔다. 항상 느끼는 거지만 자신의 솜씨는 훌륭했다. 소문은 별거 아니라는 듯 고개를 한번 휘돌리곤 할아버지를 쳐다보았다.

"제가 아직은 힘이 부족하여 30장 이상은 무리지만 그 안이라면 어떠한 것도 맞힐 자신이 있습니다."

소문의 호기 서린 말에 아무 말을 하지 않으신 할아버지는 집 안으로 들어가셨다. 그리고는 소문을 향해 말씀하셨다.

"그럼, 저것도 맞혀보거라."

소문이 고개를 돌려보니 5장도 채 안 되는 곳에 커다란 장독대가 서 있었다. 비록 싸리문에 가려져 있지만 그까짓 싸리문을 뚫지 못할 소문이 아니었다. 소문은 할아버지가 자신을 무시한다고 여겼다.

"20장 밖의 나무도 가볍게 맞히는 저입니다. 다른… 것을 정해주시지요!"

소문은 한 자 한 자 강조를 하면서 말했다.

"저거나 맞혀보거라. 단! 싸리문을 건드려선 안 된다."

"예?"

소문은 황당했다. 아무리 가깝지만 싸리문 뒤에 위치한 장독을 싸리문을 건드리지 않고 어떻게 맞히란 말인가?

'지미, 어쩐지 이상하더니만… 꼬투리를 잡으려니 별…….'

소문이 생각하기에 이건 할아버지가 자신을 괴롭히려는 건수를 잡기 위한 불순한 의도가 분명했다.

'지독한 할배 같으니…….'

뭐라 반박을 하고 싶었지만 소문이 할 수 있는 일은 속으로 욕하는 것뿐이었다.

"네가 활 솜씨를 그리 자랑했으니 당연히 맞힐 수 있겠지? 하지만 맞히지 못하면 오늘 저녁은… 없다!"

'역시… 밥이로구나. 역시!'

밥이라면 자다가도 벌떡 일어나는 소문에게 한 끼의 금식은 다른 어떤 고문보다 효과가 있었다.

'반드시! 반드시 맞힐 것이다!'

활을 쳐든 소문의 눈은 야수의 눈보다 더 날카롭게 빛났다. 하지만 아무리 생각을 해도 뾰족한 수가 나지 않았다.

'제길, 어찌 쏜다… 싸리문을 피하려면 높이 쏴야 되는데 그럼 장독을 넘길 것은 분명하고 조금이라도 약하면 싸리문을 건드릴 것이고…….'

소문은 화살을 시위에 재고는 있었지만 좀처럼 쏠 수가 없었다.

"왜 그러느냐? 너무 쉬워서 쏘기조차 민망한 것이냐? 아님 절대 그럴 리는 없겠지만 자신이 없는 것이더냐? 그럼 오늘 저녁은 나 혼자 먹어야 되나… 혼자 먹으면 밥맛이 나질 않는데……."

할아버지는 싱글거리며 활을 들고 동상이 된 소문을 놀려댔다.

'끄응! 우리 친할배 맞아? 왜 이리 날 못 잡아먹어서 난리인 거야? 젠장! 에라, 모르겠다.'

소문은 한번 더 호흡을 가다듬고 화살을 날렸다. 화살은 정확하게 장독을 향해 날아갔다. 그러나 결국 싸리문을 건드리고 나서야 장독을 맞힐 수 있었다.

'역시… 내가 신인가? 저걸 맞히게… 저녁아!!'

소문은 화살이 싸리문을 건드리고 말자 힘없이 활을 떨구고 말았다.

"험, 안타깝구나! 저리 쉬운 문제 하나 해결하지 못하다니… 아무튼 약속은 약속이니 저녁은 없다!"

"젠장, 싸리문을 피해 어찌 저걸 맞혀요?! 또 떨어져 있음 몰라도 아예 착 달라붙어 있는 장독을… 너무하시는 것 아니에요? 절 괴롭히려는 의도가 아님 다음에야 저런 목표를 정해주실 리 없잖아요?!"

소문은 화가 머리끝까지 뻗쳐 있었다. 평소의 그라면 후환이 두려워 감히 하지 못할 말이었지만 저녁을 못 먹게 되자 이미 제정신을 잃어버린 소문이었다.

"괴롭히다니? 이놈아! 이 할비를 어찌 보고! 네놈이 하두 활에 자신 있어 하길래 난 당연히 저걸 맞힐 수 있을 줄 알았지… 이리 쉬운 것에 실패를 할 줄 누가 알았겠느냐?"

말 한 마디 한 마디가 얄밉고 미운 할아버지였다.

"쉽다고요? 그럼 할아버지가 한번 맞혀보시지요?!"

"내가 뭐 아쉬운 게 있어서 그리하겠느냐? 그냥 저녁이나 굶어라."

대수롭지 않게 대답하는 할아버지에게 나는 오기가 숫구쳐 올랐다.

"만약 할아버지가 맞히시면 오늘 저녁 아니라 내일 아침까지 굶지요!"

"호~ 그래? 그럼 활을 이리 다오."

'흥! 저걸 맞히시겠다고? 어림 반 푼 어치도 없는 소릴. 아니지, 이

걸 이용한다면……'

회심의 미소를 지은 소문은 막 화살을 시위에 재는 할아버지에게 말했다.

"저는 저녁과 아침을 걸었으니 할아버지도 저녁과 아침을 거시지요?"

"저녁과 아침을?"

"그리 자신이 있으시면 못 거실 것도 없잖아요? 그래야 공평하고요."

"좋다. 그럼 그리하자."

'카카카! 됐어, 어디 한번 굶어보시라지. 배고픈 자의 서러움을 아셔야지……'

음흉한 미소를 지은 소문은 기대에 찬 눈으로 할아버지를 바라보았다.

'엥? 저게 뭐 하시는 짓이랴?'

할아버지는 활을 수직으로 세운 다음 있는 힘을 다해 시위를 당겼다.

'아예 포기 하셨고만! 그래도 손자 앞이라 쪽팔리기는 싫으신 모양인데… 쯧쯧쯧!'

기본조차 되어 있지 않은 모습이라는 듯 소문은 혀를 찾지만 할아버지는 이에 아랑곳하지 않고 시위에서 천천히 손을 놓았다.

핑!

시위를 떠난 화살은 눈에 보이지도 않는 빠른 속도로 하늘 높이 올라갔다. 소문의 얼굴은 날아간 화살을 쫓아 하늘로 향해졌다. 하지만 화살은 내려올 생각을 하지 않았다.

"하하! 화살이라는 놈이 옥황상제를 면담하러 갔나 보네요."

빈정거리는 말을 뒤로 끝없이 하늘로 향하던 화살이 낙하를 시작했다. 소문은 덜컥 겁이 났다. 위로 쐈으니 틀림없이 자신의 주변으로 떨어질 것이라 여긴 그는 황급히 지붕 처마 밑으로 몸을 숨기고는 고개만 빼꼼하게 내밀었다. 그런 소문을 바라보는 할아버지의 눈엔 어이가 없어하는 빛이 역력했다.

탕!

잠시 후, 화살은 상당한 속도를 내며 땅에 떨어졌는데 소문의 기대와는 달리 낙하를 한 화살은 정확하게 장독 위를 맞혔다.

"캑!"

비명이 절로 나오는 소문이었다. 말도 제대로 잇지 못하였다.

"이런 말도 안 되는 일이… 어찌……?"

"흠, 이리 쉬운 것을 바보가 아닌 다음에야… 쯔쯔쯧! 아무튼 저녁에 아침이… 우리 손주 배고파서 어쩌누? 헐헐헐!"

할아버지의 웃는 얼굴과는 반대로 죽을상을 하는 소문의 모습은 영락없는 도살장의 돼지 꼴이었다.

까마득히 솟아오르던 화살은 하강을 시작했다.

탕!

둔탁한 소리를 내며 장독 위로 떨어진 화살을 집어 들던 소문은 활짝 웃었다.

"드디어 된 것인가?"

말도 안 되던 내기 이후 소문은 피나는 연습을 했다. 하루 종일 그 장독을 맞히려고 화살을 쏴대는 통에 부러진 활이 수 개요, 손은 물집투성이가 됐다.

그전에도 매일같이 많은 시간을 들여 활 쏘기를 했지만 이렇게 치열하게 노력해 본 적은 없었다. 그만큼 할아버지가 보여준 한 수는 소문을 경악시키기에 충분했다.

이전엔 이러한 방식의 쏘기가 있는 줄은 듣도 보도 못했다. 이것이야말로 가문에 내려오는 진정한 궁도의 한 자락임을 어렴풋이 느낄 수 있었다. 또 그날 자신에게 활을 넘기며 할아버지가 한 말이 있었다.

"이 장독을 맞히게 되면 또 다른 활 쏘기를 보여주마."

생각해 보건대 가문의 비기인 포두이술의 전수가 본격적으로 시작됐음을 알리는 말이었다.

"이제사 성공했나 보구만. 에라이, 이놈아! 지나가는 강아지를 데려다가 가르쳐도 너보다는 빨리 터득하겠다. 느려 터져 가지고서는… 에잉… 그래 가지고서 언제 다 깨우칠 수 있을꼬?"

소문이 성공의 쾌감을 미처 느끼기도 전에 들려온 일단의 음성, 소문의 얼굴은 일그러지고 마치 폭발하기 직전의 화약고처럼 변해갔다. 하지만 소문은 끓어오르는 화를 꾸욱 눌러 참고 뒤를 돌아보며 공손하게 인사를 했다.

"나오셨습니까?"

"엥? 안 하던 짓을 하는 걸 보면 니놈도 스스로의 아둔함에 몸둘 바를 모르는구나?"

소문의 안색이 급격하게 변하자 할아버지는 슬그머니 화제를 바꿨다.

"지난번에 보여준 한 수는 예상은 하겠지만 가문의 무공인 포두이술이다. 적이 가까이 있지만 벽이나 다른 장애물이 가로막혀 있을 경우 일반적인 궁술로는 제압할 수 없다. 이때 이러한 궁술이 용이하게 이

용됨은 두말할 나위도 없을 것이다."

소문은 충분히 납득이 갔다. 과연 그러한 몸을 숨기고 있는 자들이 화살이 위에서 내리꽂힐 줄이야 누가 상상이나 하겠는가!

"미리 말해 두겠지만 그것이 포두이술의 시작이자 끝이다. 난 이미 내게 포두이술의 전부를 가르쳤으니 이제 그것을 대성하느냐 그렇지 못하느냐는 네가 하기에 달린 것이다."

"예?"

할아버지의 말에 소문은 깜짝 놀랐다. 겨우 한 수 보여준 게 끝이라니 이런 황당한 경우가 어디 있단 말인가?

"그게 무슨 말씀이신지……? 인제 겨우 위로 쏘는 것, 한 번 보여주신 것 이외에는 보여준 게 없는데… 끝이라니요?"

소문은 혹시나 하는 심정으로 물어보았지만 돌아오는 대답은 역시나였다.

"에라이! 이런 식충이 같은 넘을 보았나. 닭을 털도 안 뽑구 처먹으려구 하네. 이넘아, 가문의 무공이 그리 호락호락한 줄 아느냐? 포두이술은 한마디로 바람을 이용하는 활 쏘기이다. 활이라는 무기는 먼 거리를 날아가는 장점이 있지만 그 무기 자체의 특성상 바람의 영향을 많이 받게 되어 있다. 그 바람을 극복하고 나아가서 이용하는 것이 바로 포두이술의 요체란 말이다. 당연히 초식명이 있을 수가 없고 있어서도 안 되는 자연과 하나가 되어야만 비로소 진정한 위력을 지닌 하나의 무공으로 탄생하는 것이다. 비록 간단해 보이지만 니놈이 앞으로 쏘면 쏠수록 오묘하고 힘든 것이 이것임을 알게 될 것이다. 그러니 그런 쥐뿔도 안 되는 활 솜씨를 가지고 뽐내지 말아라! 참고로 지금 니놈의 실력은 내가 아주 소시적 때의 실력보다도 못한 비천한 것임을 알아두거라. 미련한 놈!"

소문이 미처 뭐라 말할 사이도 없이 장황한 설명을 호통과 함께 내뱉는 할아버지였다.

'젠장 내가 포두이술이 그런 건지 알 게 뭐야… 아무튼 난 오래 살거야. 내 나이에 나만큼 욕 많이 먹은 넘 있으면 나와보라구 해!'

"제가 멍청해서 미처 몰랐습니다. 그럼 앞으로 어찌 공부를 해야 하는지 일러주십시오. 비록 모자라는 몸이지만 최선을 다하겠습니다."

반발심이 솟구쳐 오르는 소문이었지만 포두이술에 대한 욕심은 그의 이러한 맘을 내리눌렀다.

평생 태어나서 이처럼 정중하게 말을 해본 적이 없었다. 말을 한 소문 자신도 온몸에 소름이 끼치니 할아버지인들 어떠랴… 할아버지는 때가 잔뜩 낀 손톱으로 팔뚝을 박박 긁으며 말했다.

"어린놈이 어디서 아부하는 것은 배워가지고… 징그럽다, 이놈아. 암튼 우리 가문에 절대 불행이지만 어쩔 수 없이 네가 가문을 이어야 하니 지금부터 포두이술을 익히는 수련법(修練法)에 대해서 간단히 말해 주겠다. 앞서 말하지만 네 선조님들은 한 분도 같은 방법으로 연습을 하신 분은 없고 조금씩 차이가 난다. 각각 자신에게 가장 적합한 방법을 선택하시고 스스로 만들어 수련하셨다. 다만 이 모든 것이 바람과 싸운다는 것! 그것만 명심하거라. 알겠느냐?"

"예!"

"알긴 쥐뿔이… 뭘 아냐, 이놈아! 대답만 번지르르해서……."

'포두이술! 포두이술! 이것만 생각하자!'

아니꼽지만 내색은 하지 않았다. 소문은 참고 또 참았다.

"포두이술은 수없이 많은 상황에 대한 가정(假定) 속에서 출발한다.

지난번의 상황도 그중 하나이다.

같은 거리의 목표라 할지라도 바람의 세기에 따라 시위를 당기는 힘과 활의 위치 즉, 활이 지면과 이루는 각에 차이를 두면 언제 어디서 어떠한 상황에서라도 목표를 맞힐 수 있다. 그것이 포두이술의 기본 요체를 이룬다.

넌 그것을 해내야 한다. 그리하려면 끝없는 연습이 필요하다. 하나의 목표에 대한 상황의 변수는 무궁무진(無窮無盡)하다. 미풍(微風)일 때, 미풍보다 조금 셀 때, 조금 약할 때 등등, 바람의 세기를 수로 규정한다는 것은 거의 불가능이라 해도 과언이 아니다.

또한 지면이 약간 낮을 때나 높을 때, 평평하거나 불규칙할 때 등 그 조건은 실로 헤아릴 수 없을 정도로 많이 있다. 네가 이러한 모든 조건들을 극복하고 화살을 날릴 때마다 목표에 적중시킨다면 그때 비로소 가문의 비기(秘技)를 얻었다 할 수 있을 것이다.

어쩌면 빨리 얻을 수 있을 것이고 평생이 걸려도 채 얻지 못할 수 있다. 하지만 과거의 사례를 보건대 자질이 출중하신 선조님보다는 끈기 있게 노력하신 분들이 성취가 더 뛰어났음을 알아야 한다. 네놈은 자질도 극히 떨어지니 죽어라 연습해야 할 것이다.

참고로 먼 훗날 수많은 이 땅의 젊은이들이 활 쏘기의 도[弓道] 알고자 밤낮으로 매달리게 될 것이다. 그리고 그중 도를 이룬 최고수에게 명예로운 이름이 붙을 것이니 너도 죽어라 연습하여 그 도를 이루도록 해라!"

막판에 덧붙인 말이 먼 소린지 전혀 모르겠지만, 암튼 참으로 드물게 진지한 할아버지의 설명이 끝났다. 설명을 듣고 보니 가문의 비기라는 것이 한마디로 '죽어라 활을 쏘다 보면 다 맞힐 수 있는 경지에

도달한다' 였다. 그 죽어라 연습이 얼마에 이를지 미처 깨닫지 못한 소문은 자신만만했다.

"걱정 마십시오. 연습이야 제 전문 아닙니까? 가문의 비기인 포두이 술은 제가 접수하도록 하죠. 하하하!"

'요넘아, 고게 그리 만만한지 아나본데 두고 보거라. 피똥을 싸게 될 것이니……'

소문이 가장 먼저 시도한 것은 활의 각도가 땅과 정확히 수직을 이루는 자세였다. 조금의 차이도 없이 같은 자리에서 같은 각도로 화살을 날리는 것은 매우 힘들었지만 소문을 정말 힘들게 한 것은 바람이었다.

거의 느껴지지 않는 바람의 차이에도 화살은 전혀 엉뚱한 데로 떨어지기 일쑤였으며 혹여 각도마저 흔들리면 도저히 예상할 수 없는 위치에 화살이 떨어져 할아버지의 호통과 비웃음을 사야 했다.

결국 하루하루를 활과 함께 보내며 가장 신경을 쓴 것은 바람인데 그나마 어릴 적부터 단련해 온 몸이라 같은 자세로 균형을 잡는 일은 그다지 문제될 것이 없었다. 그래서 화살 하나하나를 쏠 때마다 바람을 생각하고 바람에 따라 화살이 어디까지 도달하고 이르는지 세심히 살필 수 있었다.

이러한 소문의 피는 안 나는 노력은 차차 결실을 맺어갔다. 이제는 제법 바람의 미세한 차이를 감지할 뿐 아니라 자신이 원하는 바람에 맞춰 화살을 쏘기도 했다. 그러나 여전히 정확도에서만큼은 소문에게 크게 만족을 주지 못했다.

"쓰발. 또……."

소문은 화살을 주우며 연신 욕을 해댔다. 도무지 이해할 수가 없었다. 지금 자신이 쏘는 위치와 바람을 고려할 때 화살이 떨어질 곳은 여기가 아니라 일 장 앞에서였다.

이 정도의 위치라면 관군(官軍)에서 쓴다는 화포(火砲)에서나 쓰임이 있는 것이지, 화살이 목표와 이리 떨어진다면 아무 짝에도 쓸모없는 것이 되고 만다.

"도대체 뭐가 잘못이지? 바람도 위치도 이전과 동일했는데… 설마 약간의 차이가 있었는데 내가 놓친 것인가?"

자신에게 반문을 하던 소문은 고개를 절레절레 흔들었다.

"아니야, 정확했어. 이제 몸에 와 닿는 바람의 차이는 정확하게 느낄 수 있어! 그럼 도대체 뭐가 문제지?

떨어진 화살을 손가락에 끼고 돌리며 생각을 하던 소문의 머리에 언뜻 스치는 것이 있었다.

"가만, 화살의 재질에 따라 다른 것인가? 오호라 그렇구나! 화살이 문제였어. 화살이……."

자신이 쓰고 있는 화살이 크기나 무게가 비슷은 하지만 약간씩 차이가 있었음을 여태껏 간과하고 있었다는 것에 생각이 이르자 모든 것은 명확해졌다.

"하하하! 그렇구나! 화살이었어!!"

소문은 산이 떠나가라 웃어 젖혔다. 스스로가 생각해도 너무나 명쾌한 답이었다. 그렇다면 답은 간단했다.

자신이 지금 연습하는 모든 화살을 통일하는 것이다. 화살 자체의 길이와 무게는 물론 촉까지 통일된 화살을 사용한다면 이 모든 문제는 해결될 거란 생각이 들었다.

며칠 전에도 이러한 고민에 휩싸였었다. 하지만 그때는 화살이 아닌 힘 조절로 극복이 가능하리라 생각하여 활에 싣는 힘을 최대에서 조금씩 줄여 나가면서 그 감을 익혔었다. 그리고 그런 의도는 적중했다.

그리고 오늘에서야 또 하나의 문제를 해결했으니 이제 모든 준비가 끝난 것이다. 소문은 의기양양했다.

하지만 그런 소문을 바라보는 못마땅한 눈초리가 있었으니…….

'어리석은 놈. 제법이다만 아직 멀었다, 요놈아. 좀 더 고생을 해야 그 이유를 알게 될 것이다. 좀 더 고생을……'

소문이 통일된 화살을 만들기 위해서 온갖 정성을 기울였지만 생각과는 달리 그 일은 의외로 어려웠다. 화살에 쓰이는 재료를 구하는 것부터 시작하여 하나하나 일일이 손이 가는 것이 여간 귀찮은 것이 아니었다. 하지만 이 화살들만 완성되면 가문의 비기인 포두이술 중 하나의 경지를 이룰 수 있다는 생각에 부지런히 준비했다.

꼬박 하루를 투자하여 얻은 화살은 정확하게 50발이었다.

"됐다. 이제는 쏘는 일만 남았구나!"

소문은 새로 준비한 화살을 공중에 쏘았다. 화살은 약 10여 장을 올라가더니 정확하게 목표에 명중하였다.

"성공이다, 성공! 하하하!"

소문은 득달같이 집으로 달려가 할아버지를 찾았다. 자신이 하나의 경지를 이룰 때마다 검증(檢證)을 받기로 약조를 했기 때문이다. 할아버지는 쉽게 찾을 수 있었다.

'에그, 할배하고는… 칠칠치 못하게시리…….'

할아버지는 대청마루의 기둥에 기대어 낮잠을 자고 있었다. 요즘엔 틈만 나면 잠을 자곤 했는데 특히 햇볕이 따뜻한 점심나절이면 예외

없이 저 모습이었다.

기둥에 비스듬히 기댄 얼굴에서는 만족한 미소가 흐르고 때때로 얼굴이며 팔에 붙는 파리를 쫓고 나서 벅벅 긁어대는 모습이 영락없는 시골 영감이었다.

'하나뿐인 손자는 잠도 설쳐 가며 무공에 힘쓰는데 할배라고 하는 말이 밥이나 차리라 하질 않나, 욕을 하지 않나, 잠시 안 보이면 잠이나 자고…….'

극도의 불만을 가진 소문이었으나 어찌 내색할 수 있으랴! 조심스럽게 할아버지를 깨웠다.

"할아버지, 소문입니다. 잠시 일어나 보시지요."

소문은 답답했다. 계속해서 불러보았지만 대답없는 메아리였다. 할아버지는 그 자세에서 조금의 변화도 없었다.

잠시라도 빨리 자신의 모습을 인정받고 싶은 마음뿐인데 그걸 검증해 줄 할아버지가 미동조차 하지 않으니 짜증이 솟구쳤다.

"젠장! 나이 먹으면 느는 게 잠하고 고집하고 꼬장이라더니, 딱이네. 딱!"

할아버지가 눈을 뜬 건 바로 그때였다.

"뭐라 했느냐?"

'캑! 지미, 욕하는 건 기막히게 알아가지고는…….'

표정은 지나가다 개똥을 밟은 것처럼 일그러졌지만 마음만은 편안했다. 한두 번 경험하는 것도 아니고 이미 이러한 것에는 단련이 될 대로 되어 있었다. 소문은 시치미를 딱 뗐다.

"아무것도 아닙니다. 예로부터 전해 내려오는 좋은 말이 생각나서 읊조렸습니다."

"꼬장 어쩌고 하는 말을 들은 것 같은데……."

"네, 예로부터 격조 높은 선비들은 잠 잘 때도 꼬장꼬장한 모습을 잃지 않는다고 했습니다. 할아버님이 주무시는 것이 마치 그와 같아서……."

대답을 해놓고도 자신의 빈틈없는 말에 감탄에 감탄을 하는 소문이었다. 하지만 할아버지는 무언가 이상하다는 듯이 소문을 노려보고 있었다.

"그래, 무엇 때문에 깨운 것이냐?"

"예, 제가 한 가지 수련을 완성하였습니다. 그래서 검증을 받고자 할아버님을 깨운 것입니다."

딱!

"악!"

소문이 비명을 지르며 손을 머리 위로 가지고 갔을 때는 할아버지의 곰방대가 자신의 머릴 강타하고 난 뒤였다.

"이놈아! 그 따위 일로 명상(冥想)에 잠긴 날 깨운 것이더냐? 네놈 덕에 다잡은 우화등선(羽化登仙)의 이치를 놓치고 말았으니 이를 어찌 책임질 테냐? 네놈 같으면 백 년이 아니라 천 년이 지나도 이르지 못하는 경지를 한순간에 날려 버리다니 빌어먹을 놈 같으니라고!!"

할아버지는 고래고래 소릴 질렀지만 너무나 어이가 없는 소문은 그저 꿀 먹은 벙어리가 되어버렸다.

'침 흘리며 잠자는 게 명상이라니… 지나가던 개가 웃겠네. 그렇게 해서 우화등선한다면 조선의 영감 중 우화등선하지 못하는 영감이 하나두 없겠다. 나아참, 어이가 없어서…….'

"제가 어리석어 그런 이치를 깨닫지 못했습니다. 용서해 주십시오."

그래도 힘없는 자가 죄인이라고 소문은 고개를 숙여 잘못을 빌었다.

그런 소문을 한참 동안이나 노려보던 할아버지는 소문의 머리를 한 대 더 때리더니 대청마루에서 내려왔다.

"미욱한 니놈이 무얼 알겠느냐! 잘못을 알았다니 한번은 용서해 준다만 다음엔 이러한 일이 없어야 할 것이다. 암튼 하나의 수련에 성공을 했다니 가보자."

'내 저놈의 곰방대를 가만 나두면 사람이 아니다.'

무덤의 봉분처럼 나란히 솟아오른 두 개의 혹을 쓰다듬으며 다짐을 하는 소문이었다.

할아버지는 느릿느릿한 걸음으로 소문의 수련장을 찾았다. 소문의 수련장은 집 뒤의 분지에 위치하고 있었다. 험준한 산에는 어울리지 않게 그곳에는 방원 100여 장의 넓은 분지가 자리하고 있었다.

할아버지의 말에 의하면 15대 선조가—나에게는 17대인가……— 돌아가시기 전날 가문 유일의 검법을 펼쳐서 그리 되었다는 말도 안 되는 허풍을 늘어놓은 곳이기도 한데 활 쏘기 연습하기론 이보다 좋은 곳이 없었다.

소문은 집에 있을 땐 집 앞의 나무에 화살을 쏘았지만 사실 소문이 대부분의 시간을 보내는 곳은 바로 이곳이었다. 분지 곳곳에는 소문이 만든 표적이 놓여 있었는데 그 표적의 크기가 각각 달랐고 거리 또한 달라서 다양한 활 쏘기를 가능케 하였다. 소문은 이 장소를 끔찍이 아꼈다.

작년 봄에 할아버지가 밭을 만든다고 엄포를 놓았을 때 장장 보름을 단식하여 지켜내기도 했다. 할아버지에게 거둔 처음이자 마지막 승리였는데 을지 가문의 대가 끊기는 죄를 할아버지 대에서 지을 수는 없다나(허구한 날 금식이나 시키면서)…….

단식이 끝나자 몸 보신하라고 보약까지 지어온 할아버지를 보며 약간은 미안하기도 했다. 사실, 어린 나이에 무슨 단식을 보름이나 할 수 있으랴? 몰래몰래 미리 비축해 둔 육포(肉脯)로 체력을 비축한 소문이었다.

아무튼 그렇게 지켜온 장소이니만큼 정성을 기울였고 손질도 잘되어 있었다. 분지 주변에는 각종 과수(果樹)나무와 꽃들로 둘러싸여서 봄에는 온갖 꽃들이 만발하고 여름에는 잎이 무성하여 휴식처로도 제격이었다. 또한 가을에는 풍성한 과실을 얻을 수도 있는 곳이었다.

"에고, 힘들다. 나이를 먹어서 그런가 하루하루가 힘이 드는구나."

헐떡거리며 분지에 올라온 소문의 얼굴엔 땀이 줄줄 흘러내렸다. 위에 업혀오는 할아버지의 말은 그런 소문의 속을 충분히 뒤집어놓고도 남음이 있었다.

'업고 온 건 나인데 힘들다니…….'

집을 나서자마자 다리가 쑤시네 허리가 아프네 하며 땅에 주저앉고 마는 할아버지였다. 평소 같으면 주저앉거나 말거나 신경 쓰지 않을 소문이지만 지금은 목마른 놈이 우물 판다고… 울며 겨자 먹기로 할아버지를 업고 고생고생해서 간신히 여기까지 올라올 수 있었다. 그런데 고생했다는 말은 고사하고 늙었다고 신세 한탄이나 하고 있다니!

"그래, 무얼 익히고 이리 난리인 것이냐?"

"예, 이제는 제법 하늘 높이 화살을 날릴 수 있습니다. 바람 땜에 처음엔 힘들었지만 다 극복했습니다. 그래서 이제부터는 수직에서 점차 벗어나 활을 쏘고 싶습니다."

"호오, 그래? 네 말대로라면 활의 각도를 변화시키는 것도 가능할 것이다. 근데 바람을 극복했다는 말이 정말이더냐?"

"물론입니다. 제가 그 말을 입증하겠습니다. 바람이 전혀 없다면 제 자리에 떨어지겠지만 지금은 바람이 제법 부니 저걸 맞혀보겠습니다."

소문은 약 5장 정도 떨어진 곳에 위치한 표적을 가리켰다.

"그래? 그리 자신이 있더냐?"

"예. 처음엔 몰랐지만 우선 바람의 미세한 차이를 느껴 이를 극복하고 활에 싣는 힘을 변화시켜 그 거리를 조정하며 또한 쓰이는 화살을 통일하여 목표물에 대한 오차를 없앨 수 있었습니다."

소문은 자신만만했다. 그동안 자신이 기울인 노력이 얼마이던가? 이제 그 노력의 결실을 매번 자신을 무시하던 할아버지에게 보여줄 수 있다는 기쁨에 흥분되는 마음을 진정시키기가 어려웠다. 뽄때를 보여 주리라 마음먹었다.

"잠시만 기다리거라!"

할아버지는 활을 드는 소문에게 말을 하더니 표적 앞으로 걸어나갔다. 표적 옆에 나란히 선 할아버지는 소문을 향해 손짓을 했다.

"쏴라."

'드디어 노망이 난 것이다. 나를 그렇게 괴롭히더니만 결국엔 노망이 난 것이야!'

소문은 할아버지의 행동을 노망으로 단정 지었다. 그렇지 않고서야 '날 맞혀봅세!' 하는 식으로 표적 옆에 설 이유가 없었다.

"왜 그러느냐? 자신이 없는 게냐?"

머뭇거리는 소문을 향해 할아버지는 호통을 쳤다.

"제가 비록 뛰어난 활 솜씨를 지니긴 하였고, 물론 맞힐 수도 있지만 혹여라도 모르니 비켜서시지요."

"자신이 있다는 놈이 무얼 망설이느냐? 이 정도의 거리에서 날 피하지 못한다면 그건 활 솜씨라고 할 가치도 없는 것이다. 자신이 없다면 없다고 해라, 이놈아!"

정중히 부탁드렸건만 들려오는 이 소린……? 소문은 할아버지의 말에 반사적으로 활을 들어 올렸다. 자신감에 살고 죽는 소문에게 자신감이 없다는 말은 욕보다 더한 수치였다.

'흥, 저따위 하나 못 맞힐까? 내가 그동안 연습한 게 얼마인데. 근데 연습은 연습인데…….'

소문은 생각과는 달리 선뜻 화살을 날리지 못했다. 그러기엔 목표가 너무 작았고 옆에 선 할아버지는 너무나 컸다. 소문의 입술은 바싹바싹 타 들어가고 이마에서는 땀방울이 맺혔다.

'쏴라, 쏴! 이보다 훨씬 심한 바람에서도 더 작은 표적도 맞히지 않았느냐? 넌 할 수 있다. 을지소문, 넌 할 수 있다!'

소문은 필사적으로 자신을 채찍질했다. 하지만 결국엔 활을 내려놓고야 말았다.

"에라이… 못난 놈아. 남자 놈의 배짱이 밴댕이 소갈딱지 같아서야… 에잉!"

할아버지의 질책에 소문은 고개를 들지 못했다. 그러나 너무 억울했다. 할아버지 땜에 차마 쏘지 못한 것이지, 자신이 없는 것은 아니었다. 그런 소문의 맘을 알기나 하듯 할아버지는 표적에서 벗어나며 말을 했다.

"네놈의 표정을 보니 나로 인해 쏘지 못했다는 그런 말도 안 되는 표정이구나. 그렇다면 내가 비켜설 테니 한번 쏴보거라."

소문은 묵묵히 활을 들어 올렸다. 할아버지의 말이 맞다는 무언의 시위였다. 오래 재고할 것도 없었다.

'이 정도의 바람에 이 정도의 거리… 최상이다!'

퉁!

경쾌한 소리를 내며 화살은 하늘로 솟구쳤다. 끝없이 올라가던 화살은 잠시 후 자유 낙하를 시작했다. 하지만 그걸 보는 소문의 얼굴엔 당혹감이 서려 있었다.

'헛! 이게 아닌데… 왜 저리 멀리 가지?'

땅에 떨어진 화살은 목표에서 한참을 빗나가 떨어졌다.

"이럴 리가 없습니다."

소문은 결과를 인정할 수 없었다. 그래서 할아버지의 말은 들을 필요도 없이 다시 한 번 화살을 날렸다. 하지만 결과는 아까보다 더 비참했다. 똑같이 쏜 화살이 오히려 목표보다 더 가까이 떨어졌다. 도무지 이해할 수 없는 결과였다.

소문이 몇 번을 더 쏘아봤지만 결과는 마찬가지였다. 한 발의 화살도 명중을 하지 못하였다. 소문은 결국 활을 땅에 떨어뜨리고 말았다. 소문은 망연자실했다. 자신에 대한 자책과 지난날의 노력에 대한 결과가 너무나 허망하자 왈칵 눈물을 쏟고 말았다.

지금보다 더 어렸을 때 부모가 없어 놀림을 받은 이후 처음으로 보이는 눈물이었다. 다시는 울지 않겠다고 놀린 놈을 두들겨 패며 결심한 소문이었는데… 흐르는 눈물은 어쩔 수가 없었다.

"흑흑!"

좀처럼 울지 않는 소문이지만 한번 울음을 터뜨리자 봇물 터지듯 눈물이 쏟아졌다.

할아버지는 그런 소문을 잠시 바라보다가 활을 들었다. 그리고는 화살을 재었다.

"보거라!"

할아버지의 말에 여전히 눈물을 흘리면서도 고개를 든 소문이 본 것은 하늘 높이 날아간 화살과 그 화살이 정확하게 표적에 떨어지는 것이었다.

"다시 보거라."

이번에도 화살은 정확히 표적에 떨어졌다.

"또 보거라."

이제는 울고 자시고 할 것도 없었다. 소문은 눈을 부릅뜨고 할아버지를 살펴보았다.

화살은 다시 한 번 정확하게 표적에 떨어졌다.

"알겠느냐?"

소문은 고갤 저었다. 할아버지는 이후 몇 차례 더 화살을 날렸다. 화살은 여지없이 목표를 꿰뚫었다. 할아버지가 몇 번의 화살을 날리는 동안 약간씩 힘 조절을 한다는 것 이외에는 발견하지 못했다. 하지만 그것이 더 이상했다. 자신이 느끼기에 바람은 일정했다. 지금까지의 경험으로 보아 이는 틀림없는 사실이었다.

'뭔가 다른 것이 있는 것인가? 하지만 이미 필요한 조건은 다 갖추었다고 생각했는데…….'

소문이 뭔가를 골똘히 생각하자 할아버지는 활 쏘기를 그만두고 옆에 박혀 있는 커다란 바위에 가서 걸터앉았다.

"알겠느냐?"

할아버지는 자신의 질문에 기가 죽어 여전히 고개를 숙이고 가로젓는 손자를 보자 마음이 답답했다. 비록 자신이 두들겨 패고 욕을 하며 조금 엄(?)하게 키우고는 있지만 그래도 하나뿐인 손자, 어찌 사랑하는 마음이 없으랴. 그러한 행동 모두 사랑(?)에서 우러나오는 것을… 물론 이렇게 생각하면서도 확신을 하지는 못하지만.

"네가 준비한 것은 모두가 정확한 것이었다. 바람의 미세한 차이를 느끼는 것도 제법이었고 힘에 강약을 주는 것도 제법이었다. 하지만 너는 하나를 빼먹었다."

"그게 무엇이지요?"

뭔가를 빼먹었다는 말에 고개를 반짝 든 소문이 물었다.

"너는 흐르는 냇물의 속도가 모두 같다고 느끼느냐?"

"예?"

"흐르는 냇물은 지형마다 그 흐르는 속도가 모두 다 다르다. 가파른 계곡에서는 빠르게 흐르며 평평한 평지에서는 그 흐름을 느끼지 못할 정도로 느리게 흐른다. 같은 이치다. 바람은 지형마다, 날씨마다 바뀐다. 그것이 오래 지속될 수도 있고 수시로 변할 수도 있다."

"하지만 그것은 이미 느낄 수 있는데요. 그리고 이곳의 바람은 아까부터 전혀 변화가 없는데요?"

"네 말이 맞다. 하지만 하나 간과한 것이 있다 하지 않았느냐?"

"간과한 것이라니요?"

"냇물의 물 흐름이 위와 아래가 다르다는 것은 바람 또한 항상 같지 않다고 하는 말과 통한다. 하지만 바꾸어 생각하면 위에서 부는 바람과 아래에서 부는 바람 또한 같지 않을 수도 있다는 것을 의미한다."

"아!"

확연히 떠오르는 게 있었다.

'그렇구나! 왜 밑에서 부는 바람과 위에서 부는 바람이 항상 같다고 생각했을까? 아니지. 아예 생각을 하지 못했구나. 그런데 왜 그것을 간파하지 못했지?'

뭔가 이상한 느낌이 있었다.

"그런데 제가 그동안 어찌 그것을 느끼지 못했지요? 수없이 많은 화살을 날렸음에도?"

"내가 그동안 네가 연습하는 것을 몇 번 보았는데 연습 과정에서 몇 가지의 문제점이 보였다."

"문제점이라니요?"

연습 자체가 문제가 있다니 이것은 큰 문제였다. 소문은 인정하고 싶지 않았다.

"내가 보건대 넌 항상 이 자리에서 그다지 벗어나지 않는 표적에 활을 쏘더구나."

그건 사실이었다. 어차피 바람을 느끼고 힘 조절을 하는 연습이지 멀리 있는 곳에 날리는 것이 아니었다. 물론 쏜 화살을 쉽게 주울 수 있다는 점도 작용을 했지만……

"바람이 거의 없는 맑은 날은 힘을 많이 실어 하늘 높이 날렸지만 이런 날은 대체적으로 하늘의 공기가 안정되어 위아래의 바람 차이가 별로 없다. 하지만 위아래 바람 차이가 심한 날, 즉 바람이 강하게 부는 날은 네 스스로 힘을 약하게 하여 위와 아래의 바람 차이가 확연히 느껴질 높이만큼 화살을 날리지 못했다. 그러니 당연히 그 차이를 느끼지 못할 수밖에."

이제야 모든 것이 명확해지는 소문이었다. 자신이 스스로 만족한 수련법에 그러한 문제가 있었다니… 부끄러웠다.

"또한 하나의 문제가 더 있다."

"네?"

"넌 칼이나 창을 두고 활을 쓰는 이유가 어디 있다고 생각하느냐?"

"그것이……"

소문이 말을 미처 잇기도 전에 할아버지는 소문의 말을 잘랐다.

"지난번에 이미 밝혔듯이 활이란 가능한 한 멀리 눈에 보이는 거리를 뛰어넘어 그 뒤에 도사리고 있는 생명까지 지배하는 병기다. 빠르고 강한 뇌전과 독사의 이빨처럼 날카로움을 지닌 것이 바로 활인 것이다. 하지만 네 화살은 어떠냐? 바람을 의식해 가까이 있는 목표에 힘 조절을 한답시고 그리 약하게 쏴서는 그것에 목숨을 잃을 것이 무에고 두려워할 자가 누가 있단 말이냐? 나중에야 화살에 내공을 실으면 된다지만 지금은 아니지 않느냐? 50여 장을 올라간 화살과 10여 장을 올라간 화살은 그 위력에서 하늘과 땅 차이가 있는 것이다. 넌 바람을 극복했다지만 내가 보기엔 바람이 널 극복한 것 같구나!"

"그럼 어찌해야 되는지요?"

"짧게 보지 말고 멀리 보거라. 지금 당장 맞히는 것에 신경을 쓰다 보니 그리 된 것이다."

"하지만 바람이 강할 때 가까이에 은폐하여 숨어 있는 적을 맞히려면……"

"그리하고도 깨닫지 못하다니… 잊은 게로구나. 누가 화살을 수직으로만 쏘라더냐? 그에 따라 활의 각도를 조금씩 변화시키면 되는 것을……"

"그럼?"

"오냐, 며칠 후부터는 활의 위치를 조금씩 변화시켜 연습을 해보거

라. 하지만 명심할 것은 위아래의 바람의 차이를 염두해야 한다는 것이다. 하나 아는 것만으로는 소용없다. 정확하게 느끼고 이를 이용할 수 있어야 할 것이다. 또한 네가 비록 활을 익히는 것이 살상이 목적은 아니지만 그래도 그 또한 무시할 수 없으니 살상의 범위에서 힘 조절을 하거라.

또한 명필은 붓을 가리지 않는 법이다. 화살의 차이 또한 극복해야 한다. 심지어 울퉁불퉁한 나뭇가지를 쏜다 해도 여느 화살과 같아야 할 정도로 다루어야 비로소 활을 쏜다고 불릴 수 있을 것이다."

소문은 자신이 언제 울었느냐는 듯 활짝 웃었다. 그리고는 땅에 떨어져 있는 활을 힘껏 움켜잡았다.

"예, 할아버지. 명심하겠습니다."

'그래, 모든 것은 지금부터다. 다시 시작하자'

소문이 마음을 다잡아먹고 곧바로 연습할 태세를 하자 할아버지는 이를 만류하셨다. 그리곤 부드럽게 말씀하셨다.

"아니다. 며칠 후부터 연습을 하거라."

"예? 아닙니다. 저는 괜찮습니다. 지금부터라도 열심히 해서 하루라도 빨리 경지에 이르고 싶습니다."

"허허, 하루라도 빨리 경지에 이르고 싶다는 말은 참으로 맘에 드는구나. 하지만 소문아……."

여지껏 상심해하던 손자를 어루만지시며 가르침을 주시던 인자한 할아버지의 표상이던 모습은 순식간에 사라지고 없었다. 안색이 점차 변해갔고 말 또한 거칠어지기 시작한 것은 순식간이었다.

"니놈이, 우화등선의 이치를 깨닫는 순간 눈앞의 신선지경(神仙之境)을 발로 차버리고 알량한 활 솜씨를 자랑한다던 니놈이! 화살을 날리기는커녕, 아니지 쏘기는 쐈구나. 쏘는 족족 어림없는 곳에 떨어지긴 했다만… 암튼 제대로 쏘지도 못하더니만 그리고는 뭐가 잘났다고 질질 짜기까지 한 니놈이 밥을 먹을 자격이나 있다는 것이냐? 3일 간 금식은 물론이고 마침 땔감도 떨어졌으니 땔감이나 해오거라. 기왕 하는 거 곧 겨울이 다가오니 겨울날 땔감을 미리 마련하는 것도 좋을 것이다. 어차피 니놈이 해야 하는 것이지만…….

에잉! 니놈 때문에 신경 쓴 걸 생각해선 이보다 더한 벌을 내릴 것이나 내 특별히 봐주는 것이니 불만은 없으리라 믿.는.다!!"

'믿는다'에 유독이 강조를 하는 할아버지였다. 할아버지가 사라지자 소문은 땅에 주저앉고 말았다.

'금식이라니, 또? 빌어먹을 할배 같으니라고. 어쩐지 그리 자상하게 설명하더니만… 밥이야 굶는 게 다반사니 그렇다 치더라도 그 많은 땔감은 어찌한다. 젠장할!!'

제 3 장

철면(鐵面)피

철면(鐵面)피

장백산의 여름은 짧았다. 여름이라야 일 년 중 고작 3개월에 불과하고 나머지는 겨울이었다. 9월말이면 눈이 내리고 그 눈이 녹아내려 흐르게 되는 것은 5월이 되어서였다. 딱히 봄이라거나 가을을 규정하기는 어렵고 그저 며칠 봄이려니 가을이려니 하는 것이 전부였다.

여름의 끝에 접어든 장백의 풍경은 가히 볼 만했다. 천지(天池) 주변에서 불타오르기 시작한 단풍은 그 범위를 점차 넓히더니 지금은 온 산을 붉은빛으로 도배를 해버렸다. 혹자는 해동금강(海東金剛)의 경치가 천하제일이라 했으나 금강을 비롯하여 조선에 솟아오른 모든 명산들의 기운이 장백산으로부터 시작하니 장백산이야말로 그 으뜸 중의 으뜸이라 할 수 있었다.

산에 자라는 식물이나, 살고 있는 동물들이 오래되거나 귀하지 않은 것이 없었으며 예로부터 사람들은 장백을 신령스런 산으로 여겼다. 당연히 장백에서 나는 모든 것들을 두려워하며 사랑했다. 그런데 여기 그토록 신령스러운 산에서 아무렇지도 않은 듯 감히 불경스러운 짓을 하는 놈이 있었으니…….

퍽! 퍽!

겉을 갑옷처럼 탄탄한 껍질로 무장한 소나무의 밑동이 을씨년스럽게 옷을 벗고 있었다.

휘익~ 퍽!

소문의 손에 들린 도끼가 한번씩 춤을 출 때마다 소나무의 밑동을 보호하던 옷은 얇아져만 갔다.

꽈지직!!

마침내 하늘을 받치고 있던 기둥이 무너지는 양 소나무는 그 거대한 크기에 알맞게 엄청난 소리를 내며 쓰러졌다. 주위의 작은 나무들은 소나무의 거대함에 감당하지 못하고 맥없이 쓰러져 갔다.

"빌어먹을 놈. 누구처럼 나이만 처먹어서 그런지 질기기가 고래 심줄 같구나. 암튼 내가 이겼다. 이놈아. 카카카! 오! 신이시여… 이 일을 정녕 제가 했단 말입니까?"

소문은 쓰러진 나무 옆에서 도끼를 하늘 높이 쳐들더니 발악적으로 외쳐 댔다. 나무는 그 길이가 족히 10여 장은 되었고 두께만 해도 장정이 서넛은 되어야 그 두께를 가늠할 수 있을 정도였다. 큰 기둥에서 옆으로 뻗어 나간 잔가지라 해도 그 하나하나가 어른 몸통보다 큰 실로 어마어마한 크기의 소나무였다.

그런데 이처럼 큰 나무가 어째서 땅바닥에 누워야 했는가? 그 까닭은 간단했다. 소문이 기를 쓰고 이 나무를 잘랐던 것은 지난번 자신했던 활 쏘기에서 처절한 실패를 맛보고 할아버지가 준 벌을 받고 있는 중이었다. 벌써 며칠째 주린 배를 안고 겨울 땔감을 하는지 몰랐다.

그런데 솔직히 이처럼 큰 나무는 땔감으로 효용이 없었다. 물론 알맞은 크기로 자르기야 한다면 더 바랄 나위 없이 최고의 땔감이 되겠지만, 쓰러뜨리는 데만도 하루가 꼬박 걸렸는데 어찌 그것을 알맞은 크기로 자를 수 있을까? 시간이나 많으면 몰라도 소문은 그토록 많은 시간을 투자할 이유도 없었고 힘도 없었다. 그럼에도 소문이 이 나무를 찍어 넘긴 까닭은 어설픈 잔머리의 소산이었다.

땔감을 하려고 산에 올라온 소문은 처음에는 이 나무 저 나무 열심히 잘라댔다. 하지만 상당한 시간이 흘렀음에도 땔감의 양이 좀처럼 늘지 않았다. 하기도 싫은 걸 억지로 하는 데다가 능률도 오르지 않으니 짜증만 났다. 그래서 고심 끝에 생각해 낸 것이 이 방법이었다. 일타(一打) 쌍피(雙皮)가 아니라 일타 수십 피…….

소문의 눈에 들어온 것은 큰 나무가 아니라 그 주변에 작은 나무들과 수없이 뻗은 가지들이었다. 하지만 마음과는 달리 이놈의 나무를 자르는 것은 결코 쉬운 일이 아니었다. 이놈은 보통의 애들과는 다른 상당한 힘으로 찍어대는 소문의 도끼질에도 끄떡하지 않고 오히려 소문을 비웃고 있었다. 포기할까도 생각했지만 성공의 대가가 너무나 달콤했기에 하루 종일 이를 악물고 도끼질을 해댔다.

"흠, 이놈하고 주변의 나무만 손질하면 올 겨울은 까딱 없으렷다! 역시 나의 뛰어난 머리는 알아주어야 한단 말야. 흐흐흐!"

쓰러진 나무에 걸터앉아 엉성하게 만들어진 가죽 물통을 꺼내 물을 마시며 자화자찬을 하던 소문의 머리 속은 온통 복수 생각으로 가득 차 있었다.

"흥! 빌어먹을 할배 같으니라고. 가문의 하나뿐인 47대 독자를 이리

괄시를 하다니… 어디 두고 보라지. 내 그넘의 포두이술을 하루라도 빨리 익혀 이날의 설움을 반드시 갚으리라!'

상상만으로도 즐거웠다. 자유자재로 활을 쏘는 자신. 할아버진 옆에서 감탄의 감탄을 하고 있고.

"자자, 빨리 하고 활 연습이나 해야겠다. 그날의 영광을 위하여."

흐르는 땀을 식히며 엄한 생각으로 잠시 휴식을 취한 소문은 우선 주변에 쓰러진 나무들을 수습하기 시작했다. 잔가지는 준비한 낫으로 쳐내고 기둥만을 따로 추려냈다.

땔감으로 쓰이는 장작[長斫]이 갖추어야 하는 최고의 미덕(美德)은 '은근(慇懃)'과 '끈기'다. 겨울철의 긴 밤을 버텨야 하는 장작은 은근히 타면서도 화력이 좋아야 하는데, 보통 기둥에서 뻗어 나간 잔가지는 잘 타기는 해도 오래가지는 못한다. 따라서 대부분의 장작은 그 나무의 중심 기둥이 쓰였다. 그런 이유로 소문은 잔가진 쳐다보지도 않고 쳐내곤 했다.

큰 나무를 자르느라 시간을 워낙 많이 소모해서인지 주변의 나무 중 이제 서너 개를 수습했는데도 벌써 날이 저물어왔다. 소문은 할 수 없이 하던 일을 중단하고 집으로 돌아가야 했다.

"에고, 지겨운 거… 이 짓을 언제까지 해야 한다… 삭신이 안 쑤시는 데가 없네."

두자 남짓한 도끼를 오른쪽 어깨에 메고, 왼손에는 날이 시퍼렇게 슨 낫을 빙글빙글 돌리며 걷고 있던 소문의 귀에 이상한 소리가 들린 것은 자신이 잘라놓은 그 큰 나무의 끝을 막 지날 때였다.

"뭔 소리랴?"

귀찮기도 했지만 궁금하기도 해서 소문은 소리가 나는 쪽으로 발길을 돌렸다. 소문이 발길을 멈춘 곳에는 한 마리의 새가 날개를 퍼덕이며 바위 아래서 꿈틀거리고 있었다. 어디에 큰 상처를 입었는지 피를 철철 흘리면서도 소문이 다가오자 날개를 퍼덕이며 날아오르려 했다.

꺼루룩……!

잠시 동안 퍼덕이며 요동 치던 새는 마침내 포기를 했는지 날갯짓을 멈추고 소문을 가만히 쳐다보았다. 비록 상처를 입고 땅에 떨어지기는 했어도 그 모습이 왠지 심상치 않았다.

상처 입은 몸으로 인간을 앞에 두고도 동요하지 않는 이 새는 까치나 비둘기보다는 약간 컸고, 매나 수리보다는 작았다. 하지만 소문은 이 새를 보자마자 산비둘기라고 단정 지었다. 비둘기치고는 제법 그럴 듯하게 생겼으나 자신을 노려보고 있는 꼬라지가 영 맘에 안 들었다.

"이눔의 비둘기 새끼가 감히 누굴 노려보고 있어! 간덩이가 부리 밖으로 튀어나왔나. 헤헤!! 암튼 횡재했네. 금식이 풀리는 오늘 저녁에 오랜만에 포식이나 하라는 하늘의 선물이로구나. 하하하! 하늘도 나의 이 불쌍한 처지를 헤아리고 있었구나!"

자신이 베어 넘긴 나무가 쓰러지면서 하늘에 유유히 떠다니다가 숲 속의 먹이를 노리며 하강하는 새를 내리친 것이라고는 전혀 생각하지 않는 소문이었다. 맨 끝의 여린 가지들에 맞아서 그나마 이 정도지 몸통에 맞았음 그 자리에서 죽었을 해동청이었다.

소문은 자신을 노려보는 새에게 재빨리 다가가더니 이미 기력이 다해 날갯짓도 하지 못하고 반항도 못하는 몸체를 거칠게 낚아챘다. 그리고는 휘파람을 불며 그 자리를 벗어났다.

소문이 산에서 내려왔을 때는 이미 어둠이 짙게 깔린 저녁이었다. 소문이 기분이 좋아 싱글벙글하면서 집 안으로 들어서자 그때까지 마루에서 잠을 자던 할아버지가 기지개를 켜며 일어났다.

"하아아아… 에구, 자도자도 졸립구나! 어라, 소문이 아니냐? 어째 벌써 돌아오는 게냐? 땔감은 다 마련하였느냐?"

"아직 끝마치지 못했지만 날이 어두워서 내려왔습니다."

"에라이, 이눔아! 오늘이 벌써 며칠 째냐? 게다가 날이 이리 밝은데도 일도 하지 않고 이리 게으름을 피우는 것이냐? 맨날 땔감이나 해라. 이눔아! 그리해 보거라. 백 년 천 년이 지난들 무공을 완성할 수 있을 줄 아느냐? 어림도 없지. 암!!"

할아버지는 이미 예상했다는 듯이 소문이 미처 대문을 지나기도 전에 소리를 질렀다. 그러다가 우물쭈물 서 있는 소문의 손에 뭔가 이상한 것이 들려 있는 것을 발견하고는 눈을 빛냈다.

"그게 무엇이냐?"

"산비둘깁니다. 내려오다가 주웠습니다."

"그래? 이리 가져와 보거라."

소문은 절대 내키지 않았지만 어쩔 수 없이 해동청을 할아버지에게 넘겨주었다. 물론 의심이 듬뿍 가는 눈치를 보내는 것을 잊지는 않았다. 과거 자신이 사냥한 것들을 이런 식으로 빼앗긴 것이 어디 한둘이던가.

'하지만 이번만은 안 되지. 며칠 만에 밥을 먹는 건데… 저건 하늘이 주신 선물이야. 암! 하늘의 선물을 함부로 빼앗겨서는 안 되지.'

딱!

소문이 필승의 의지를 다짐하기가 무섭게 날아오는 건 예의 그 곰방대였다.

"악! 왜 때려요?!"

졸지에 별을 본 소문의 말은 당연히 항의조였다. 하지만 돌아온 것은 냉랭한 할아버지의 말이었다.

"뭐라? 비둘기? 허… 나참. 니눔은 이게 고작 산비둘기로밖에 안 보이냐? 그런 썩어빠진 눈으로 제 딴에는 사냥을 하겠다고 설쳐 대는 꼬라지하고는……."

아까 처음 볼 때 좀 이상하기는 했지만 그저 종류가 다른 산비둘기려니 했다. 한데 그게 아닌 모양이었다. 그러나 그건 중요한 게 아니었다. 소문의 생각을 지배한 것은 꼬투리를 잡기 시작한 할아버지에게 밀리면 하늘이 내린 선물이 그저 할아버지의 입속으로 들어가는 것을 바라만 볼 수밖에 없다는 위기감이었다.

"그게 비둘기든 아니든 뭔 상관이 있어요? 암튼 그거 제가 잡았으니 이리 주시지요."

최강의 수였다. 소문은 자신이 할 수 있는 최선의 방어를 했다고 확신했지만 이번 역시 상황 판단을 잘못하고 말았다. 말이 끝나기 무섭게 또다시 나타난 곰방대가 소문의 몸 이곳저곳을 두들겼다. 곰방대의 무차별적인 역습에 소문은 결국 백기를 들고 말았다.

"가지시지요."

'내 비둘기!! 흑흑! 하늘이시여…….'

"이눔아, 너는 이게 얼마나 귀하고 소중한 영물(靈物)인지 모르느냐? 이것이 하늘의 제왕이라는 '해동청' 이다.

해동청!

해동청을 송골매라 하기도 하는데 해주목(海州牧)과 백령진(白翎鎭)에 많이 나며 전국에서 제일이었다. 고려 때에는 응방(鷹坊)을 두어 원나라에 세공으로 보내기도 했는데 그래서인지 중국은 이 매를 '해동청 (海東靑)' 또는 보라웅(甫羅鷹)이라 하였다.

일반적으로 사냥에 많이 쓰이나 때로는 군에서 통신용으로 쓰기도 했다. 다른 매들에 비하여 그 크기는 작으나 비상력이 강하며, 사냥감을 발견하면 공중에서 날개를 접고 급강하하여 이를 차서 떨어뜨린 다음 잡는 모습에서 감탄한 사람들이 비록 다른 매보다 덩치는 작아도 '하늘의 제왕' 이라는 별칭을 지어주기도 했다

소문이 잡아온(사실은 주워온) 이 해동청은 일반적인 해동청보다 더욱 작은 것을 보니 아직 다 자라지 못한 새끼임에 틀림없었다. 하지만 빛깔을 보니 등이 청회색이고 가슴에 흑색의 굵은 세로 무늬가 있으며 뺨에는 흑색의 줄무늬가 있는 전형적인 해동청의 모습을 갖추고 있었다.

이러한 해동청을 보고 비둘기라 했으니 할아버지가 화낼 법도 했다. 그러나 할아버지는 비둘기가 아니라고 했지만 소문에게는 어디까지나 그건 핑계이고 자신에겐 하늘이 내려준 며칠 만에 먹는 저녁의 맛있는 반찬거리일 뿐이었다. 또 비둘기면 어떻고 해동… 거… 뭐시기면 어떠랴… 어차피 죽기 일보 직전이고 죽으면 밥상에 오르는 것은 당연한 이치이거늘……

"이 새는 해동청이라고 하는 매의 일종이다. 네놈이 보기에는 몸집이 다른 맹금(猛禽)에 비하여 작아 보일런지 모르겠으나 용맹으로 치자면 이 새를 당할 것이 없다. 또한 한번 주인을 섬기면 죽을 때까지 그 주인을 따르는 충성심이 아주 강한 새이다. 그런데 이런 영물을 비둘기라? 아니지, 그것도 모자라 반찬으로 먹을 생각을 해? 허허! 하늘도

무심하시지… 이런 무지한 놈이 내 손자라니… 말년이 걱정되는구
나……!"

소문의 귀에는 할아버지의 호통도 푸념도 들리지 않았다. 이미 비둘
기(소문은 절대 매라고 인정을 하지 않았다)를 수중에 넣기는 요원했다. 소
문이 걱정한 것은 그것이 아니었다.

'이걸 핑계로 또 금식을? 그동안 전력을 감안할 때 가능성이 농후한
데… 아니지. 거의 틀림이 없는데… 제기랄, 또 산에서 풀뿌리나 캐먹
어야 하나……'

과거 소문이 할아버지의 금식 명령에도 불구하고 산에서 몰래 산짐
승을 잡아먹은 적이 있었는데 그때마다 어찌 알았는지 할아버지는 소
문에게 더욱더 강한 처벌을 내렸다.

한번은 비 오는 날 자신의 옷에서 먼지가 풀풀 나는 것을 목격하고
는 다시는 이 같은 시도를 하지 않았다. 다만 풀뿌리며 산에서 나는 과
일을 먹는 것은 알고도 모른 척했기에 금식 때만 되면 풀과 과일로써
연명을 했다.

"두 가지 제안을 하마. 굶을래? 살릴래?"

"예? 무슨 말씀이신지……?"

"귀까지 처먹었느냐? 한 보름 정도 굶을래, 아님 이 해동청을 살릴
래?"

할아버지의 제안에 소문은 머리를 굴리기 시작했다.

'보름이라… 한여름이면 어찌 버티겠으나 지금은 보름은 무리이고,
살리자니 저눔의 비둘기가 당장 죽기 일보 직전이라 영……'

그래도 당장 굶기는 싫어서 비둘기를 살려보려는 마음으로 기울기
는 하지만 비둘기가 혹여 죽기라도 한다면 그 뒤에 따라올 할아버지의

꼬장을 감당할 엄두가 나질 않았다. 하지만 질문의 대답은 이미 정해져 있었다. 그저 잠시 잠깐 생각을 한 것뿐이었다.

"살리겠습니다."

할아버지는 소문의 말에 이미 죽은 듯이 축 늘어져 있는 해동청을 소문에게 건네주었다.

"잘 살려보거라. 정성을 다하면 살릴 수 있을 것이다. 아마도 꼭 살려야 할… 것이다……."

저승사자의 말이 이보다 더 소름이 끼칠까? 소문은 머리칼이 쭈뼛 서는 느낌을 지울 수 없었다.

'흠, 고놈 제법 귀엽네.'

소문은 자신의 뒤를 졸졸 따라오는 해동청을 보며 싱긋 웃었다. 아직 다친 날개가 다 아물지는 않아서 날 수는 없었지만, 일어서지도 못하고 축 늘어져 있었던 지난 며칠에 비해 상당히 호전된 모습이었다.

소문이 이 새를 살리려는 노력은 너무나 처절했다. 새가 죽는다면 따라 죽는다는 신념으로 매일같이 상처를 소독하고 새로운 천으로 갈아주며 낫기를 빌었다. 해동청은(여전히 의문을 가지고는 있으나 어쩔 수 없이 매로 인정을 하고 말았다) 오른쪽 날개가 무엇에 의해서인지 심하게 찢겨 있었는데 살이 패인 것은 물론 뼈까지 보일 정도의 심한 상처였다. 또한 떨어질 때의 충격에 의해서 몸 이곳저곳에 크고 작은 타박상도 많이 입었다. 해서 치료하는 데 상당한 양의 약초(藥草)가 들어갔다.

소문과 할아버지가 생계를 유지하는 것은 주로 산에 있는 약초를 캐어 내다 파는 것이었다. 그 양이 많지는 않았지만 조손이 밥을 굶지 않을 정도의 돈은 충분히 벌어주었다. 약초는 할아버지가 한 달에 두어 번 산에 오르셔서 캐왔고, 그 캐온 약초는 마을에서 약초 채집 일을 하는 장씨 아저씨를 통해 필요한 의복이며 곡식으로 바뀌어졌다. 괴팍하고 고약하고 꼬장만 부리는 할아버지가 다른 어떤 약초꾼보다 약초를 잘 캤는데, 소문의 머리로는 도무지 이해가 안 가는 것이었다.

아무튼 이런 이유로 집에는 상당한 양의 약초가 있었는데, 소문은 이런 약초를 이용하여 해동청을 치료하기 시작했다. 우선 상처에 묻어 있는 먼지와 지저분한 것들을 깨끗한 물로 씻어내고 지혈에 좋은 약초를 적당히 즙을 내어 날개에 붙여주었다.

그런데 문제는 상처가 아니었다. 상처야 피가 멈추고 계속 약을 발라주면 별문제는 없겠지만 우선 급한 것은 피를 많이 흘리면서 떨어진 체력이었다. 체력을 회복시키지 않고 이대로 방치하면 이 새는 곧 죽고 말 것이라는 걸 잘 알고 있었다. 빨리 방법을 마련해야 했다.

그믐이라 달도 없는 깜깜한 밤에 대청마루 앞에서 쭈그리고 앉아 무언가를 하고 있는 소문을 향해서 저녁을 먹고 이제껏 아랫목에 누워 부른 배를 만지던 할아버지가 참견을 했다.

'자고로 약이란 정성이라 했다. 부채질이나 하면서 그저 달이는 시늉만 하지 말고 정성을 다하여 달이거라. 행여라도 지난번 니놈이 나에게 달여온 약처럼 정성이 깃들지 않은 약은 아무 도움도 되지 않을뿐더러 오히려 해가 될 것이야. 새가 죽으면 안 되지. 암, 안 되고 말고.'

혼내는 시어머니보다 말리는 시누이가 더 밉다고 하던가? 아무것도 도와주지 않으면서 '감 내놔라, 배 내놔라' 하는 할아버지가 얄밉기는 시누 못지않았다.

'제기랄! 길지도 않은 인생을 살아오면서 사람도 아니고 새를 먹이

려고 탕약을 달이게 될 줄이야……'

소문은 자신의 처지가 새만도 못하다는 괴리감에 빠져 인생의 회의마저 품고 있었다. 그나마 지금 달이는 약이라도 먹고 살면 다행이라며 자신을 달래는 것 이외에는 아무것도 할 수 없었다.

다행히 소문의 바람은 빗나가지 않았다. 그 약이 좋은 것인지 아님 필사적인 소문의 마음이 통한 것인지 약을 먹은 이튿날부터 해동청은 제법 기운을 차리는 것 같았다.

또다시 며칠이 지나자 크게 다친 날개를 제외한 거의 모든 상처가 완치됐다. 특이할 만한 점도 있었는데 그동안 자신을 치료하던 소문에 은근한 경계와 적의를 보이던 해동청의 행동이 눈에 띄게 달라졌다는 것이다. 먹이나 붕대를 감아주려고 다가갈랍시면 제법 소리 내어 반길 줄도 알고 때로는 부리로 손을 비비는 행동도 했다. 그런 행동들이 싫지만은 않았다.

비록 며칠 동안 생명의 위협을 느끼며 억지로 새를 보살피긴 했지만 그동안 적지 않게 정도 들었고, 또 요즘에는 소문이 움직이는 곳마다 따라다니며 살갑게 구는 통에 매일같이 티격태격하며 할아버지와 단둘이 살던 소문은 그런 해동청을 이참에 아예 새로운 친구로 만들어버렸다.

할아버지와 둘이만 사는 것이 지겹기도 했지만 사실 소문은 친구가 없었다. 마을에서 그다지 멀지 않은 곳에 살고 있었지만 아주 어릴 때를 제외하고는 활을 쏘게 된 이후론 동네 또래들과 어울리지 않고 거의 혼자 놀다시피 했다.

당연히 친구가 있을 턱이 없었다. 그런 소문에게 비록 말은 못하지만 자신을 잘 따라주는 새로운 친구가 생긴 것이다.

친구라… 바로 며칠 전만 해도 저녁 반찬거리를 빼앗겼다고 울분을 토하던 자신의 모습은 이미 기억 저편으로 사라져 버렸다. 알 수 없는 것이 사람의 마음이라더니 소문은 한술 더 뜨고 있었다.

해동청을 치료하며 겨울 동안 사용할 땔감을 다 한 소문은 다시 활을 들고 포두이술에 매달렸다. 오늘도 마침 아침을 먹고 연습장으로 가는 길인데 친구 삼기로 한 해동청이 따라오자 자신의 어깨로 들어 올렸다.

'흠, 계속해서 '새야!' 라고만 할 수 없으니 새로 친구된 기념으로 이름이나 지어 줘야겠다. 뭐가 좋을까? 뭔가 강하고 날카롭고 친숙한 그런 기막힌 이름이 없나… 천둥? 번개? 태풍? 에이 씨……!'

곰곰이 생각해도 떠오르는 건 그저 졸렬한 이름뿐이었다. 정말 마음에 드는 이름이 없을까… 소문은 가던 길을 멈추고 아예 땅바닥에 주저앉아 턱을 괴고 생각에 잠겼다.

'그래! 그거야!'

소문이 갑자기 몸을 일으키는 바람에 아직 몸이 정상이 아닌 해동청은 중심을 잡지 못하고 어깨에서 떨어졌다.

그 모양을 본 소문은 재빨리 주워 자신의 어깨 위로 다시 올려놓았다. 그리고는 기쁨에 겨워 말을 했다.

"오늘부터 네 이름은 '철면(鐵面)피' 야. 어때 근사하지? 느낌이 오잖아. 지난번에 널 처음 봤을 때 강철 같은 얼굴에서 피가 흐르는 게 기억나서 지었어. 성은 강인한 철이요, 이름은 얼굴에서 흐르는 피!! 그래서 철면피! 정말 기막히게 지은 것 같지 않아?"

누가 들음 오해하기 딱 좋은 이름을 지어놓고는 마냥 좋아서 저리 날뛰다니… 멍청한 건지 철이 없는 건지 이해가 가지 않았다.

소문이 면피를 저녁거리로 잡아온 지 한 달이 지나자 그토록 심했던 날개의 상처도 다 나아서 이제는 자유롭게 하늘을 날아다니고 있었다. 제 딴에는 보은(報恩)을 한다고 생각하는지 매일같이 토끼며 꿩을 잡아오는 게 아주 신통했다. 몸집도 작은 것이 저리 사냥을 잘하다니……. 소문은 이제 완전히 면피를 하늘의 제왕 해동청으로 인정하게 되었다.

면피가 소문의 친구가 되었지만 소문의 일상은 변함이 없었다. 소문은 오늘도 여전히 포두이술과 씨름을 하며 보내고 있었다.

'제기… 또냐?'

표적을 벗어나 엉뚱한 곳에 떨어지는 화살을 보며 소문은 옆에 굴러다니는 돌을 걷어찼다.

원래 장백산의 기후는 상당히 변덕스러웠다. 게다가 겨울이 다가오면서 그 변덕은 더욱 심하게 되었는데 그로 인해 죽을 고생을 하는 것은 소문이었다.

예전과는 달리 할아버지의 충고 후 바람이 세든 약하든 고각을 익히기 위해서 있는 힘껏 하늘로 쏘아 보낸 화살이 위아래의 심한 바람 차이 땜에 요동을 쳤다. 날리는 족족 의도했던 방향과는 엉뚱한 곳에 떨어지는 등 좀처럼 나아질 기미가 보이지 않았다. 아래의 바람이야 온몸으로 느낄 수 있었지만 위에서 불어오는 바람은 도무지 감을 잡을 방법이 없었다.

'틀림없이 방법이 있을 텐데…….'

툭!

고민을 하는 소문의 발치에 뭔가가 떨어졌다. 철면피가 또 사냥을 해왔다. 소문의 발 옆에 잡아온 꿩을 떨어뜨린 면피는 자랑이나 하듯이 엄청난 속도로 하늘로 날아올랐다. 면피가 순식간에 까마득한 점으로 변해 소문의 머리 위를 천천히 유영하는 순간 때마침 그 모습을 보던 소문은 무릎을 쳤다.

'그래… 저거다. 저런 방법이 있었네. 저러면 하늘 위의 바람을 알수 있겠구나!'

소문은 자신의 머리 위에서 유유히 날고 있는 면피를 보고 이를 잘만 이용한다면 위에서 불고 있는 바람을 알아낼 수 있다는 생각을 하게 됐다. 비록 면피만 보고는 미세한 바람을 제대로 알진 못하겠지만 다리나 몸에 긴 끈을 달아놓으면 그것을 이용해 충분히 바람을 알 수 있으리란 생각이 들었다. 소문의 생각이 여기에 이르자 갑자기 욕이 튀어나왔다.

'빌어먹을 할배 같으니. 진작 제대로 가르쳐 주면 어디가 덧나나… 사람을 이리 고생시키다니……. 아휴!!'

소문이 바람 차이 때문에 며칠을 고생하는 것을 보던 어느 날인가 할아버지는 연날리기를 한다고 잔나무를 잘라오라고 했다. 지금 생각해 보니 순전히 자기를 놀리는 것이었다. 하늘 위에 띄워놓은 연만큼 바람을 잘 파악할 수 있는 것이 무엇이 있을까?

소문은 그것이 자신에게 방법을 알려주려는 할아버지의 의도라고는 전혀 생각하지 않았다. 그저 고심하는 손자를 약올리려는 할배의 고약한 심보란 생각이 들 뿐이었다.

그 이후는 일사천리(一瀉千里)였다. 철면피의 양다리에 일 장에 달하는 하얀 천을 묶은 다음 하늘로 올려 보냈다. 소문의 걱정과는 달리 면피도 소문의 의도를 알았는지 그의 상공을 계속 선회하며 시시각각으로 변하는 바람의 차이를 알려왔다.

소문은 자신이 느끼는 바람과 위에서 불고 있는 바람의 진행 방향과 속도를 감안해서 화살을 날리기 시작했다. 이것저것 생각하다 보니 한 발 한 발을 날리는 속도가 상당히 느렸지만, 기후가 안 좋은 날엔 항상 엉뚱한 곳에 떨어지던 화살이 이젠 제법 목표물에 근접하여 떨어지고 있었다. 그리고 마침내 하나의 화살이 정확하게 목표물에 꽂혔다.

'휴! 이제 겨우 한 발인가⋯⋯.'

처음으로 화살이 목표물에 명중하는 것을 본 소문이지만 얼굴이 그리 밝지만은 않았다.

'면피를 이용해서 위에서 불고 있는 바람을 어느 정도는 알게 되었지만 그것으론 부족해. 내가 느껴야 하는데⋯ 아직까진 방법이 없구나! 그저 면피를 이용해 조금이라도 감을 더 익히는 방법밖에는⋯⋯.'

소문은 잠시도 쉬지 않고 연습에 몰두했다.

제4장

출행랑(出行狼)

출행랑(出行狼)

　"잠시 멈추거라."

　아침을 먹고 또다시 활을 들고 집을 나서는 소문을 제지한 건 할아버지의 나지막한 음성이었다. 소문은 천천히 할아버지가 있는 곳으로 걸어갔다.

　"언제까지 활만 쏘고 있을 수는 없으니 내일부터는 다른 무공도 수련하도록 해라."

　"다른 무공이라면?"

　"아직 무위공(無爲攻)이나 검법은 익힐 때가 되지 않았고 자격도 없으니, 네가 익힐 무공은 하나밖에 없지 않느냐. 자연히 가문의 보법인 '출행랑(出行狼)' 뿐이지."

　활 쏘기가 싫증난 것은 아니지만 최근엔 다른 무공도 익히고 싶다는 생각이 은근히 들었던 터라 몹시 기대가 되었다. 할아버지는 잠시 뜸을 들이더니 곧 말을 하기 시작했다.

"출행랑(出行狼)은 말 그대로 이리의 모습에서 착안하여 만들어진 보법(步法)이다. 원래 보법은 소수나 혹은 다수의 적과 대치했을 때 적의 공격으로부터 자신의 몸을 보호하고 상대방의 허점을 노려 재빨리 이동한 후 공격하는, 즉 공수의 조화로운 움직임을 이끌어내는 무공이라 할 수 있다. 무당파(武當派)의 부드럽고 유연한 유운신법(流雲身法)처럼 수비에 탁월한 효용이 보법이 있는가 하면 아미파(峨嵋派)의 한매보(寒魅步)처럼 강력한 공격에 유용한 보법이 있다."

소문은 사뭇 진지했다. 비록 무당파니 아미파니 하는 말들은 처음 들어보지만 그런 무공이 있다 하니 그저 그러려니 하고 듣는 데만 집중을 했다.

"그러나 이들 무공이 각각 공격이나 수비에선 약점을 보인다는 말은 아니다. 다만 처음 만들어질 때 의도했던 바가 그렇기 때문에 각각 차이를 보이는 것이다. 하지만 우리의 출행랑은 이 두 가지 성격을 극대화했다. 유운신법처럼 부드럽진 않지만 제 한 몸 지키기에 부족함이 없고 공격해 들어갈 땐 한매보보다 더 탁월하다. 말로는 잘 알아듣지 못할 테니 우선 내가 하는 것을 보거라."

할아버지는 소문에게 멀찌감치 떨어지더니 자세를 취했다. 그리고는 잠시 호흡을 가다듬는 듯했다.

"이엽!"

"……."

소문은 어이가 없었다. 한 번의 기합과 함께 자신의 앞에 나타난 할아버지… 하나 그게 무어란 말인가!

말은 참으로 그럴듯했다. 제 한 몸 지키기에 충분하고 공격할 때 아주 유용하다 하니 이보다 훌륭한 무공이 어디에 있을까?

하지만 소문이 원한 건 이런 것이 아니었다. 고고한 학(鶴)이 강가를 거닐 듯, 신선이 구름 위를 노닐 듯 우아하면서도 세련된 동작을 원했건만 뭐냐? 저건… 개구리마냥 폴짝거리며 다가오다니…….

이런 소문의 마음을 아는지 모르는지 할아버지는 다시 뒤로, 그리고 좌우로 이동을 하였다. 하지만 소문이 보기에 한 마리의 개구리가 폴짝폴짝 뛰어다니는 모습이었다.

'젠장, 내가 저걸 익혀야 한단 말야? 돌아버리겠네. 누가 보면 저걸 보법이라 하겠어. 비 오는 날 개구리 발광으로 보지…….'

하지만 소문이 하나 간과하고 있는 것이 있었으니 그것은 할아버지가 처음 그에게 다가오며 일순간 움직인 거리가 무려 10여 장에 이른다는 것이었다. 그것을 전혀 눈치 채지 못하고 이렇게 투덜거리고 있을 때, 시범을 마친 할아버지가 소문에게 다가왔다.

"어떠냐? 정말 대단하지 않느냐?"

가슴을 펴며 자랑스럽게 말하는 할아버지의 모습에서 나즈막한 한숨이 새어 나왔다. 그러나 또 굽을 수는 없음에야…….

"예… 정! 말! 대단했습니다."

소문의 말에서 그 불만을 감지 못할 할아버지가 아니었다.

'요놈의 자슥이 틀림없이 불만이 가득한데… 홍! 잘 알겠다. 요놈아! 누가 지 아비의 아들이 아니랄까 봐 하는 짓이 똑같냐. 네놈 아비도 첨에는 고랬지. 내 곧 니놈의 버르장머리를 고쳐 주마.'

하나 이렇게 말하는 할아버지 자신도 첨에는 소문과 같았음은 기억하지 못하니 참으로 편리한 머리였다.

'험험, 네가 아직 이 보법의 효용을 모르는 것 같구나. 해서 내가 너

에게 잠시 그 위력을 보여주마.'

할아버지는 다시 시범을 보이기 위해 첨에 이동했던 자리로 천천히 걸어갔다. 소문은 그런 할아버지의 뒷모습에서 뭔가 모를 불안감이 다가오기는 했지만 그저 그러려니 했다.

"내가 아끼는 네게 아무 뜻 없이 그냥 다가갔지만 이번에는 너에게 공격을 하는 양 다가갈 테니 두 눈을 똑바로 뜨거라."

"하앗!'

아까와 마찬가지로 폴짝 뛰어온 할아버지. 그 폼은 전혀 다름이 없었지만 그 기세는 전혀 달랐다. 그것은 소문의 모습을 보면 단번에 알 수 있었다. 소문의 반응이 빠른 것은 아니나 할아버지가 도착하고 나서야 천천히 시작된 그의 반응은 실로 가관이었다.

한 발 두 발 뒷걸음을 치던 소문은 어느새 바지에 오줌을 지리고 있었고, 눈동자는 초점을 잃어 멍해졌으며 입에서는 침을 질질 흘리고 있었다. 마치 무엇에 크게 놀라 미친 듯한 모습이었다.

그런 소문을 본 할아버지는 혀를 찼다.

"에잉! 담이라고는 쥐뿔도 없는 것이 까불기는. 이놈아, 정신 차리지 못하겠느냐!"

할아버지의 호통 소리에 깜짝 놀란 소문은 주위를 살펴보았다. 도무지 이해할 수 없었다. 소문이 방금 할아버지를 보고 있을 때 갑자기 할아버지는 사라지고 무언가가 자신을 노리는 듯했다. 그게 어떤 것이었는지는 단정 지을 수는 없지만 왠지 무섭고 두려운 느낌이 들었다. 한 발이라도 움직이면 자신의 몸이 갈가리 찢겨 나갈 듯한 느낌… 아니, 사실 움직일 엄두도 내지 못한 소문이었다.

소문은 인간 심연에 잠재해 있는 공포감을 자극하는 그 무언가를 느끼곤 그대로 정신을 빼앗겼다. 그리고 자신이 정신을 차렸을 땐 그 기운은 이미 사라지고 남은 것은 미치광이처럼 겁에 질려 바지에 오줌을 지린 한심한 자기와 그런 자신을 비웃는 할아버지뿐이었다.

"헹, 이놈아, 어떠냐. 이래도 비웃을래? 클클클! 다 큰 놈이 바지에 오줌이나 지리다니 부끄러운 줄 알아라. 그렇게 겁이 많아서야 어따 써먹겠느냐?"

"……."

할아버지가 아무리 자신을 비웃어도 뭐라 할 말이 없었다. 스스로 생각해도 납득이 되지 않을 만큼 한심했다. 그것이 소문에게는 큰 충격으로 다가왔다. 그 답은 할아버지에게 구할 수밖에 없었다.

"그것이 무엇이었지요?"

너무나 진지한 소문의 물음에 할아버지는 적지 않게 놀라고 있었다.

'흠… 이놈이 꽤 놀랐나 보구만.'

"그래, 이제야 배울 마음이 쪼금은 생기는 것이냐?"

"……."

"아까 설명했듯이 출행랑은 이리의 모습에서 착안하였다고 했다. 하지만 그것은 단지 모습의 흉내가 아닌 이리가 지닌 기운까지 염두로 한 것이다."

"기운이라뇨?"

"이리는 자신이 노리는 사냥물에 무턱대고 공격을 하지 않는다. 사냥을 하기 전에 미리 상대의 전의를 무너뜨리고 공격을 하는데 아까 네가 느꼈던 것처럼 일종의 살기를 내뿜는다고 할 수 있겠지. 그 살기로 사냥물의 행동을 봉쇄하고는 단번에 도약하여 목줄기를 물어뜯어 절명시키는 것으로 이리의 사냥은 끝이 난다. 아까 내가 너에게 이리가 하는 방식으로 약간의 살기를 내뿜자 너는 아무것도 할 수 없었다. 그것이 만약 진짜 싸움이었다면 너는 이미 죽은 목숨일 게다. 그리고 네가 그냥 지나치고 있는 듯하여 말하는데 아까 내가 서 있던 곳을 보거라. 거리가 얼마나 될 듯싶으냐?"

할아버지의 말에 소문은 고개를 옆으로 빼고는 그 자리를 살펴보았다.

"한 10여 장은 될 듯싶은데요… 헛!!'

소문은 말을 하다 말고 깜짝 놀라 다시 한 번 그 자리를 쳐다보았다. 이제야 그 거리의 의미를 깨닫게 된 것이다. 말을 마침과 동시에 자신의 앞에 서 있는 할아버지… 이걸 어찌 설명해야 한단 말인가?

개구리마냥 폴짝거린다고 비웃었던 소문은 그 위력을 보고는 출행랑이라는 무공을 새삼 다시 보게 됐다. 쥐구멍이라도 있음 들어가고 싶은 심정이었다.

"어떠냐? 니놈의 생각처럼 그리 시시껄렁한 무공이 아님을 알았느냐?"

"예……."

"그래, 배워볼 맘이 생기느냐?"

"예……."

"그렇다면 내일부터 시작을 해보도록 하자. 하지만 한 가지 알아두어야 할 것은 네가 출행랑을 주로 사용해야 할 때는 공격이 아닌 수비에서다."

"예?"

수비라니… 이상한 생각이 들었다.

"네놈은 공격을 위한 보법은 별로 사용할 일이 없단 말이다."

"……."

"에이구! 미련한 놈, 니놈이 쓰는 무기가 무엇이냐?"

"활… 입니다."

"그래, 말은 잘하는구나. 활을 들고 적 앞으로 달려가서 뭘 하자는 것이냐? 활로 적을 후려칠래? 아님 화살로 콕 찌를래?"

"……."

"활이라는 것은 근거리 무기가 아니라 원거리 무기다. 당연히 적은 거리를 좁히려 할 것이고 활을 쓰는 자는 자신의 안전과 활의 유용성을 극대화하기 위해 적당한 거리를 유지하려 할 것이다. 아까 보았듯이 출행랑은 순식간에 거리를 좁힐 수도 있지만 그 반대로 떨어뜨릴 수도 있다. 거리를 떨어뜨리는 것도 좁히는 것과 마찬가지로 강한 살기를 발함으로써 쫓아가면 왠지 불안한, 무언가 후한이 뒤따라올 듯한 기운을 적에게 남김으로써 보다 효과적으로 안전 거리를 확보하여 공격할 수 있는 것이다. 한 번 더 시범을 보여주랴?"

"헐, 아닙니다."

"출행랑이 실로 이러하니 이는 우리 가문의 포두이술과 매우 잘 맞아떨어지는 무공이라 할 수 있을 것이다."

소문은 그제야 할아버지의 말이 이해가 갔다. 비록 그 모양새가 개구리가 날뛰는 형태라지만 위력이 이 정도임에야… 하지만 그것이 출행랑(出行狼)의 전부는 아닌 듯했다. 할아버지는 설명을 계속 이어갔다.

"출행랑은 기본적으로 보법이지만 경공법(輕功法)과 따로 구별을 두진 않는다."

"……."

뭔 소린지 모르겠지만 물어봐야 어차피 핀잔만 들을 것. 잠자코 다음 설명을 기다렸다.

"일반적으로 보법이란 적과 싸울 때 무공의 출수와 회수를 보다 효과적으로 하기 위해 만들어진 것으로 근거리 접근전이나 순간적인 방향 전환을 할 때 주로 쓰인다. 이때 움직이는 발의 보폭(步幅)이나 운용하는 기의 흐름이 근거리에 맞추어져 있으니 짧은 거리엔 유용하나 먼 거리를 이동할 땐 다소 무리가 따를 것이다. 이걸 극복하기 위해 나온 것이 먼 거리를 무리없이 이동하는 경공법이다. 둘 다 몸 안에 흐르는 내공을 기초로 하여 이루어지는 것이기는 하나 그 방법에 있어 약간의 차이를 보인다. 그 차이는 그다지 커 보이지 않으나 네가 실전에 들어가면 얼마나 다른지 알 것이다. 중원에서도 최고의 보법과 최고의 경공법이 따로 있는 것은 그러한 이유일 것이다."

"중원에서 쓰이는 보법과 경공에는 무엇이 있습니까?"

"흠… 수없이 많은 무공들이 있겠지만 우선 보법을 보면 구대문파(九大門派) 중 으뜸을 차지하고 있는 소림사의 금강부동신법(金剛不動身法)과 익히기가 극히 어려워 세간에는 잘 알려지지 않았지만 연대구품(連臺九品)이 수위를 차지한다. 이중 금강부동신법은 정중동(靜中動)의 보법이니 출행랑으로 물러서서 공격하는 데 아무 문제가 되지 않으나 연대구품은 출행랑과 마찬가지로 순간적인 이동을 할 수 있는 극상승의 보법이다. 따라서 출행랑이 발하는 살기를 견디어낼 수 있다면 능히 너를 쫓아올 수 있는 유일한 보법임을 알아야 한다. 하지만 이 또한 보법인지라 먼 거리를 이동하다 보면 출행랑으로 충분히 견디어낼 수 있을 것이다. 그 외 다른 보법은 알 필요도 없다."

말을 잠시 멈춘 할아버지는 못마땅하다는 듯이 소문을 쳐다보고 있었다. 눈칫밥 10여 년, 소문은 벌써 부엌으로 뛰어가 지난해에 담근 매실주(梅實酒)를 간단한 안주와 함께 준비를 했다.

"험! 내가 교육은 잘 시켰단 말야."

소문이 올린 술상에서 매실주 한 잔을 따라 마신 할아버지는 몇 가닥 남지도 않은 수염을 쓰다듬었다.

"그래, 내가 어디까지 얘기했더냐?"

"소림사의 연대구품을 말하셨는데요."

"그럼 경공법을 보자. 소림사의 승려들은 품위를 지켜야 하기 때문인지 경공은 그 명성에 비해 뛰어나지 않다. 아, 물론 훌륭한 경공법이 많이 있지만 중원에서 최고를 다투지는 못한다는 것이다.

경공의 최고는 같은 구파(九派)인 무당파(武當派)와 곤륜파(崑崙派)가 그 수위를 놓고 다투고 있다. 무당에는 제운종(梯雲縱)이 있고 곤륜에는 운룡대팔식(雲龍大八式)이 있는데 둘의 우열을 가리기는 쉽지 않다."

"출행랑에 비교하면 어떻습니까? 아고야!!"

소문이 아주 조심히 물었건만 돌아온 것은 역시 곰방대의 역습이었다.

"이놈아, 비교할 걸 비교해야지. 천상천하유이(天上天下有二)의 보법이자 유일의 경공법인 출행랑에 그런 허접 쓰레기 같은 무공을 비교하다니… 고얀놈 같으니라고!"

'지미, 내가 알게 뭐야. 인제 겨우 가르쳐 주면서……'

"출행랑은 비록 그 근본은 보법에 있지만 나가고 물러섬에 있어서 발의 보폭이 다른 경공법에 쓰이는 보폭보다 오히려 더 넓다고 할 수 있다. 다만 강한 내공이 밑에서 받쳐 주어야겠지만 내공만 갖추어진다면 순간적인 이동에서 최고를 자랑하는 보법이자 경공법의 특징도 아울러 지니고 있는 출행랑을 따라올 것이 무에가 있겠느냐? 또한 내공이 문제가 된다면… 네놈은 무위공을 익히게 될 것, 걱정할 것 없다."

할아버지는 잠시 말을 멈추고 숨을 한번 고르고는 말을 이어갔다.

"이제는 네 활 솜씨가 어느 정도는 안정을 이루었으니 내일부터는 앞서 말한 바와 같이 출행랑을 더불어 익히고, 아직 중원에 대해 모를 것이니 지난 수백 년 간 중원을 돌아다니며 중원 무림에 대해 기록해 놓은 선조님들의 발자취도 아울러 느껴보거라. 무위공을 익히는 방법을 찾고자 중원을 떠돌아다니시며 각종 문물과 무공, 문파에 대해서 기록해 놓은 것들이니 네게 많은 도움이 될 것이다. 이제 그만 가보거라."

"예, 할아버지."

긴 설명을 마친 할아버지는 다시 방으로 들어갔고 소문은 활을 집어들고는 평소와 다름없이 연습장으로 발길을 돌렸다. 그러나 비록 평소와 다름없이 움직이고는 있지만 머리 속은 아까 할아버지가 보여준 출행랑 생각으로 가득 차 있었다.

이미 겨울이 다가왔음을 알리는 듯 아침 느지막히 떠서 점심을 먹고 나면 금세 지곤 하는 해가 아직 중천에 떠 있는 것을 보니 아직 점심때를 지나진 않은 것 같았다. 하늘은 눈이 부시도록 푸르고 구름 한 점 없는 화창한 날이었다. 가만있어도 기분이 상쾌해질 정도로 맑은 날이와 어울리지 않게 오만상을 찌푸린 사람이 있었다.

"어허! 흔들리면 안 된대도 그러는구나! 그리 중심을 못 잡아서야 어디 밥이라도 먹을 수 있겠느냐?"

냇가 옆에 가지를 길게 뻗은 느티나무 아래에 떡하니 돗자리를 펴고 앉아 혼자서 술을 홀짝홀짝 마시던 할아버지는 계속해서 고함을 질러 댔다. 한 켠에서는 철면피가 잡아온 꿩고기가 구수한 냄새를 풍기며 익어가고 있었다. 철면피는 자신의 친구이자 주인의 모습이 안쓰러운 지 소문의 머리 위를 빙글빙글 돌고 있었다.

"제기랄… 힘들어 죽겠고만… 밥도 제대로 안 주면서 냄새까지… 미쳐 버리겠네!"

소문의 이마에서는 한여름의 소나기 쏟아지듯 굵은 땀방울이 줄줄 흘러내렸다. 그런데 지금 소문의 모습은 과거와는 많이 달랐다. 지금 이 시간이면 점심을 먹고 포두이술 연마에 힘쓸 시간이건만 냇가에 들어가서 뭘 하고 있는 것인가?

소문의 모습은 참으로 가관이었다. 양쪽으로 가볍게 벌린 손에는 커다란 돌멩이가 각각 들려 있었고 머리 위와 어깨에도 각각 하나의 돌멩이가 놓여 있었다. 오른쪽 다리는 가볍게 들어 올렸는지 물 위로 무릎의 끝이 살짝 드러나 보였다. 평지에서도 이런 자세로는 오래 버티기가 힘든 법인데 물속에서, 그것도 유속이 아주 빠른 물속에서 다리 하나를 들고 서 있음에야… 흔들리는 것은 너무나 당연했다. 하지만 할아버지에게 그 따위 이유는 통하지 않았다.

"앞으로 반 시진만 참으면 된다. 고작 반 시진을 참지 못하여 굶어서야 되겠느냐? 꾸욱 참거라."

할아버지가 얄미운 것은 하루 이틀이 아니었지만 연신 술과 꿩고기를 뜯으며 약을 올리는 모습을 보자 진짜 내 할아버지일까? 하는 생각이 들 정도였다.

소문이 냇가에서 이런 해괴한 짓을 한 지도 벌써 석 달이 지나갔다.

그동안 오전에는 포두이술을 연마하고 이렇게 해가 중천에 뜨면 냇가에서 이상한 짓을 했다. 할아버지 말로는 출행랑을 익히는 중요 단계라 했지만 소문은 도무지 믿을 수 없었다. 하지만 어쩌랴… 울며 겨자 먹기로 어쩔 수 없이 따르는 중이었다.

소문의 고생문은 그가 출행랑을 연마하기 시작한 첫날부터 이미 예고되었다.

"출행랑은 위력이 뛰어난 만큼 익히기가 쉽지 않다. 어제 시범을 보여준 것처럼 그렇게 순간적인 나아감[出]과 물러섬[退]은 폭발적인 다리 힘이 있어야 하며 그런 힘을 적절히 뒷받침해 줄 수 있는 기의 흐름이 필요하다. 출행랑을 자세히 살펴보면 가까운 거리에서의 순간적인 이동 시, 즉 도약할 때를 제외하고는 보폭의 별로 크지 않다. 하지만 먼 거리를 이동하게 되는 경공법으로 쓸 때는 한 보의 길이가 약 7, 8장에 이른다. 너는 이 차이를 무어라 설명하겠느냐?"

"힘에 차이가 있는 것 같습니다."

"그래. 그 말도 일리가 있지만 힘의 차이라기보다는 기의 운용 방법에 차이가 있다고 할 수 있다. 경공법에서는 힘의 안배 차원에서 기의 흐름을 비교적 느리게 천천히 하여 그 기운이 끊어지지 않고 계속해서 이어지게 하는 반면에, 보법에서는 기운을 일순간에 끌어 모으기 위해서 기의 흐름을 평소보다 빨리하여 힘을 모으는 데 용이하게 한다. 물론 이것은 절대적인 것이 아니다. 오히려 그 반대가 될 수도 있을 것이다. 이것이 일반적으로 보법과 경공법이 같이 쓰이지 않는 이유가 된다. 하지만 이런 상식을 깨뜨렸기 때문에 출행랑은 보법과 경공법 이 두 가지 방면에서 모두 쓰고 있는 것이다. 출행랑을 시전하면 전후좌우 어느 곳을 가더라도 막힘이 없이 물 흐르듯 자연스럽게 이동을 할 수 있는데 그러기 위해선 그만큼 발을 빨리 움직여 미리 방향을 잡아 두어야 한다. 움직인다고 해서 마구잡이가 아니라 그 방향과 순서를 따라야 함을 잊지 말아라. 또한 출행랑의 최고봉이라 할 수 있는 앞뒤로의 순간 이동은 겉으로 보기엔 단순 도약으로 보이지만 도약을 하여 발이 땅에서 떨어지더라도 그 도중에 발은 계속해서 방향과 순서에 따라 움직이고 있다. 그러한 발놀림과 몸 안에 흐르던 기가 일치되면 그 폭발력이 밖으로 표출되는데 표출되는 그 힘이 그렇게 빠른 이동을 가능하게 해주는 것이다. 보법으로 출행랑이 이와 같다면 경공법에서는 이러한 보법이 단지 확대되어 사용한다는 것과 이에 가속력(加速力)을 쓴다는 것만 알면 된다."

"가속력이라니요?"

"이리를 보자. 이리는 가까이에 있는 먹이를 사냥하고자 할 때엔 몸을 웅크릴 대로 웅크려서 한 번의 도약으로 모든 사냥을 끝낸다. 그러나 멀리 이동을 하거나 혹여 사냥감이 도망이라도 칠랍시면 처음 몇 걸음은 잰걸음으로 쫓아간다. 하나 이는 앞으로 내게 될 폭발적인 속도를 미리 준비하는 것으로 이런 준비 단계가 끝나면 몸은 점점 빨라지고 보폭은 점점 늘어나게 되어 순식간에 사냥감을 따라잡고 사냥을 끝마친다. 출행랑 또한 이와 같다. 처음엔 보법으로 시작한 발의 움직임이 점차로 그 보폭을 넓혀 5장 6장을 한 번의 발걸음으로 나아가는 것이다. 이런 방식으로 어느 정도 속도가 붙으면 이후에는 별로 힘을 들이지 않고 나아갈 수 있다. 그러나 비록 보폭은 달라지지만 발을 뻗는 방향과 방법은 항상 보법의 그것과 같다는 것을 꼭 명심하여라."

"예, 할아버지!"

"백문(百聞)이 불여일견(不如一見)이다. 우선 내가 하는 것을 잘 보고 따라하여 그 보로(步路)를 몸에 익히도록 해라."

할아버지는 말을 마치고 천천히 몸을 움직였다. 소문이 아직 어리고 무공이 미약한 관계로 자세히 볼 수 있도록 한 동작씩 끊어서 움직였는데 할아버지의 발이 한 걸음 내디딜 때마다 땅에는 발자국이 푹푹 파였다. 그런데 이상한 것은 땅에 남겨진 발자국의 방향들이 모두 다 제각각이라는 것이었다.

소문이 눈대중으로 대충 훑어보니 전후좌우로 난 발자국이 모두 180여 개에 이르렀다.

"지금 찍힌 발자국이 네가 앞으로 시전하게 될 출행랑에서 쓰는 방향과 발을 찍는 순서대로 나열한 것이다. 내가 점점 속도를 높여볼 터이니 잘 보도록 해라."

할아버지는 처음엔 아까와 마찬가지로 천천히 움직였으나 점차 그 속도를 높이기 시작했다. 동에서 서로 서에서 동으로 동서남북을 오가며 똑같은 발자국을 밟아가는 할아버지의 모습은 가히 압권이었다. 몸에서 자연적인 기가 뿜어져 나와 주위를 감쌌고 내딛는 발걸음마다 힘이 넘쳤다. 특히 보보마다 이어지는 동작이 너무나 자연스러워 마치 하나의 춤을 보는 듯했다. 소문은 넋을 잃고 바라보았다.

"할아버지… 지금 시전하는 모습과 어제의 모습이 사뭇 다릅니다. 그 이유가 무엇인지요?"

문득 어제의 일들이 생각난 소문이 할아버지에게 물었다.

"헐……."

소문에게 출행랑의 시범을 간단하게 보이고 느긋하게 돌아오던 할아버지는 크게 숨을 들이마셨다.

"험험! 어제 내가 너에게 보여준 것은 출행랑의 최고 경지인 순간 이동을 보여준 것이다. 그런데 이 할아버지가 어제는 몸이 과히 좋지 않아 충분한 도약력을 얻지 못했다. 그래서 잠시 몸을 굽혀 도약력을 얻은 후에 순간 이동을 하였기에 그러한 자세가 나온 것뿐, 진정한 출행랑의 모습은 아니었다."

'제길, 실수다. 이따위 말도 안 되는 변명에 속아 넘어가는 바보가 세상천지 어디 있을까?'

자신의 한심한 변명에 후회를 거듭하며 소문을 바라보는 순간 할아버지는 이 모든 걱정이 그저 단순한 기우에 불과하다는 것을 깨달았다.

어제의 그 이상한 모습의 출행랑을 보았던 소문은 그 위력에 감탄을 거듭했지만 엉거주춤한 개구리 자세는 영 마음에 내키지 않았다. 그런데 오늘 할아버지가 보여준 출행랑은 자신의 이런 염려를 한순간에 날려 버렸다. 소문은 자신이 평소에 원하던 바로 그런 모습에서 대만족을 하고 있었다. 조금만 생각해 봐도 뭔가 이상한 점이 있을 텐데, 그런 생각은 아예 해보지도 않는 것을 보니, 개구리 자세에 대한 소문의 실망이 얼마나 컸는지 익히 짐작이 갔다.

'휴! 이놈이 더 이상 토를 달지 않아 다행이로구나. 요놈아! 내가 어제도 오늘처럼 시전했어 봐라. 니놈이 불만을 갖나. 그럼 어제 네가 느낄 수 있었던 공포, 두려움을 느끼지 못했을걸? 진정한 출행랑의 위력을 보여주기 위해서 행한 어쩔 수 없는 나의 노력이었느니라. 카카카!'

역시 어제의 그 모습은 할아버지의 계획된 연출이었다. 그것도 모르고 공포에 놀라 오줌까지 지린 소문은 이런 할아버지의 속을 아는지 모르는지 할아버지가 만들어놓은 발자국 앞에 멈추어 섰다.

'우선 앞으로 갔다가 후퇴를 한 후 다시 좌로 가서는……'

보기엔 쉬워 보였으나 막상 자신이 시전하려 하니 찍혀 있는 발자국을 따라가는 것도 그리 쉬워 보이지만은 않았다.

"에구구!! 어… 어이쿠……!"

몇 발자국도 가기 전에 몸은 중심을 잃고 쓰러지기 일쑤였고, 온몸에 신경을 곤두세우고 발자국을 따라간다 싶으면 기의 순환이 여의치 않아 가슴이 답답하여 더 이상 나아갈 수가 없었다. 그렇게 쓰러지고 포기하기를 몇 번, 온몸에 먼지를 뒤집어쓰고 땀으로 범벅이 된 소문에게 들려오는 건 어김없는 할아버지의 호통이었다.

"이런 밥통 같은 놈을 보았나! 니놈 보고 스스로 하라는 것도 아니고 그저 발자국을 따라가라 이른 것뿐인데 어찌 이리 헤매는 것이더냐!"

할아버지의 이런 호통을 주식으로 삼아 밤낮으로 넘어지고 구르기를 수천 번… 마침내 한 번의 일주를 끝마칠 수 있었는데 무려 일주일이란 시간이 지난 뒤였다.

"겨우 고까짓 것 한 번 지나가는 데 일주일이나 걸린단 말이냐? 너같이 둔한 놈을 가르치는 내 인생이 불쌍하다. 게다가 그 꼬라지는 뭐냐? 한 번 지나고 나서 그리 힘들어해서야… 에잉!!"

하도 미련하다… 멍청하다는 소릴 듣게 되자 소문은 자신이 정말 무공에는 소질이 없을지도 모른다고 생각하여 상당히 의기소침했다. 하지만 그런 소문을 바라보는 할아버지는 경악에 가득 차 있었다.

'뭐냐… 이놈은! 천고의 기재라던 지 아비도 한 달이 걸리고 나는 한 달 반이나 걸려 겨우 한 번 일주를 했을 뿐인데… 저놈은 일주일밖에 안 걸리다니… 험험! 하나…….'

"스스로 깨닫기를 원했지만 그걸 바라느니 여자가 남자로 변하는 걸 기대하지. 에잉… 잘 들어라, 이놈아! 아무리 훌륭한 내공을 지니고 있어도 그 흐름이 원활하지 못하면 오히려 스스로를 해친다. 지금 네 꼴이 그러하지 않느냐? 한 발을 내디딜 때마다 기의 흐름 또한 일치시켜 나아가야 함에도 그저 미련스레 힘으로만 나가려 하니… 내가 니놈의 내공을 금제(禁制)했으니 망정이지 그대로 두었다면 벌써 폐인이 되었을 것이다. 미련한 놈!"

"예? 금제… 라니요?'

'아차, 이놈의 주둥이가 또… 에구, 또 어설픈 변명을 해야 하나?'

"내가 네놈의 몸에 금제를 한 것도 아닌데 왜 이리 기의 흐름이 원활하지 못하느냐 이 말이다."

"아예… 죄송합니다."

가까스로 위기에서 벗어난 할아버지는 등줄기에 흐르는 식은땀을 인식하며 말을 이어갔다.

"내공이란 물이 흐르듯 자연스럽고 막힘이 없어야 하거늘 지금 네 모습은 어떠하냐? 네가 비록 천하에 둘도 없는 내공심법인 반야심경도해(般若心經圖解)를 익히고 있다지만 제대로 운용을 하지 못함에야… 아차!!"

"예? 반야심경도해라니요?'

'지미럴! 또…….'

할아버지의 안색은 이미 똥을 씹은 듯 일그러져 있었다.

"험, 내가 아직 너에게 말은 하지 않았지만 실상 네가 어렸을 때 부터 익혀왔던 내공법은 반야심경도해였다. 좀 더 지난 후에 얘기하려 했건만 기왕지사 알게 되었으니 말을 해주마. 너도 알다시피 무위공을 익히기 위해선 반드시 반야심경도해를 함께 익혀야 한다. 하지만 불문의 무공이란 본시 익히기는 쉬우나 경지에 이르기가 몹시 어렵다. 이는 자비(慈悲)와 선(善)을 바탕으로 하는 불문 무공의 특징으로 무공을 머리로만 익히고 그 기교를 배우는 것이 아닌 무공이 지닌 본질을 몸으로 깨닫고 자연스레 체득해야만 비로소 그 무공의 진정한 오의에 다다를 수 있기 때문이다. 그러나 인간이 나이를 먹고 세속에 물들다 보면 자연히 머리를 굴리게 되어 있다. 해서 나는 네가 세상을 알기 전에 우선 몸으로 반야심경도해를 체득할 수 있도록 하려 했다. 너는 아직 이 무공의 구절도 모르지만 다른 어떤 고승에 못지 않게 수련이 깊다. 앞으로도 구절 따위에는 신경 쓰지 말고 지금껏 몸으로 익혀왔던 감각과 기의 흐름을 기억하고 정진하도록 해라. 알았느냐?"

"예, 할아버지. 한데 제가 생각하기엔 그 수준이 아직 초보 단계에 이르고 있는 것 같습니다. 몸이 건강해지기는 했지만 내공이라 해봐야 아주 미미하고, 할아버지 말씀대로 깊은 수준엔 이르지 못한 듯합니다만……."

소문이 아쉽다는 듯이 중얼거렸지만 할아버지는 회심의 미소를 짓고 있었다.

'이놈아, 내가 네놈의 거의 모든 내공을 금제했으니 당연한 것을… 한데 어느새 8성을 넘어서고 있구나! 잘못하면 금제가 풀릴 수도 있으니 오늘 밤 한번 더 살펴봐야겠다.'

"그것은 원래 반야심경도해의 특징이라 할 수 있는 것으로 10성이 넘지 않으면 내공이 별로 모이지 않는다. 하지만 10성이 넘어가는 순간부터는 진정한 위력을 볼 수 있을 것이다. 네 수준이 아직 미약함이니 신경 쓰지 말거라. 그나저나……."

할아버지는 말을 하다 말고 소문을 예리하게 째려보았다.

"말이 엉뚱한 데로 흘러갔구나."

하지만 시작이 할아버지였기 때문에 뭐라 말은 하지 못했다.

"발자국을 따라 진행하다 보면 가슴이 답답할 것이다. 이는 앞서 말했듯이 기의 흐름이 원활하지 못하다는 증거이다. 기라는 것은 물과 같아 평소에는 잠잠하다가도 한번 성을 내면 감당하기가 어렵다. 당연히 조심스럽게 운용해야 함이 이치이거늘 너는 어찌했느냐? 그저 발자국을 따라가는 것에만 힘을 쏟느라고 기의 흐름과 순리도 무시한 채 아직 준비도 되지 않은 기를 너무 급격히 이동을 시켰다. 몸에 무리가 오는 것은 당연할 수밖에. 네가 어느 정도의 경지에 이른다면 네 마음이 가는 곳에 기가 이미 준동해 있을 것이나 그런 수준에 이르지 못했음이니… 너무 앞서 가겠다는 마음을 버리고 네가 평소에 수련할 때처럼 자연스런 기의 흐름에 몸을 맡겨보거라. 아마도 아까보다는 좀 더 편안할 것이다."

하지만 할아버지의 그런 충고가 있었음에도 발자국을 따라 한번 완주를 하고 나면 파김치가 되기 일쑤였고, 기의 흐름에 신경을 쓰다 보면 여전히 다리가 꼬여 넘어지고 말았다.

'빌어먹을, 내 너를 정복하지 못하면 사람이 아니다!!'

또다시 땅바닥에 뒹굴며 낑낑대는 소문은 사방으로 퍼져 있는 발자국이 철천지원수처럼 느껴지고 있었다.

소문이 마침내 별다른 무리 없이 발자국을 완주할 수 있게 된 것은 그로부터 다시 한 달이 지나서였다. 일 보를 내디딜 때마다 제멋대로 날뛰던 기는 별다른 저항 없이 소문에게 힘을 실어주었고 마구 꼬여댔던 다리도 언제 그랬냐는 듯이 자연스럽게 움직였다.

"하하하! 드디어 해냈다! 면피야, 내가 해냈어……!"

몇 번의 완주에도 몸에 아무런 무리가 없자 소문은 기쁨에 겨워 어느새 날아와 자신의 어깨에 앉아 있는 철면피를 붙잡고 환호성을 질렀다. 하지만 앞으로의 여정에 대해 알고나 있는지 철면피는 아무런 반응이 없었다.

"이놈아, 그거 하나 해내고 무에 그리 즐거워하느냐? 이제야 가장 기초적인 과정을 지났건만… 앞으로는 어찌하려고… 암튼 이제 제법 기의 흐름도 다룰 줄 알고 보로도 익혔으니 본격적으로 다음 수련으로 넘어가자. 이번에는 너에게 선택의 기회를 주마. 이제 시작될 수련은 새로운 것을 익히는 것이 아니라 지금껏 익혀왔던 것을 보다 숙달시키는 것이다. 그 방법에는 두 가지가 있다. 하나는 가장 일반적인 방법인데 발목과 허리에 각각 쇠를 매달고 뛰는 것으로 매일 조금씩 그 무게와 거리를 늘려 나간다. 다른 하나는 물의 반발력을 이용해 익히는 것으로 집 앞에 흐르는 냇물에서 하게 될 것이다. 너는 그중 어느 것을 선택하려느냐?"

말을 마친 할아버지는 생각에 잠겨 있는 소문을 힐끔 쳐다보았다.

'네놈은 틀림없이 내 생각을 벗어나지 못할 것이다. 암!'

"두 번째 방법으로 하겠습니다."

'걸쳬! 역시 예상을 벗어나지 않는구나! 귀여운 놈!'

소문의 대답에 쾌재를 부르는 할아버지였다. 도대체 무슨 이유로……?

수련 방법을 상의하고 두 조손이 움직인 곳은 집 앞에 흐르는 야트막한 냇가였다. 비록 수심이 낮고 물이 많지는 않았지만 산에서 흐르는 계곡 물이다 보니 그 물살이 상상외로 거셌다.

"들어가거라."

소문은 바지를 걷을 것도 없이 냇가로 들어갔다. 겨울의 초입에 들어서인지 비록 물은 차가웠지만 한겨울에도 이 물에 목욕을 하는 소문인지라 별 문제될 것은 아니었다. 소문은 할아버지의 다음 말을 기다렸다.

"네가 이 방법을 선택했으니 불만은 없으리라 믿는다. 우선 이 돌들을 가져다가 머리에 하나, 그리고 양 어깨에 하나씩 올려라."

할아버지가 주신 돌을 받아보니 밤톨만한 조약돌이었다.

'뭘 시키려고 그러는지……'

소문이 돌맹이를 어깨와 머리에 올리자 기다렸다는 듯이 수박만한 돌덩이 두 개를 더 들고 오는 할아버지였다.

"손을 이리 내거라."

'젠장! 무겁겠는데……'

영 내키지 않는 표정으로 손을 내민 소문에게 느껴진 것은 돌맹이의 묵직함과 뭔지 모를 불안감이었다. 그리고 그 불안감은 보기 좋게 맞아 떨어졌다.

"지금까지의 수련이 그 보로와 기의 흐름을 숙지하는 단계였다면 여기서는 그것을 한 단계 더 성숙시키는 과정이라 할 수 있다. 오늘부터 너는 이 냇가를 따라 보법을 시전하여 저 위의 바위에 이르러야 한다. 그 시간이 얼마가 되었던지 네가 바위에 이르러야 수련이 끝남을 명심해야 한다. 많이도 하지 말고 하루에 한 시진을 연마하되 그 시간이 되어 끝나는 자리가 다음날의 시작점이 될 것이다. 그리고 명심할 것은 손은 물론 네 어깨와 머리 위에 올려진 돌이 떨어지는 순간 네가 그동안 이동한 것은 인정되지 않고 다시 이 자리에서 시작을 해야 한다. 그럼 지금부터 시작해 보거라."

혹시나 했던 것이 역시나로 변할 때 사람들은 자신의 예지력(豫智力)

에 감탄을 하기보다는 한숨을 내쉰다. 소문 또한 이런 인간의 범주를 벗어나지는 못하였다.

'내 이럴 줄 알았다. 어쩐지 불안하더라니 이게 무슨 수련이야, 괴롭히기지. 젠장!'

그래도 어찌하겠는가? 시키는 대로 해야지.

소문은 조심조심 땅을 밟아 나갔다. 아직은 물살이 세지 않아서 그다지 어렵지 않게 나아갈 수 있었다.

'어라? 생각보다는 쉽네. 좋았어. 빨리 끝내 버린다.'

하지만 소문의 이런 생각에 치명타를 먹이는 할아버지의 잔인한 한마디가 들린 것은 소문이 약 2장을 나아갈 때였다.

"한 가지 말을 안 했구나. 연습 시간을 하루에 한 시진이라 정했듯이 네가 하루에 갈 수 있는 거리는 오 장이다. 너는 한 시진에 삼 장 이상을 가서는 아니 되고 한 시진이 되기 전엔 결코 수련을 멈추어서는 아니 된다. 알겠느냐?"

"캑! 그게 무슨 말씀이신지? 어떻게 한 시진을 걸으며 고작 삼 장에 머무를 수 있어요?"

소문은 하도 황당하고 이해도 안 되어 재빨리 되물었다.

"흠, 네가 요즘 제법 반… 문… 을 많이 하는구나. 머리가 좀 컸다… 이 말이렷다? 좋다. 인정해 주마. 안 그래도 힘들 것이니 나라도 네 투정을 받아주어야 하겠지… 헬헬헬! 어떻게 삼 장밖에 안 가냐고? 잘 보거라."

소문의 반문에 은근한 경고를 던진 할아버지는 곧 이상한 행동을 했다.

'뭐냐? 저건! 지미, 내가 미치고 말지. 어떻게 저런 짓을……?'

소문은 경악을 금치 못했다. 도대체 소문이 본 것이 무엇이기에……?

할아버지가 한 행동은 아주 간단했다. 그저 다리 하나를 들었다가 내려놓았다. 하지만 한번 올라간 다리는 좀처럼 내려올 줄 몰랐다. 그렇다고 아예 멈추어져 있는 것도 아니었다. 조금씩, 아주 조금씩 아래로 움직이고 있었다. 그렇게 하여 할아버지가 다리를 내려놓는 데만 걸린 시간이 무려 일 다경(一茶頃)…….

소문은 망연자실했다. 무슨 할 말이 있으랴. 그저 하늘을 원망할 수밖에…….

"이제 얼마 남지 않았다. 돌멩이가 움직이지 않느냐? 다시 첨으로 돌아가고 싶은 게냐? 그건 니 맘이다만……."

뜯고 있던 꿩고기가 바닥이 났는지 할아버지는 아까보다 더욱더 큰 소리로 떠들어댔다. 당장이라도 돌을 집어 던지고 싶었지만 죽기는 싫은지라 꾸욱 참았다.

"휴우……."

무사히 오 장을 지나온 소문은 돌들을 내려놓으며 안도의 한숨을 쉬었다. 오늘로 이 짓도 벌써 두 달째, 처음 일주일 동안에는 단 삼 장을 벗어나지 못해 번번이 제자리걸음을 해야 했다. 그럴 때마다 할아버지는 전가(傳家)의 보도(寶刀)인 금식이란 무기를 휘두르며 소문을 더욱 몰아붙였다.

처음으로 오 장을 돌파했을 때 느낀 그 감동을 소문은 죽어도 잊지 못할 것이다. 다음날 바로 처음으로 돌아오고 말았지만…….

암튼 앞으로 바위까지 남은 거리는 이제 겨우 삼 장. 내일 하루면 이 모든 것을 끝낼 수 있을 듯싶었다.

그러나 소문의 생각과는 달리 하루만 더 하면 끝이 날 듯 보였던 수련은 하늘의 방해로 칠 일을 더 해야만 했다. 삼 장을 남겨놓고 마지막으로 시도했던 그날 예기치 않은 폭우로 냇가의 물이 급격하게 불어나고 말았다. 계곡에서 쏟아져 내려오는 물은 그 힘이 실로 대단하여 내공이 금제당하고 있던(물론 자신은 아직 모르지만) 소문의 힘으로 견디기에는 역부족이었다. 결국 버티지 못하고 뭍으로 올라온 소문에게 던진 할아버지의 말은 간단명료했다.

"도로아미타불……."

물이 다 빠지고 냇가가 안정을 찾자 소문은 다시 처음부터 시작을 했다. 그리고 칠 일 만에 무사히 목표 지점인 바위 아래에 도착할 수 있었다.

"흠, 근 두어 달 간 고생이 많았다. 직접 행하는 너도 힘들었겠지만 그걸 안타깝게 바라보는 나 또한 고역이었느니라."

안타깝게라… 소문은 하도 기가 막혀 말도 안나왔다. 그동안 굶은 밥과 얻어먹은 욕이 얼만데? 하나, 그저 분노의 눈길로 할아버지를 쏘아보았을 뿐 뭐라 말을 하진 못했다. 그런 소문의 눈초리를 의식한 듯 할아버지는 연신 헛기침을 해댔다.

"험! 험! 자, 그럼 다음 수련에 앞서 그동안 네가 수련이 어느 정도에 이르렀는지 한번 짚어보고 가도록 하자구나."

할아버지와 소문은 집 뒤 분지로 천천히 걸어갔다. 소문은 자신이 얼마나 성장했는지 몹시 궁금했고, 할아버지는 할아버지대로 자신의 수련 방법을 의심하는 소문을 제2차 수련에 앞서 그 마음을 약간은 달랠 필요가 있었다.

흐르는 물이다 보니 냇가는 아직 얼지는 않았지만 장백산은 이미 한겨울이었다. 산 정상에는 이미 새하얀 눈으로 덮여 있었고, 분지 주변의 나무들도 앙상한 가지만 남아 있을 뿐이었다. 예전과는 달리 아직눈이 내리지 않았지만 분지에는 밤새 깔린 서리가 하얗게 덮여 있었다.

"여기서 한번 출행랑을 펼쳐 보거라. 이미 그 보로와 기의 운용 방법은 익히 알 테니 내 따로 언급은 하지 않겠다."

은근히 긴장이 됐다. 자신이 지금껏 한 거라곤 처음엔 할아버지가만들어놓은 발자국을 따라가는 것이었고 이후에는 냇가에서 할아버지의 꼬장을 감당한 것뿐이었다. 과연 이것들이 얼마나 효용이 있었는지계속해서 의심을 해온 터에 막상 이렇게 시전을 앞두자 소문이 긴장을하는 것은 당연했다. 소문은 눈을 감고 크게 심호흡을 했다. 그리고는천천히 발을 움직였다.

막힘은 없었다. 지금껏 해온 것이 보로와 그에 자연스럽게 어우러지는 기의 흐름을 몸에 익히는 연습이었다. 눈을 감고서도 자유자재로움직일 수 있었다. 물속과는 달리 몸 또한 마치 새가 된 듯 가벼웠다.자신이 의도한 대로 몸이 움직이자 소문은 감았던 눈을 살며시 떴다.

그리고 방원 10여 장에서 마음껏 활개 치며 움직이는 자신을 볼 수있었다. 보고서도 믿을 수 없었다. 가장 기본적인 방위를 밟으며 움직임에도 불구하고 그의 신형은 눈으로 가늠할 수 없을 정도로 빨랐다.

소문은 그동안 물속에서 거북이보다 느렸던 자신의 움직임에 치를떨며, 눌러왔던 울화를 화산 폭발하듯 뿜어냈다.

이쪽에 있는가 하면 어느새 반대 편으로 돌아가고 위에서 아래로 왼쪽에서 오른쪽으로 숨 쉴 틈 없이 움직이며 시전하는 소문의 출행랑은지난번 할아버지가 보여준 것과 비교해 결코 모자람이 없었다.

내공이 거의 없는 상황에서 이러하니 소문이 내공이라도 찾는 날에
는…….

"그만 하면 되었다. 제법 훌륭하게 익혔구나!"

한창 신이 나서 출행랑을 연습하던 소문에게 들려온 말은 할아버지
의 칭찬이었다.

'칭찬… 이라…….'

소문은 자신이 태어난 이후로 할아버지의 칭찬을 들은 적이 있었나
과거를 더듬어 보았다. 결단코 없었다.

'이게 무슨 변이랴? 할배가 칭찬을 다 해주고… 나의 보법이 그리
훌륭했더란 말인가? 하하하!! 이것 참…….'

생전 처음 들어보는 칭찬에 넋이 나가 혼자 웃고 있을 때 그런 소문
을 바라보는 할아버지의 입술엔 회심의 미소가 걸려 있었다.

'흐흐! 요놈아! 그리 좋아할 것 없느니라. 훌륭한 낚시꾼은 대어를
잡기 위해선 자신의 손가락이라도 미끼로 쓰는 법이니…….'

"이제 출행랑의 기본적이 요소는 충분히 갖추었으니 앞으로는 기본
적인 보로에서 벗어나 응용하는 방법 또한 익히도록 해라. 그것은 네
자질과 노력에 달린 것이다."

"예, 할아버지. 그런데 지난번에 보여주신 그 순간 이동은 어떻게 하
면 되는 것인가요?"

떡 본 김에 제사 지내라고 소문은 내심 계속해서 순간 이동을 염두
했던 모양이었다. 하지만 돌아온 대답은 기대에 겨웠던 소문을 얼음물
에 던지는 듯 싸늘했다.

"바보냐? 이놈아! 지난번에 그 순간 이동이라는 것이 단순 도약이
아니라 도약한 이후에도 계속 발을 움직이는 것이고, 발 놀림과 몸 안

에 흐르던 기가 일치되어 그 폭발력이 밖으로 표출되는데 표출되는 그 힘이 그렇게 빠른 이동을 가능하게 해주는 것이라고 설명한 적이 있을 것이다. 그렇지?"

"그런데요?"

"그런데요? 에라이… 네놈은 밥상을 차려줬음 됐지 밥까지 먹여주 길 바라느냐? 염치없는 넘 같으니라고… 기의 흐름을 빨리하여 도약하 는 방법과 힘은 기르면 되는 것이지… 어떻게 하는 것이기는… 그저 죽어라 연습하면 저절로 되는 것이다. 뭘 더 바라느냐? 잔말 말고 따라 오너라."

할아버지는 말을 마치자마자 몸을 홱 돌려 분지를 벗어나 산 위로 올라가기 시작했다. 할아버지가 저리 방방 날뛸 때는 그저 가만히, 죽 은 듯이 납작 업드려야 한다는 것을 누구보다 잘 아는 소문이었지만 용기를 냈다(절대 만용이었다).

"그럼 이제 출행랑의 전수는 끝난 것입니까?"

소문의 말이 끝나기가 무섭게 할아버지는 10여 장의 거리를 점하고 소문의 눈앞에 나타났다.

"끝나다니? 가장 중요한 것이 남았는데!! 흠… 또냐? 냉큼 씻고 오너 라. 에그, 냄새야……."

할아버지는 못마땅하다는 듯이 소문에게서 멀찌감치 떨어져 코를 막고 있었다.

'젠장! 이게 무슨 꼴이람……'

고개를 숙이고 집으로 가는 소문의 발걸음이 영 이상했다. 바지를 움켜쥐고 엉거주춤 걸어가는 폼이 꼭 뭐 묻은 강아지 꼴이었다.

그것은 순전히 소문의 만용이 빚어낸 결과였다.

'출행랑의 전수는 끝난 것입니까?' 라니… 소문의 입장에선 당연한 질문이겠지만 할아버지 입장에서는 죽을죄였다. 그래서 간단하게 응징을 한 것이다.

지난번과 마찬가지로 출행랑을 시전하면서 살기를 내뿜은 것인데… 그 위력은 과거와 비교할 수 없는 것이었다.

'휴! 대단한 놈. 살기에 눌려 꼼짝 못하는 상황에서도 빠져나가려고 하다니… 하마터면 망신을 당할 뻔했네.'

할아버지가 안도의 숨을 내쉬듯이 소문도 이번은 호락호락 당하진 않았다. 배우면 써먹으라고… 같은 출행랑을 익혔기에 할아버지의 기운을 감지하는 순간, 소문은 좌우로 신형을 움직이며 재빨리 빠져나가려고 했다. 하지만 아직은 내공과 그 화후에서 할아버지를 감당할 수는 없었다. 결국 그 살기에 잡혀 오줌은 물론이고 똥까지 싸는 망신을 톡톡히 당했다. 하지만 소문을 잡기 위해 할아버지가 펼친 출행랑이 구성에 이른다는 것을 알면 그리 억울하지는 않았을 것인데 그런 것에 신경 쓸 여유조차 소문에게는 없었다.

소문이 옷을 갈아입고 산에 오르자 할아버지는 웬 움막 앞에서 소문이 오기를 기다리고 있었다. 아까의 망신스런 기억이 떠올라 쭈뼛거리며 올라가기를 망설이자 그런 소문을 보고 할아버지는 지체없이 호통을 쳤다.

"냉큼 올라오지 못하겠느냐? 해 지겠다. 느려 터져서는……."

소문이 움막에 도착하자 그 정경이 한눈에 보였다. 이 움막은 겨울이나 그 밖에 기후가 안 좋을 때 사냥꾼이 잠시 머무르기 위해서 지어놓은 것이었다. 이곳은 원래 곰이 살던 동굴이 있는 곳인데 소문의 선조들이 곰을 쫓고 사냥꾼을 위해 동굴 옆에 움막을 만들었다고 하기도 했다.

움막은 다른 특별한 구조로 지어진 것이 아니고 그 안에는 그저 간단한 취사 도구와 잠자리가 마련되어 있을 뿐이었다. 움막 앞에는 제법 평평하고 넓은 마당이 있었는데 이는 사람들이 인위적으로 만든 것처럼 보였다.

암튼 이런 움막이 수련과는 무슨 관계가 있다고 여기까지 올라왔는지는 소문은 도저히 짐작을 할 수 없었다.

"지금부터 당분간은 여기서 지내면서 출행랑을 익히도록 해라. 내가 이미 지낼 동안 먹을 음식과 이불은 준비를 해두었다. 나도 당분간은 이곳에서 지내며 밥이며 빨래며 네 모든 수발을 들어줄 것이니 걱정은 하지 말고 수련에 힘쓰도록 해라. 알았느냐?"

"옛? 예, 할아버지……."

얼떨결에 대답은 했지만 도통 무슨 영문인지 몰랐다. 일곱 살 때부터 해오던 빨래며 밥을 해주겠다니… 기쁘기에 앞서 걱정이 들었다.

'얼마나 힘들기에 안 하던 짓을 하신다…….'

"따라오너라."

할아버지가 소문을 이끌고 데려간 곳은 움막 안이 아니라 그 옆의 동굴이었다. 옛날에 곰이 살았다고 했던가… 그래서인지 동굴치고는 상당히 넓었다.

동굴이 얼마나 깊은지는 어두워서 잘 보이지 않았으나 그 넓이로 따지자면 움막 앞의 마당보다도 더 넓어 보였다. 움막은 와봤으나 이곳은 첨인지라 신기한 듯 이곳저곳 살펴보던 소문이 좀 더 깊이 동굴 속으로 들어갈 때였다.

"으악!"

갑자기 비명을 지른 소문은 할아버지 곁으로 뒷걸음질쳤다.

"느… 늑대예요……!!"

소문이 떨리는 목소리로 지적한 곳에는 과연 잿빛 늑대 한 마리가 묶여 있었다.

"호들갑 떨지 마라. 앞으로 네 수련에 도움을 줄 녀석이다. 친해지도록 노력해 보거라."

할아버지는 대수롭지 않게 말했지만 소문에겐 결코 대수롭지 않은 말이었다.

"예? 그게 무슨 말인지… 수련은 저 혼자서도 할 수 있는데요……."

소문이 영 내켜하지 않았지만 할아버지는 요지부동(搖之不動)이었다. 잠시 후 할아버지는 입구 쪽으로 몸을 돌렸다. 이때만을 기다려 온 소문은 재빨리 동굴을 벗어나려 하였다. 하지만 막 동굴을 벗어나던 소문은 뭔가 찝찝한 기분에 뒤를 바라보았다. 소문의 행동에 어이가 없어 부들부들 떨고 있는 할아버지가 소문을 노려보고 있었다. 꼬리를 말고 다시 동굴 안으로 들어가 할아버지 앞에선 소문에게 청천벽력(靑天霹靂)과 같은 소리가 들려왔다.

"흠, 너는 당분간 에서 지내게 될 것이다. 저기 이불 보따리도 미리 가져다 놓았고 먹을 양식과 물은 매일같이 내가 넣어주마."

"예? 아예 여기서 나오지 말라는 것인가… 요?"

"그래, 당분간 포두이술의 연마는 접어두고 출행랑의 수련에 힘을 쏟거라. 여기가 제법 넓으니 보법을 펼치는 데 아무런 문제가 되지 않을 것이다."

"그럼… 저… 늑… 대느… 은요……?"

설마 했다. 그 설마가 소문을 잡았다.

"물론 같이 있게 될 것이다. 늑대가 비록 사납고 빠르다지만 네게는 출행랑이 있지 않으냐? 너무 걱정하지 말아라. 실전에 많은 도움이 될 것이다. 실전과 연습은 엄청난 차이가 있음을 이제 곧 알게 될 것이다."

말을 듣고 보니 딴에는 그럴듯했다.

"그럼… 언제까지 여기… 있게 되나요?"

"네가 출행랑의 완성을 보는 날이 될 것이다. 그날은 네 스스로 알게 될 것이다."

"……."

"그럼 난 이만 나가야겠다. 이놈아! 너무 그리 걱정하지 말아라. 겨우 늑대 한 마리 아니냐. 한!마!리! 그래도 이빨은 무섭더라만……."

풀이 죽어 고개를 숙이고 있는 소문을 보며 할아버지는 격려 같지도 않은 격려를 하고는 뒤도 안 돌아보고 두꺼운 나무로 된 문을 닫아버렸다. 물론 손자를 위해 묶여 있는 늑대의 줄에 일지(一指)를 날리는 수고는 기꺼이 감수를 했다.

끼기긱!!

육중한 문이 닫히자마자 소문은 한 가지 자신이 간과한 것을 깨닫게 되었다. 아까는 문이 열려 있어 밝진 않아도 어느 정도는 동굴 안을 살필 수 있었지만 문이 닫힌 지금은 상황이 전혀 달랐다. 빛이 차단된 동굴은 소문이 손을 뻗어 자신의 손바닥을 봐도 식별할 수 없을 정도로 어두웠고, 그 적막감은 이제 겨우 열한 살이 되어가는 소문이 견디기엔 너무나 공포스런 것이었다.

쾅쾅쾅!!

"할아버지! 할아버지!"

닫힌 문을 두드리는 소문의 볼에는 눈물이 흘러내리고, 할아버지를 부르는 소문의 울먹이는 목소리는 어느새 절규로 바뀌고 있었다. 하지만 그토록 원하는 할아버지의 대답은 들려오지 않았다.

소문이 그렇게 울며 문을 두드리고 있을 때 할아버진 동굴 바로 밖에 서서 소문의 절규를 무표정한 얼굴로 듣고 있었다. 그러나 애써 담담한 얼굴과는 달리 문을 가로지르고 있는 빗장을 잡고 있는 손은 가볍게 떨리고 있었다.

'힘들 것이다. 하지만 견디어야 한다. 네 아비도 그랬고 나도… 그랬다. 같은 장소는 아니지만 출행랑을 익히려면 누구나 한번은 겪는 시련이니… 하나, 네가 거길 나오는 날이면 선조들이 이리 해왔던 진정한 의도를 알 수 있을 것이다.'

할아버지는 천천히 동굴의 입구에서 발걸음을 떼고 있었다.

"허! 첫눈이로구나… 이런 날 술 한잔이 없을 수 없겠지……."

하늘에서는 소문의 앞날에 축복과 염려를 해주는 듯 탐스러운 눈발이 날리고 있었다.

"빌어먹을 염강탱이!! 어떻게 수련이라는 방법들이 다 이 모양이지? 앞으로 무얼 더 시킬지 겁난다 겁나. 흥! 그나저나 하나도 안 보여서야… 이런 데서 무슨 수련을 하라고……?"

문 위에 조그마하게 뚫려 구멍을 통해 희미한 빛이나마 들어오고(문이 처음 닫힐 때는 적응이 되지 않아서 그저 깜깜하기만 했지만) 시간이 좀 지나자 어둠에도 제법 익숙해졌다. 게다가 한참을 그리 울고 나자 마음이 조금은 진정되는 듯했다. 이해를 못하는 것은 아니지만 막상 이렇게 갇히고 보니 할아버지에 대한 원망이 물밀듯이 몰려왔다.

'어차피 갇힌 몸, 하루빨리 수련을 마치고 나가야 되는데 어쩐다……'

소문이 수련에 대해 이런저런 생각에 머리를 굴릴 때였다.

'어라? 왜 이리 기분이 찝찝하지… 마치 할배가 뒤에 서서 노려보는 것 같네그려.'

우느라고 미처 느끼지 못했지만 아까부터 은근히 밀려오는 살기와 음산함을 이제야 눈치 챈 소문은 천천히 몸을 돌려 주위를 살피기 시작했다. 막 몸을 돌리던 소문이 그 자리에서 움직임을 멈춘 것은 공중에서 활활 불타고 있는 두 개의 불꽃을 본 후였다.

'헉!! 이게 왜 여기 있어? 이런… 제기… 할배!!'

할아버지가 동굴을 나가며 소문 몰래 풀어준 늑대가 어느새 소문의 일 장 뒤에까지 접근하여 시퍼런 안광(眼光)을 빛내며 소문을 노려보고 있었다. 늑대가 소문에게 접근한 것은 이미 오래되었지만 소문이 하도 발광을 떨어 제 딴에는 은근히 경계를 하는 바람에 아직까지 공격을 하지 못하고 있을 뿐 언제라도 뛰어오를 수 있도록 몸을 있는 대로 잔뜩 웅크리고 길다란 송곳니를 내보이고 있었다. 이런 늑대의 모습을 소문이 막 발견하였으니……

숨은 꽉꽉 막혀오고 손가락 한 개도 까딱할 수가 없었다. 잠시 동안 이런 소문과 늑대의 기묘한 대치는 계속되었다. 하지만 소문이 몸에 이상이 생기면서 상황은 묘하게 흘러갔다. 미처 다 돌리지 못하고 중간에서 뒤틀려 있었던 허리에서 경련이 일어났기 때문이다. 식은땀이 등줄기를 타고 흘렀다. 여기서 결단을 내려야 했다. 조금의 시간이라도 더 지체했다가는 도망도 못 가보고 그대로 늑대의 저녁거리가 되기에 딱 좋았다.

'미치겠네. 어찌한다… 조금만 움직여도 덤빌 것 같은데. 그렇다고 이대로 있을 일 각도 못 가고 주저앉을 것 같기도 하고…….'

소문의 머리가 이런 난국을 타개하기 위해 빠른 속도로 돌아갔다. 하지만 뾰족한 수가 나올 리 만무했다. 자신이 비록 무공을 익혔다지만 그것은 권이나 도검이 아닌 궁. 게다가 지금은 그것마저 없는 상황이니…….

'제길 활만 있었어도 문제도 아닌데.'

후회한들 무슨 소용이 있으랴. 결국 지금 소문이 믿을 만한 무공은 출행랑뿐이었다. 할아버지가 늑대를 풀어준 의도도 그런 것이리라.

소문은 자신을 여기에 가둔 할아버지의 의도를 짐작할 수 있었다.

'암만 그렇다고 해도 하나뿐인 손주에게 늑대를 던져 두고 가는 할배가 세상천지 어디 있다냐! 그래도 출행랑이면…….'

소문은 발가락을 살며시 움직여 보았다. 아직은 견딜 만했다. 하지만 허리에서부터 시작한 경련이 거의 허벅지에 이르자 더 이상 지체할 여유도 시간도 없었다.

'간다!'

마침내 결정을 내렸다. 늑대가 눈치 채지 못하게 심호흡을 했다. 기의 흐름은 아직까지는 원활했다.

"하앗!"

컹!

소문이 기합과 동시에 뒤로 물러나자 웅크리고 있던 늑대도 재빨리 소문에게 덤벼들었다. 다행이 간발의 차로 날카로운 이빨을 피한 소문은 뒤로 물러나던 탄력으로 동굴의 문을 박차고 늑대를 단숨에 뛰어넘어 반대로 넘어갔다. 늑대 또한 재빨리 몸을 돌려 재차 소문을 공격해

왔다.

동굴의 중앙은 제법 넓었다. 어두워서 뭐가 뭔지는 알 수 없지만 출행랑을 펼치는 데 어둠은 아무런 장애가 되지 못했다. 또한 지금 이곳에서 자신의 생명을 지켜줄 것이라곤 출행랑뿐이었다. 보로에 따라 신형을 움직였다. 한 순간의 실수가 목숨과 연결되는지라 소문은 한 발한 발을 신중히 움직이고 있었다.

그러나 늑대는 그런 소문의 마음을 알기라도 하듯 좀처럼 여유를 주지 않았다. 전후좌우를 바람같이 움직이는 소문을 결정적으로 잡지는 못했지만 이미 소문의 몸 곳곳에 크고 작은 상처를 입혔다. 소문이 비록 출행랑에 익숙하고 실수없이 시전하고 있었지만 본능적으로 사냥감을 쫓아오는 늑대의 감각은 소문의 능력을 상회했다. 게다가 몸놀림이 어찌나 빠른지 좀처럼 늑대의 사정거리에서 벗어나지 못했다.

'큰일이다. 이러다 잡히겠는데. 어떤 방법을 구하지 않는다면……'

잠시도 쉬지 않고 무려 한 시진이나 쫓고 쫓기는 실랑이를 계속하자소문은 지칠 대로 지쳤다. 몸은 무겁고 다친 상처의 고통도 그를 자극했다. 발걸음은 발걸음대로 무뎌지기 시작했다. 이런 소문이 그나마버티는 것은 출행랑의 효용도 효용이지만 다행히도 늑대의 발걸음 또한 처음보다 많이 느려졌기 때문이다.

소문은 결심을 했다. 비록 활밖에 배운 적은 없었지만 나름대로 내공을 익혔으니 권장의 위력도 제법 있으리라. 그래서 더 이상의 도망보다는 공격을 통해 늑대를 물리쳐 보리라 마음을 먹었다.

평소의 소문이라면 어림도 없는 생각이지만 더 이상 버티는 것이 무리였던 소문에게 남은 것은 악밖에 없었다. 그렇다고 무턱대고 공격을하진 않았다.

'허점(虛點)을 찾아야 해! 허점을······.'

날카로운 눈으로 늑대의 허점을 찾았지만 집요하리만큼 계속되는 늑대의 공격 속에서 약점을 찾는 것은 생각처럼 쉽지 않았다.

'옳지! 이때다.'

마침내 참고 참던 소문에게 기회가 왔다. 좌측에서 우측으로 몸을 움직이던 소문의 어깨를 노리며 달려드는 늑대의 허연 아랫배가 소문의 눈에 잡혔다. 소문은 있는 힘을 다해 주먹을 날렸다.

"악!"

하지만 소문의 주먹보다는 늑대의 이빨이 먼저 적중을 했다. 엄청난 고통이 왼쪽 어깨에서 느껴졌다. 소문은 이를 악물고 주먹을 뻗었다. 그러나 이미 그 주먹은 힘의 태반을 잃은 별 위력이 없는 주먹이었다.

'제기랄! 끝이군!'

자신도 믿지 못할 주먹의 위력에 소문은 최후를 느꼈다.

'며칠 후면 열한 살인데 고작 여기서······.'

문득 지금까지의 짧은 생애가 작별을 고하듯 머리를 스쳤다. 좋은 것은 생각나지 않고 맨날 할배한테 구박받던 것만 떠올랐다.

'제길 죽는 마당에까지······.'

소문이 이렇게 삶을 포기하고 있을 때 생각지도 못한 기적이 일어났다.

컹!

소문의 연약한 주먹이 어디에 적중했는지는 모르겠지만 소문의 어깨를 물고 있던 늑대는 외마디 소리를 지르고 뒤로 물러섰다. 사는 것을 포기하고 있었는데 늑대가 물러나다니··· 이렇게 되자 놀란 것은 오히려 소문이었다. 늑대가 왜 물러났는지 도무지 영문을 알 수가 없었다. 그러나 그 이유는 곧 밝혀졌다. 소문을 물었던 늑대가 뒤로 천천히 물러가는데 그 자세가 영 엉거주춤한 것이다. 문득 깨달아지는 바가 있었다.

"오라, 요놈의 늑대 새끼! 어떠냐? 아프지? 다시 한 번 덤벼보거라. 다시는 오줌도 못 싸게 해주마. 카카카!!"

말 그대로 늑대는 수컷이었다. 소문이 엉겁결에 뻗은 주먹이 우연히도 늑대의 급소를 때렸고, 일순 힘이 빠진 늑대는 눈물을 머금고 물러설 수밖에 없었다. 약한 충격에도 물러서야 하는 수컷의 비애(悲哀), 그건 사람이나 동물이나 마찬가지인 모양이다. 만약 늑대가 암컷이었다면… 소문이 저리 웃지는 못할 것이다.

늑대의 처음 공격은 어찌하여 막아냈지만 결코 안심할 수는 없었다. 곳곳의 상처들, 특히 마지막에 물렸던 어깨살이 한 움큼이나 떨어져 나가는 큰 상처를 입었다. 게다가 몸은 지칠 대로 지쳐 움직일 힘도 없었다.

늑대가 물러나자 그 자리에서 주저앉은 소문은 운기(運氣)를 시작했다. 이건 모험이었다. 비록 늑대가 물러나긴 했지만 이렇게 무방비로 운기를 하다니. 만약 이때 늑대가 공격을 한다면 소문은 속수무책(束手無策)으로 당할 수밖에 없었다. 소문도 이 점을 잘 알고 있었다. 그러나 어차피 다시 공격을 받는다 해도 막아낼 힘이 없었다. 운기라도 해서 체력을 기르지 않는다면… 그래서 목숨을 걸고 모험을 하고 있는 것인데 늑대도 많이 지친 것인지 소문의 운기가 끝날 때까지 그런 소문을 노려만 볼 뿐 한쪽 구석에서 움직이지 않았다. 늑대에겐 불행한 일이었으나 소문에게는 하늘이 도운 결과였다. 소문과 늑대의 요상한 동거는 이때부터 시작됐다. 서로가 기력을 찾을 때마다 죽어라 공격하고 도망 다니는(소문은 어깨를 한번 물린 이후로는 반격이란 어설픈 짓을 하지 않았다) 동굴 안의 풍경은 천하에 보기 힘든 괴사(怪事)였다.

하지만 며칠이 지나자 동굴의 상황에 약간의 변화가 있었다. 처음 위태롭게 쫓겨만 다니던 소문이 이제는 제법 쫓아오는 늑대에게 욕도 하며 여유롭게 피하고 있었던 것이다.

"흥! 혼자 처먹으니까 맛있냐? 이 그지 같은 넘아! 그래, 배 터지게 먹고 디져라! 나쁜 넘의 시키……."

고래고래 욕을 하는 소문의 모습은 어딘지 이상했다(내용도 이상하고). 소문이 원래가 살이 안 찌고 마른 체질이지만 지금 보니 동굴에 온 지 나흘밖에 되지 않았는데 눈은 퀭하게 들어가 붉게 충혈되어 있었고, 온몸이 삐쩍 말라 거의 가죽만 남았다. 누가 보면 무덤에서 튀어나온 시체로 착각할 만큼 괴상망칙했다. 그 이유는 어쩌면 당연했다.

동굴에 들어와 잠은커녕 휴식을 취할 때도 소문의 시선은 항상 늑대에게 고정되어 있었다. 게다가 이놈의 늑대가 시도 때도 없이 공격을 해대는 통에 이를 피하다 보니 살이 빠지는 것은 당연지사였는데, 보다 큰 문제는 소문이 동굴에 들어와 먹은 것이라고는 동굴 천장에서 흘러내려오는 약간의 물에 불과하다라는 것이었다.

원래 매일같이 식량을 넣어주기로 했던 할아버지가 약속을 어긴 것은 아니었다. 하지만 그것을 주는 방식에 문제가 있었다. 동굴의 문을 열고 소문에게 직접 주는 것이 아니고 문 위의 조그만 구멍을 통해 안에다 집어던지는 것이었다. 당연히 피하느라고 정신이 없는 소문보다는 늑대가 그 음식을 차지하는 것은 당연했다. 이렇게 번번이 들어오는 음식을 빼앗기자 소문의 눈에는 불똥이 튀었다. 하지만 아직은 방법이 없었다. 그저 자신의 출행랑이 하루빨리 저 늑대의 속도를 압도

하는 걸 기대하는 것뿐… 또다시 며칠이 흘렀다.

"카카카! 요놈아! 어림도 없다. 네놈에게 돌아갈 건 내가 먹고 버리는 부스러기뿐이다."

막 들어온 식량을 챙긴 것은 늑대였지만 그것을 먹기도 전에 다시 빼앗아 온 것은 소문이었다. 요 며칠 소문의 출행량은 많은 발전이 있었다. 이미 늑대의 위협으로부터 안전을 지킨 것은 물론이고 하루에 한 번 들어오는 식량도 대부분이 소문이 차지했다. 지금처럼 늑대가 차지한 것도 빼앗아 와버리니 늑대와 소문의 위치가 완전히 반대가 되어버렸다.

"흠, 이제 어느 정도 익숙해진 모양이구나. 하지만 진짜는 이제부터다. 준비를 서둘러야겠구나."

문밖에서 소문의 외침을 듣던 할아버지는 뜻 모를 소릴 하더니 동굴 앞에서 빠르게 사라졌다. 예의 그 출행량으로.

"아! 잘 잤다."

기지개를 펴며 일어나는 소문의 얼굴엔 만족감이 서려 있었다. 그런데 소문이 일어난 자리엔 어제까지만 해도 소문과 먹이를 다투던 늑대가 길게 누워 있었다. 앞발과 뒷다리가 모두 꽁꽁 묶여 있었고, 입엔 재갈까지 물려 있었다.

"따뜻하니 좋고만. 카카카!!"

며칠 동안 먹지도 못하고 소문만 쫓아다녔던 늑대가 쓰러진 건 어젯밤이었다. 그동안 늑대 때문에 고생한 걸 생각하면 죽도록 그냥 놔두고 싶었지만 이제는 별로 위협도 되지 않았고, 늑대가 사라지면 심심도 할 것 같았다. 그래서 움직이지 못하게 묶어놓고는 먹이를 준 다음 자신의 베개 삼아서 하룻밤을 보냈다. 소문은 누워 있는 늑대에 발길질을 했다.

"얌마! 일어나. 언제까지 퍼질러 잘 거야?"

소문은 지금은 비록 힘이 없었지만 혹시 몰라서 엉덩이를 쭈욱 빼고 언제든지 도망갈 자세를 취하고 결박했던 끈들을 풀어주었다. 소문이 끈을 풀고 멀찍이 물러서자 그제야 천천히 몸을 일으킨 늑대는 동굴 한구석으로 걸어가더니 다시 몸을 뉘었다.

"엥? 저놈이 왜 저러지? 나한테 잡힌 게 쪽팔렸나?"

늑대의 반응에 공격을 대비해 긴장하고 있던 소문은 맥이 탁 풀렸다.

"그럼 인제 뭘 하지? 혼자 수련하는 건 별 재미 없는데……."

소문이 영 싱겁다는 투로 말을 할 때였다.

끼이익!!

굳게 닫혀 있던 문이 열리고 할아버지가 들어왔다. 하지만 할아버지를 발견한 소문은 고개를 냅다 돌려 버렸다.

"흥!"

"허, 이놈아! 할아비를 봤으면 인사를 해야 될 것 아니냐?"

토라지는 소문을 보고 할아버지는 기가 차다는 듯이 말을 했다.

"뭐라고요? 할아버지, 세상 어느 할아버지가 늑대 굴에 손주를 밀어 넣어요? 나참… 어이가 없어서……."

"이놈아! 그게 다 수련 아니냐?"

"수련요? 내가 잘났기에 망정이지 그렇지 않았음 오래전에 늑대 놈에게 잡혀 먹었을걸요."

"에라이, 미련한 놈아! 할아버지가 너처럼 미련한 줄 아느냐? 내 너를 여기 집어넣을 땐 다 생각이 있어서였다. 네가 충분히 극복하리라 여겨 의심도 않았고… 암튼 결과적으로 너는 살아 있고 오히려 좋은 수련이 되지 않았느냐?"

미안해하지는 못할망정 오히려 큰소리를 치는 할아버지를 보는 소문은 어이가 없었다.

"관두자구요. 암튼 수련이 끝났으니 나가고 되죠?"

대답도 듣기 전에 얼른 동굴을 빠져나가려는 소문의 의도는 할아버지가 꺼낸 곰방대에 의해 가로막혔다.

"끝나다니? 벌써? 이제 시작인데."

"에이, 인제 저런 늑대는 무섭지도 않고요. 저놈이 날 따라오지도 못해요."

"허, 나아참… 저 늑대는 나이가 들어 제대로 뛰지도 못하는 놈이거늘 벌써부터 기고만장해서야……."

"예? 늙었다고요?"

늑대가 늙었다는 말에 깜짝 놀라 반문을 했다.

"내가 첨엔 네 수준을 보고 늙고 약한 늑대를 준비했다. 하지만 이제 실력이 꽤 늘어난 것 같으니 여느 늑대를 상대해도 괜찮겠구나."

소문은 그저 못마땅한 얼굴로 서 있을 뿐이었다.

"그리고 잘 들어라. 네게 이런 수련을 시키는 것은 출행랑을 능숙하게 시전하는 능력을 키우는 것도 있지만 보다 근본적인 이유는 네게 살기(殺氣)를 심어 넣기 위함이다."

"살기라니요?"

"이미 너는 출행랑을 다 익힌 것이나 진배없다. 하지만 그것은 단지 기(技)를 익힌 것이지, 마음(心)을 익히지는 못했다."

"……."

소문은 할아버지가 무슨 소리를 하는지 도무지 알 수 없었다. 출행 랑이면 출행랑이지. 기는 뭐고 심은 뭔지…….

"그리 어렵게 생각할 것은 없다. 다만 기는 지금까지 네가 익혀온 보로나 기의 흐름을 능숙하게 다루는 것을 말함이고, 심이란 지난번 내가 너에게 보여준 것처럼 상대방의 전의를 상실케 하는 투기(鬪氣)를 의미한다. 지금 네게 절대적으로 부족한 것이 바로 투기이다. 너는 이곳에서 늑대와 생활하며 그 부족한 투기를 키워야 할 것이다."

"제가 이미 늑대와 며칠을 보냈지만 그다지 큰 변화가 있지는 않았는데요."

소문이 이상하다는 듯이 말을 이었다. 자신이 생각하기엔 비록 늙은 늑대지만 상당히 강했고 빨랐다. 처음엔 상처도 많이 입었고 심지어 목숨을 잃는다는 생각을 하기도 했다. 하지만 그것 때문에 투기라든가 뭐 이런 것이 생겨났다고는 생각하지 않았다. 그래서 할아버지의 말에 의아심을 가질 수밖에 없었다.

"그건 네 마음속에 아직도 여유가 있었다는 것을 뜻하며, 또한 네가 진정한 의미에서의 공포와 두려움을 알지 못하고 있음을 의미한다. 내가 말한 투기라는 것은 위의 모든 것과 싸워 나가며 극복해야만이 얻을 수 있는 것이다. 내 말이 무슨 말인지 알아듣겠느냐?"

"예."

대답을 하기는 했지만 아직 구체적인 것이 뇌리에 와 닿지는 않았다.

"그리 쉽지는 않을 것이다. 어쩌면 목숨을 걸 수도 있음에야……."

전혀 어울리지 않게 행동하는 할아버지가 약간은 이상하게 보였다.

"한번 해보지요."

"앞으로 동굴에서 함께 지내게 될 늑대는 한 마리가 아니다. 또한 지난번처럼 늙고 약한 놈도 아니다. 늑대의 수는 매일 한 마리씩 늘어 정확히 100일이 계속될 것인즉, 동굴 안에 들어가는 늑대 수는 모두 100마리가 될 것이다. 너는 기회가 닿는 대로 늑대를 죽여야만 한다. 네가 만약 손에 인정을 두어 늑대가 한두 마리씩 살아남는다면 종래에는 동굴이 온통 늑대로 뒤덮여 목숨을 보존하기가 어려울 것이다. 또한 이제부터는 식량도 넣지 않을 것이니 스스로 먹을 것을 구해야 한다. 그것은 늑대도 마찬가지, 너를 잡기 위해 사력을 다할 것이니 특히 주의하여라!"

할아버지의 말은 한마디로 늑대와 소문의 생존 경쟁이었다. 소문이 죽든지 늑대가 죽든지…….

"네가 이 모든 과정을 이겨낸다면 출행랑의 완성을 볼 수 있을 것이다."

"……."

오기가 넘치고 자존심이 유난히 강한 소문이었지만 천성적으로 착한 소문이었다. 무공 수련을 위해서라지만 많은 살생은 솔직히 내키지 않았다. 물론 자신이 죽을 수도 있는 것이지만.

"그동안 힘들었을 것이니 오늘은 움막에서 푹 쉬고 수련은 내일부터 하도록 하자꾸나."

앞으로의 생활이 얼마나 험할지는 소문보다 할아버지가 더 잘 알았다. 자신도 이미 50여 년 전에 소문이 걸어온 길을 걸어왔으니 모를 리가 없었다.

하지만 조용히 대답하는 소문의 말은 그게 아니었다.

"오늘부터 하지요. 들어가겠습니다."

"……."

할아버지는 아무런 말을 하지 않고 소문에게 조그만 칼 하나를 내어주었다. 무언의 승낙을 받은 소문은 그 칼을 받아 품에 넣고는 천천히 동굴로 들어갔다. 동굴 앞에서 잠시 뒤를 돌아보았다. 천지 사방이 온통 새하얗게 변해 있었다.

'눈이 왔었구나……!'

어쩌면 다시 못 볼지도 모르는 풍경을 뒤로하고 소문의 조그마한 몸은 동굴의 어둠 속으로 서서히 사라져 갔다.

처음 들어온 늑대는 소문에게 아무런 적의도 보이지 않았다. 오히려 낯선 환경에 먼저 자리 잡고 있는 소문이 두려운 듯 멀찌감치 자리를 잡고 조용히 누워 있을 뿐이었다.

두 번째, 세 번째에 들어온 늑대의 행동도 별반 다르지 않았다. 다만 자신의 동료가 하나둘 늘어가며 행동반경이 점차 넓어지고 있을 뿐이었다. 때로는 자신들끼리 약간의 다툼이 있었는데 마치 우두머리를 뽑는 듯했다.

하지만 소문은 이것이 폭풍 전의 적막임을 느끼고 있었다. 사흘을 굶은 자신도 배가 고픔을 느끼건만 늑대야 오죽하랴… 처음 들어온 늑대의 눈은 이미 충혈되어 있었다.

동굴 안에서 처음으로 전투가 벌어진 날은 첫 늑대가 들어오고 꼭 4일이 지난 날이었다. 배고픔을 견디지 못한 늑대들이 첨으로 공격한 상대는 참으로 의외였다. 소문이 아니라 소문에게도, 새로 들어오는 늑대에게도 다가가지 못하던 늙은 늑대였다. 전투는 너무 싱거웠다.

이미 죽을 날을 기다리던 늙은 늑대는 반항도 못하고 쓰러지고 형체도 알아보지 못하게 갈기갈기 찢겨 다른 늑대의 허기를 채워주게 되었다.

여태껏 가만히 앉아 있던 소문이 움직이기 시작한 것은 가장 먼저 늙은 늑대에게 덤볐던 놈이 찢겨 흘러내리는 내장에 주둥이를 가져갈 때였다.

"더러운 놈들… 아무리 미물이지만 어찌 자신의 종족을 잡아먹는다는 말이냐!"

문득 그 늑대가 쓰러지며 쳐다본 것이 자기라는 생각이 들었다. 비록 알고 지낸 지 며칠 되지 않았고 그나마 사이도 좋지 않았지만, 미운 정이라도 쌓인 것일까? 소문은 자신을 바라보는 늑대의 얼굴에서 웃음을 보았다. 아니, 그렇게 믿고 있었다. 하지만 소문이 움직인 것은 늙은 늑대의 복수를 하기 위함이 아니었다.

소문은 자신도 어쩌면 저리 될지 모른다는 생각이 들었다. 식량도 없고 늑대의 수는 계속 늘어날 것인데 자신을 대신해 죽어줄 다른 어떤 것도 동굴 안에는 존재하지 않았다.

이대로 죽을 것인가? 싸우기라도 할 것인가? 소문은 선택을 해야 했다. 결국 자신의 힘이 조금이라도 남아 있을 때 늑대의 수를 줄이고 또 운이 좋다면 허기진 배를 채울 수도 있는 쪽을 택하기로 했다.

크르르르르!!

소문의 움직임을 감지한 것일까? 늙은 늑대의 몸을 정신없이 탐닉하던 다섯 마리의 늑대들의 행동이 일순 멈추고 서서히 소문을 바라보았다. 소문이 다가오자 일순 행동을 멈추었던 늑대들이 긴 이빨을 보이며 으르렁거렸다. 소문은 할아버지가 준 단검을 단단히 움켜쥐고 천천히 발을 놀렸다. 동작은 느렸지만 이미 출행랑의 보법은 시작되었다.

카오오!!

잿빛의 몸통에 검은 줄기가 섞인 늑대가 허연 이를 들어내고 달려들었다. 역시 할아버지의 말대로 늙은 늑대와는 차원이 다른 속도였다. 또한 달려오면서 뿜어내는 살기란… 소문의 몸이 자신도 모르게 잠시 움찔거렸다.

'이건가, 그 투기라는 것이?'

생각할 여유도 주지 않는 공격이었다. 소문이 늑대를 피해 신형을 급히 좌측으로 틀었을 때는 날카로운 이빨이 어깨죽지를 한 번 훑고 지나간 뒤였다. 단지 옷 위를 스친 것이었음에도 단번에 피가 쏟아졌다.

'아차! 생명이 경각인데 딴생각을.'

소문의 자신의 경솔함을 질책했다. 하지만 후회는 항상 늦는 법. 자기들 종족의 피를 보고, 다시 한 번 소문의 피까지 보게 되자 늑대들은 이성을 잃었다.

이놈 저놈 가리지 않고 마구잡이로 달려들었다. 공격은 꿈도 꾸지 못하고 소문은 그저 있는 힘을 다해 발을 놀릴 뿐이었다. 세상에 나가 보지도 못하고 여기서 죽기엔 너무나 억울했지만 상황은 좀처럼 나아지지 않았다.

"크흑!"

소문의 등에서 또 한 번 피가 솟구쳤다. 소문은 지칠 대로 지쳐 있었다. 더 이상 피하는 것도 힘들었고 피도 너무 많이 흘려 정신마저 혼미해 왔다. 그런 소문을 비웃기라도 하듯이 늑대들의 공격은 그 강도가 많이 약해졌다. 마치 사냥이 끝난 먹이를 눈앞에 둔 듯한 모습이었다.

공격을 잠시 멈추고 탐욕에 번들거리는 눈으로 소문의 주위를 맴도는 늑대들… 일순 늑대들의 눈동자를 본 순간 소문은 오기가 생겼다.

'빌어먹을 놈들, 끝났다 이건가. 오냐. 하지만 내가 한 놈만이라도 나와 같은 꼴을 만들어주리라!'

소문은 단검을 쥔 손에 힘을 실었다. 무수한 공격을 당하면서도 용케도 놓치지 않은 단검에 마지막 힘을 싣고 목표물을 점찍었다. 처음 자신을 공격한 검은 줄무늬가 있는 늑대였다.

"하앗!"

소문의 몸은 마치 화살이 시위를 떠나듯 빠르게 튕겨져 나가고 어느새 단검은 그 늑대의 목을 찌르고 있었다.

크… 르… 르……!!

정확하게 목줄기를 찔렀는지 늑대는 잠시 으르렁거리다가 이내 쓰러져 버렸다. 소문 또한 마지막 남은 힘을 썼는지라 그 자리에 주저앉고 말았다.

'이젠 죽는 일만 남은 것인가… 크크크!'

조용했다. 소문이 죽음을 각오하고 눈을 감고 있었지만 늑대들은 좀처럼 소문에게 다가오지 않았다. 이상한 생각에 감았던 눈을 조용히 떠보았다. 늑대들은 어느새 뒤로 물러나 아까 죽였던 늙은 늑대의 몸뚱이를 먹고 있었다.

'흠… 일단은 살았다는 것인가… 일단은… 좋다. 네놈들이 나에게 시간을 준다면 내 다시 살아나 주지.'

소문은 늑대들이 물러난 것을 잘 이해하지 못했지만 늑대의 입장에서 보면 소문은 언제든지 죽일 수 있는 존재였다. 하지만 이미 먹이도 있고 의외의 발악으로 동료도 죽임을 당하자 자기도 당할 수 있다는 생각에 서로가 움찔거리며 움직이지 않았다. 만약 이 늑대들을 이끌

우두머리가 있었다면 결과는 달라졌겠지만 그 우두머리는 이미 소문의 칼에 죽임을 당해 버렸다. 그래서 잠시 뒤로 물러나 배를 채우며 사태의 추이를 살피는 것이었다.

'살아주지, 살아……'

소문은 다시 한 번 단도를 움켜쥐었다. 그리고는 자기 앞에 놓인 늑대의 다리를 잘랐다. 그 모습을 본 늑대들은 잠시 적의를 보였을 뿐 다른 행동은 하지 않았다. 다리 하나를 자른 소문은 미련없이 그 자리를 벗어났다. 몸은 힘들고 지쳤지만 넓은 곳에 있다가 포위 공격을 당하면 자기만 위험해지기 때문에 최대한 자신이 유리한 곳으로 이동을 해야 했다.

자리를 잡은 소문은 잘라온 다리에 천천히 입을 가져갔다.

"욱… 우웩!"

엄청난 노란내와 피비란내가 풍겨져 왔다. 하지만 먹어야 살 수 있다. 늑대들을 쳐다보았다. 태연하게 자신의 종족을 먹고 있었다. 소문은 이를 악물었다. 그리곤 다시 입을 가져갔다. 참기 힘든 노란내와 피비란내가 그를 괴롭혔지만 살고자 하는 의지가 더 강했다. 소문이 동굴에 들어와 먹은 첫 번째 음식이 자신이 죽인 늑대가 돼버린 순간이었다.

우두머리를 잃은 늑대들은 좀처럼 움직이지 않았다. 하루가 지나고 다시 늑대 한 마리가 들어왔다. 이제는 소문의 마음이 급해지고 있었다. 어제는 운이 좋아서 한 마리를 죽이고 자신도 살 수 있었지만 다시 다섯 마리. 자신은 계속 지쳐 가기만 하는데 늑대들은 매일같이 쌩쌩한 놈이 들어오고 있었으니 좀 더 시간을 주면 도무지 감당할 자신이 없었다.

'수가 늘어나는 것을 방치하면 안 돼. 기회가 닿는 대로 죽이라고 했던가…….'

그제야 할아버지가 동굴에 들어오기 전에 해준 말이 생각났다. 늑대들이 모이는 것만은 반드시 막아야 했다. 소문은 자신의 몸 상태를 점검해 보았다. 이곳저곳이 아프고 쑤셨지만 어제의 전투를 생각하면 상당히 양호한 몸 상태였다. 처음의 늙은 늑대에게 물린 어깨의 상처가 워낙 깊어 은근히 걱정도 되었지만 지금은 제법 살이 돋아 있었다.

요령은 같았다. 한 놈을 정한 후 재빨리 다가가서 지난번처럼 해치우기로 마음을 먹은 소문은 무리에서 약간은 떨어져 누워 있는 놈을 선택했다. 그리고는 바람같이 다가갔다.

컹!!

그놈 또한 어제의 늑대처럼 외마디 소리를 지르며 나가떨어졌다. 그제야 사태를 파악한 늑대들이 반격을 시작했다. 하지만 소문도 어제처럼 일방적으로 당하지는 않았다. 하루가 다르게 심오해지는 출행랑과 단검의 날카로움을 무기 삼아 몸에는 다시 많은 상처를 입었지만 그럭저럭 버텨낼 수 있었다. 늑대들이 미친 듯이 달려들었지만 늑대들도 소문의 단검에 조금씩 상처를 입자 상당히 경계를 하는 눈치였다.

시간이 점점 지나도 소문과 늑대들의 생활은 매일같이 이런 양상이었다. 소문이 어떤 수를 쓰던지 매일같이 한 마리의 늑대를 죽이니 늑대들의 수는 처음과 마찬가지로 계속 네 마리가 유지되었다. 소문이 한 마리를 선택해 죽이면 달려들어 싸움이 시작되고 그만두기를 하루에도 수차례…….

늑대들은 소문에게 눈을 떼지 못했고, 소문은 소문대로 긴장의 끈을 절대 놓지 않았다. 벌써 잠을 자지 못한 날이 며칠인지 몰랐다. 다만 싸움이 잠시 진정되거나 자신이 죽인 늑대를 다른 늑대들이 먹어치울 때, 그 짧은 시간 그때마다 조금씩 휴식을 취할 뿐이었다.

벌써 소문이 죽인 늑대 수가 90여 마리에 이르렀다. 매일같이 상처를 온몸에 도배를 했지만 절대 치명상은 입지 않았다. 그것이 소문이 지금까지 버텨올 수 있었던 결정적인 이유였다. 그리고 소문은 이 시간 동안 몇 가지의 큰 소득을 얻을 수 있었다.

첫 번째는 그동안 기본적인 보로에만 묶여 있던 출행랑이 이제는 그때의 상황에 맞히어 최적의 방향으로 나아갈 수 있도록 응용력을 키웠다는 것이고, 두 번째는 순간 이동을 할 수 있게 되었다는 것이다. 어떻게든 하루에 한 마리를 없애야 하는 소문이 택한 방법은 늑대가 미쳐 손을 쓰기도 전에 다가가 단검을 목에 박는 것이다. 그러기 위해서는 폭발적인 도약력과 그에 상응하는 기의 흐름이 필요했다. 만약 평범하게 수련을 했다면 그것을 이리 빠르게 익히지는 못했을 것이다. 그러나 자신의 목숨이 걸린 일이다 보니 겉으로 드러난 힘은 물론 몸속에 숨어 있는 잠재력까지 힘이란 힘은 다 끌어다 썼다. 그 진보가 빠름은 당연했다.

세 번째는 이렇게 늑대와 생활하며 목숨의 위협을 받고 싸우며 늑대를 죽이는 생활이 반복되다 보니 소문 자신도 모르는 살기가 은연중에 드러나게 되었다. 특히나 순간적인 이동을 통해 늑대에게 달려갈 때 지니는 필살(必殺)의 기도는 소문의 살기를 더욱 강하게 해주는 역할을 하였다.

이미 그 살기를 통해 소문이 늑대에게 달려갈 때에는 표적이 된 늑대가 겁에 질려 움직이지 못하는 상황에 이르렀다. 하지만 그것을 알지 못하는 소문이기에 다른 늑대와 싸울 때는 아직 그 효용을 다 쓰지 못하고 있었다.

"질겅! 질겅! 이놈은 좀 질기군……."

자신이 막 죽인 늑대의 허벅지를 뜯는 소문은 예전의 소문이 아니었다. 눈은 늑대와 마찬가지로 살기로 번들거리고 온몸은 이미 말라 굳은 피와 새로 묻은 늑대의 피로 범벅이 되어 있었다. 살을 씹는 소문의 입에서도 핏물이 줄줄 흘러내렸다. 누군가 보았다면 지옥의 악귀(惡鬼)를 본 듯 비명을 지를 것이다.

'악귀……'

할아버지한테 불만도 많고 속으로 욕도 잘하긴 했지만 순수하고 착하던 모습의 소문은 어느새 사라지고 그저 죽이고 싸우는 것만을 갈구하는 악귀의 모습으로 점점 변해갔다. 자신의 모습이 어떻게 변했는지 여기 들어온 지 며칠이 되었는지 신경도 쓰이지 않았다.

다만 소문이 불만인 것은 며칠 전부터는 더 이상의 늑대가 동굴 안으로 들어오지 않는다는 것이다. 그래서 다른 놈을 목표로 하여 다가갔지만 지금 남아 있는 다섯 마리의 늑대는 이미 산전수전 다 겪고 지금까지 살아남은 늑대들이라 소문도 도저히 잡을 수 없었다.

늑대가 더 이상 들어오지 않는 것을 보니 자신이 나갈 때가 된 것임을 느낄 수 있었다. 그러나 나가기 전에 꼭 해야 할 일이 있었다.

소문은 단검을 들고 한구석에 모여 있는 늑대들에게 다가갔다. 늑대들은 털을 곤두세우고 경계를 했다. 여지껏 소문이 이렇게 행동한 적은 없었다. 늑대들도 이제는 결판을 낼 때라고 생각이 들었는지 소문을 포위했다. 엄청난 살기를 뿜고 으르렁거리는 다섯 마리의 늑대, 그런 늑대에게 포위되어 동굴 한가운데에서 단검을 들고 있는 소문…….

그러나 소문이 뿜고 있는 살기는 늑대들의 살기를 압도하고도 남았다.

이런 대치가 꽤 지났음에도 서로가 좀처럼 움직이지 못했다. 어설픈 움직임은 바로 목숨과 직결되기 때문이었다. 결국 먼저 움직인 것은 늑대였다.

크엉……!

두 번째로 동굴에 들어온 늑대였다. 다른 놈은 몰라도 이놈만은 기억했다. 자신의 등줄기에 길다란 흉터를 남겨준 놈이니까. 소문의 숨통을 단번에 끊으려는지 정면에서 목줄기를 노리며 달려들었다. 뒤와 좌우에 있던 놈들도 각각 소문의 몸을 노리고 달려들었다. 하지만 소문이 바라보고 있는 것은 달려오는 늑대들이 아니었다. 정면으로 달려오는 늑대의 뒤에서 잔뜩 몸을 웅크리고 있는 늑대였다.

온몸이 붉은 털로 덮여 있는 이 늑대를 끝으로 더 이상의 늑대가 동굴에 들어오지 않았다. 붉은빛의 늑대는 마지막에 들어왔음에도 불구하고 들어오자마자 무리의 우두머리가 되었다. 또한 이놈이 들어온 이후 소문은 더 이상 늑대들을 죽일 수도 없었다. 이놈은 소문이 조금만 움직여도 어느새 경계를 하며 이빨을 보였다. 그리고 싸움에 있어서도 다른 늑대들과는 본질적으로 격이 달랐다. 무작정 덤비는 것이 아니라 다른 늑대의 뒤에 숨어서 소문의 허점을 집요하게 노렸다. 이놈이 들어온 지 며칠 되진 않았지만 이놈에게 목숨을 빼앗길 뻔한 상황이 지금까지의 지내온 날에서 처한 것보다 더 많았다. 당연히 신경이 쓰였다.

하지만 지금의 공격도 무시할 수는 없었다. 소문의 발이 부산하게 움직였다. 정면에서 다가오는 늑대의 이빨을 고개를 살짝 틀어 피하고 그대로 몸을 전진시키며 늑대의 배를 어깨로 받아버렸다. 비록 큰 타격을 입히지는 못하지만 한 몸 빼내기엔 충분했다. 소문이 앞으로 나아가자 순간 목표를 잃었던 늑대들 또한 재빠르게 쫓아왔다. 공격하고 피하기를 잠시 동안, 문득 소문은 여지껏 자신을 노려보던 붉은색 늑대가 사라진 것을 깨달았다.

'아뿔싸! 실수다……!'

소문이 땅을 치며 후회를 했지만 한번 시야에서 사라진 그 늑대를 발견하기란 좀처럼 쉽지 않았다. 그때 또 한 번 공격이 있었다. 자신의 신형이 좌측으로 움직이고 있는데 정면으로 달려오는 늑대가 보였다. 소문은 슬쩍 몸을 피하며 단검으로 그 늑대의 목줄기를 찔렀다.

컹!

정확하게 목을 찔린 늑대는 펄쩍 뛰며 뒤로 물러났다.

'한 놈!'

소문이 회심의 미소를 지을 때였다. 지금까지 느끼지 못했던 엄청난 살기가 소문을 엄습했다. 순간 당황한 소문은 잽싸게 주위를 살펴보았다. 남은 세 마리의 늑대가 자신을 향해 달려오는 것을 발견할 수 있었다.

'저놈들이 아냐. 붉은 놈! 그놈을 찾아야 하는데… 빌어먹을……!'

아무리 주위를 기울여도 그놈의 기척이 느껴지지 않았다. 소문은 다급했다.

"윽!"

결국 주위가 분산된 소문은 오른쪽 다리를 물리고 말았다.

"이놈이……."

소문은 뼛속까지 파고드는 고통을 참으며 다리를 물고 있는 늑대의 정수리를 단검으로 내려쳤다.

캥!

다리를 물었던 늑대도 외마디 소리를 지르며 떨어져 나갔다. 하지만 소문의 위기가 끝난 것은 결코 아니었다. 소문은 자신을 노리는 살기의 주인을 찾을 수 있었다. 어느새 자신의 머리 위까지 접근했단 말인가……!

붉은색의 늑대는 소문의 정신이 흩어진 틈을 타 벽을 타고 천장에 매달렸다. 그리고 한 번의 기회! 단 한 번으로 소문을 즉사시킬 기회를 노리고 있었다. 결국 기회는 왔다. 다리를 물린 소문이 흥분하여 자신을 문 늑대를 죽이고 있을 때 붉은색의 늑대는 공격을 결심했다.

'젠장! 늦었다.'

소문이 자신을 노리고 위에서 번개와 같이 내려오는 그 늑대를 발견한 것은 그놈의 이빨이 자신의 머리에 거의 도달하고 있을 때였다. 일단 막고는 봐야 했다. 생각할 것도 없이 왼손을 들어 머리를 보호했다.

"으악!!"

소문의 입에서는 처절한 비명이 터져 나왔고 엄청난 덩치를 이기지 못한 몸은 뒤로 넘어지고 말았다. 위기였다. 팔에서 오는 고통도 고통이지만 무엇보다 심각한 것은 넘어져서는 보법을 사용할 수 없다는 것이었다. 소문의 머리는 빠르게 움직였다. 우선 다른 늑대들이 자신을 제대로 공격하지 못하도록 붉은색 늑대와 한데 뒤엉켰다. 그리고 단검을 들어 마구 찌르기 시작했다. 하지만 자세도 불안했고 흥분도 하였던 터라 정확한 칼질이 이루어질 리 만무했다. 게다가 상처를 입은 늑대는 고통에 몸부림치며 소문을 물고 있는 이빨에 더욱더 힘을 가했다.

"크… 으윽……!"

소문의 입에서는 절로 신음성이 튀어나왔다. 왼쪽 다리와 허리에서도 고통이 느껴졌다. 소문은 발악적으로 칼을 휘둘렀다. 우연인지 마구잡이로 휘두른 칼이 붉은색 늑대의 눈을 찔렀다. 소문은 그 칼을 마구 휘돌렸다.

크아… 아앙!!

짧은 칼이지만 눈을 뚫고 들어가 뇌까지 흔들어놓기엔 조금도 부족하지 않았다. 한참을 그렇게 휘두르자 결국 고통을 참지 못한 붉은색 늑대는 소문에게서 떨어져 나갔다.

"꺼져라……!"

퍽! 퍽! 퍽!

소문은 고통을 느끼지 못하는 듯 자신의 다리를 물고 있는 늑대의 머리를 단도로 내려쳤다.

"죽… 인… 다……!"

자신의 다리를 물고 있던 늑대를 죽이고 몸이 자유로워지자 소문은 천천히 일어났다. 이제 두 마리. 우두머리인 붉은색 늑대와 허리를 물었던 놈…….

붉은색 늑대는 자신과 마찬가지로 큰 상처를 입었고 멀쩡한 늑대는 단지 한 마리가 남았을 뿐이다. 소문의 몸에서 엄청난 살기가 뿜어져 나왔다. 극한의 고통을 느끼고 생명의 위협을 벗어난 소문의 기도는 상상을 불허했다. 벌써부터 허리를 물었던 늑대는 소문을 피해 뒷걸음을 치고 있었고, 붉은색의 늑대만이 소문을 노려보고 있었다. 하지만 그 늑대도 버티는 것이 고작일 뿐 반항 따위를 하지는 못했다.

"넌 강했다. 하지만 내가 더 강하다……."

소문은 붉은색 늑대를 인정했다. 그래서 단숨에 숨을 끊어버렸다. 고통을 주기는 싫었다. 붉은색 늑대는 외마디 신음을 내뱉고는 곧 숨을 거뒀다. 하지만 도망가려다 꼼짝하지 못하던 늑대는 잔인하게 난자한 후에 죽여 버렸다.

"이제… 끝난 것인가……."

소문은 자신의 모습을 살펴보았다. 가장 심하게 물린 왼쪽 팔은 뼈가 부서졌는지 중심을 찾지 못하고 덜렁거리고 있었고, 다리와 허리에도 살이 뭉텅 잘려 나간 것이 보였다. 소문은 그런 자신의 모습을 보고는 피식 웃고 말았다. 허탈했다.

"나도 꽤나 질기군……."

소문은 한쪽 다리를 질질 끌며 동굴 입구로 천천히 걸어갔다. 자신의 감각이 틀리지 않는다면 동굴 밖에는 틀림없이 할아버지가 서 있을 것이다. 소문은 할아버지가 벌써 며칠째 입구에서 서성이고 있음을 알고 있었다.

'빌어먹을 영감탱이… 그리 걱정되면 집어넣지를 말던가…….'

문 앞에 도착한 소문은 동굴을 막고 있는 커다란 문을 힘없이 두들겼다.

"할아버지… 문… 여세요……."

끼기깅!!

눈이 부셨다. 소문은 잠시 동안 눈을 뜰 수 없었다. 얼마 간의 시간이 흘렀을까. 흐릿하게 보이던 사물들이 제대로 들어왔다. 온 세상이 자신이 동굴에 들어올 때와 마찬가지로 새하얀 눈으로 덮여 있었다.

'살긴 산 것인가……?'

그제야 자신이 살아 있음을 느낄 수 있었다. 소문이 감상에 젖어 있을 때 문득 자신을 안고 있는 할아버지의 몸을 느낄 수 있었다.

"고생했다……."

할아버지가 소문에게 한 말은 이것이 전부였다. 그러나 소문은 자신의 얼굴에 떨어지는 물방울이 눈이 아님을 잘 알고 있었다.

"예……."

소문이 입은 상처는 결코 가벼운 것이 아니었다. 부러진 왼쪽 팔을 제외하고도 이곳저곳 너무 많은 상처를 입었고, 상처를 입은 몸으로 무리하게 싸우다 보니 원기가 많이 상해 치료하기가 곤란할 정도였다. 소문이 자리를 털고 일어난 것은 병석에 누운 지 정확하게 칠 일이 지나서였다. 왼쪽 팔은 여전히 붕대에 감겨 있었지만 부러진 뼈를 맞히고 꾸준히 치료를 해서인지 고통은 전혀 느껴지지 않았다.

하지만 방에서 나온 소문은 예전의 소문이 될 수 없었다. 생긴 거며 걸친 옷 등은 예전과 다를 바 없었지만 그 풍기는 기도가 달랐다. 아직도 붉게 충혈된 눈과 긴장된 몸에선 살기가 뿜어져 나왔고 그것이 철면피로 하여금 소문에게 선뜻 다가오지 못하게 하는 이유가 되었다.

소문은 그런 면피를 보고 그저 쓴웃음만 지을 수밖에 없었다. 자신도 이 살기를 없애보고자 애를 썼지만, 그것이 무려 100여 일이나 죽고 죽이는 사투 속에서 자연스레 몸에 배인 것이라 말처럼 쉽지가 않았다.

마당에서는 할아버지가 쪼그리고 앉아서 연일 탕약을 달이고 있었다. 소문은 그 모습을 보고 자신이 철면피의 탕약을 달이던 것이 생각났다.

"탕약은 정성이라던데… 내 몸이 이리 더디 낫는 것을 보면 정성이 영……."

소문이 할아버지 옆을 지나가며 한마디를 툭 던지자 반응은 바로 나타났다.

"뭐야? 정성? 하, 나참… 니놈이 고생 같지도 않은 고생을 했다고 하여 내 불쌍히 여겨 약을 달이고, 처먹이고 있는데 정성이 부족해? 에라이……!"

"할아버지의 정성이 부족하다는 것이 아니라… 말이 그렇다는 것이지요. 말이……."

"니놈은 동굴에서 뻔뻔함만 배워왔느냐? 에잉, 고얀놈!"

소문은 기분이 좋았다. 요 며칠 동안은 할아버지가 자신에게 말도 제대로 못하고 눈치를 보고 있었다. 아무리 막나가던 할아버지라도 손자를 늑대 굴에 집어넣은 것이 조금은 미안했는지 영 서먹서먹했다. 하지만 소문은 그게 더 싫었다. 그건 어쩔 수 없는 수련이었고, 자신도 살아 나왔으니 예전의 할아버지로 돌아갔음 했다. 비록 꼬장도 심하고, 고집도 심하고, 자기를 잘 두들겨 패긴 했지만…….

그래서 이런 농을 했는데 할아버지도 소문의 의도를 잘 아는 듯했다.

"그나저나 이놈의 살기를 없애는 방법은 없나요? 영 께림칙해서……."

"흥, 요놈아, 그게 그리 쉬운 건지 아느냐? 그리고 애써 만든 건데 그걸 왜 없애?"

"예?"

소문은 영문을 몰랐다. 애써 만들다니…….

"내 그럴 줄 알았다. 미련하기가 곰보다 더하니…….'

말을 마치자마자 할아버지는 예의 그 순간 이동을 통해서 소문에게 다가왔다.

할아버지가 소문에게 다가오는 것을 소문은 똑똑히 보고 있었다. 옛날에는 꼼짝도 못하던 기운이었다. 하지만 지금은 아니었다.

"어라? 지금 저와 한번 겨루어보겠다는 것입니까?"

소문은 능글거리며 뒤로 물러섰다. 할아버지는 소문을 잡지 못했다.

"힘들 겁니다. 제가 좀 익혔지요. 카카카!!"

할아버지는 그런 소문을 물끄러미 바라보았다. 방금 자신이 살기를 내보이며 접근하자 순간 소문의 몸에서도 자연스레 엄청난 살기가 뿜어져 나왔다. 다가오면 공포요, 도망갈 땐 쫓아가기가 두렵게 만드는 그 기운… 소문은 출행랑을 대성한 것이었다.

'허! 무섭구나. 원래 그런 것인지 알고는 있었지만 내가 순간 공포를 느끼게 될 줄이야. 제대로 된 출행랑이로다. 제대로 된… 그렇다면……'

"이놈아! 그 과정을 거치면 개나 소나 다 하는 것이다. 네가 개나 소도 아닌데 그 정도도 못한다면 말이 안 되는 것 아니더냐."

'꼭 비교를 해도……'

"그나저나 그렇게 살기를 풀풀 날리면서 살 수는 없으니 이제 그 살기를 지우도록 하자꾸나."

"예? 아까하고 말이 다르잖아요."

"……"

소문의 물음에 할아버지는 기도 안 찬다는 듯이 쳐다보았다.

"…왜요?"

"너… 무공 익히는 놈 맞냐?"

"……"

"내 말인즉 그 살기를 안에 갈무리하여 필요할 때 써먹자 하는 것인데 이렇게까지 설명을 해야 알아듣느냐?

"……."

소문은 속으로 욕을 바가지로 해댔지만 할아버지의 말이 딴은 맞는지라 조용히 입 다물고 있었다.

"지난번의 출행랑 수련과 같이 두 가지의 길이 있다. 첫 번째는 폭포 위에 있는 냇가에서 수련하는 것이고……."

"두 번째로 하겠습니다."

물이라면 이가 갈리는 소문인지라 폭포라는 말에 들을 것도 없이 두 번째 안을 선택했다.

"두 번째라… 후회 안 하겠느냐?

"물론입니다."

"정말 후회 안 할 자신이 있는 것이더냐?"

"당… 연히……."

"마지막으로 물어보자. 진정 후회가 없으렷다? 나중에 딴소리를 하면 아니 된다."

"그게… 저……."

'어라 이상한데, 두 번째가 무엇이길래 저리 뜸을 들인다…….'

소문의 마음속에 불안감이 무럭무럭 싹트기 시작했다. 하지만 기왕 선택한 것 끝까지 밀고 나가기로 했다.

"두 번째 것으로 하지요!!"

"흠… 그래, 네가 정 그렇다면… 두 번째는 폭포 아래에서 수련하는 것이다."

'지미… 내 이럴 줄 알았다.'

소문은 어처구니없다는 표정으로 할아버지를 노려보았으나 할아버지는 뭐가 그리 좋은지 싱글벙글이었다.

소문이 동굴에서 나왔을 때는 이미 해가 바뀌어도 한참 바뀌어 있었다. 3월이면 여느 곳에서는 봄맞이 준비가 한창이겠지만 이곳은 여전히 추운 겨울이었다. 웅장한 소리를 내며 물을 떨어뜨리던 폭포도 장백산의 추위를 견디지 못하고 꽁꽁 얼어 있었다. 소문은 그런 폭포를 보고 회심의 미소를 지었다.

"이런, 폭포가 얼어 있네요. 어쩐다… 이래서는 수련이 힘들 텐데."

말은 아쉬워하는 듯했으나 표정은 절대 그렇지 않았다. 할아버지는 그런 소문을 힐끔 쳐다보았다.

"그리 염려할 것 없다. 따라오너라."

할아버지가 소문을 데리고 간 곳은 물줄기가 얼어 있는 폭포의 뒤편이었다. 비록 폭포의 위는 얼어 있었지만 그 아래는 약간이기는 하나 물줄기가 떨어지고 있었다. 그것을 본 소문의 얼굴이 실망으로 일그러졌다.

"오늘부터 여기서 내공심법을 익히거라."

"내공심법이라뇨……?"

"네가 단순 호흡법이라 생각했던 그것 말이다. 반야심경도해(般若心經圖解), 떨어지는 물줄기를 맞으며 이것을 익히다 보면 저절로 살기가 제어될 것이다."

"그냥 나가서 익히면 안 될까요? 꼭 폭포 아래서 익힐 필요는……."

"나나 네 선조 분들은 살기를 제어하기 위해서 무려 석 달을 폭포 아래서 수련했다. 또한 하루 수련이 끝나고 집에 돌아오면 복날 개 패듯 두들겨 맞았다. 너도 맞을래? 네놈은 운이 좋은 줄 알아라. 지금은 반야심경도해가 있어 두들겨 맞지는 않으니……."

석 달을 두들겨 맞았다는 말에 불만이 쏙 들어갔다. 할아버지의 눈치를 보아하니 소문이 그 방법을 택하기를 은근히 기대하는 모습이 아닌가?

"하죠. 한다구요……."

소문은 투덜거리며 폭포 아래로 몸을 움직였다.

"내가 무위공과 삼초의 검법을 접해보지 못해서 뭐라 말은 하지 못하지만 이번이 네가 무공을 익히는 데 가장 큰 고비가 될 것이다. 네게 말은 안 했지만 어쩌면 여기서 너의 인생이 끝이 날 수도 있음이니 힘을 내거라. 네 아비처럼 여기서 무너져서는 안 된다."

폭포 아래로 다가가는 소문을 바라보며 할아버지는 나직이 중얼거렸다. 하지만 떨어지는 물소리에 가려 소문에게까지 들리지는 않았다.

"으… 으흐흐흐……!"

추웠다. 이빨이 딱딱 부딪치고 온몸이 떨려왔다. 예상은 했지만 이리 추울 줄이야. 소문이 한겨울에도 집 앞 냇가에서 목욕을 한다지만 차원이 달랐다. 게다가 위에서 떨어지는 물의 압력은 상상을 불허했다.

"무엇 하는 게냐? 그대로 얼어 죽고 싶은 게냐? 어서 빨리 정신을 차리고 운기를 하거라!"

추위에 떨며 제대로 앉지도 못하는 소문을 보고 답답하다는 듯이 할아버지가 외쳐 댔다. 소문은 재빨리 주저앉아 가부좌를 틀었다. 할아버지의 말이 맞았다. 어차피 나가지 않을 것이라면 한시라도 빨리 호흡법을 시행하는 게 중요했다. 하지만 자신이 익힌 것이라고는 그저 앉아서 숨을 쉬는 것인데 과연 도움이 될는지 의심이 갔다.

"잘 들어라. 그동안 너는 반야심경도해를 알면서도 그 운용법을 제대로 익힌 적은 없을 것이다. 하지만 출행랑을 익히는 과정에서 기의 흐름을 이끄는 방법은 깨달았을 터, 억지로 기를 움직이려 하지 말고 자연스럽게 기가 움직이는 대로 몸을 맡기거라. 추호도 의심을 하지 말고 반야심경도해의 위력을 믿어라. 네 몸은 충분히 보호해 주고도 남을 것이다."

하지만 이미 소문의 귀에는 아무 말도 들리지 않았다. 필사적으로 참고 있었다. 머리에서부터 쏟아지는 물과 그 물의 냉기에 이미 온몸의 감각이 사라지고 있었다. 평상시처럼 호흡을 유지하고 있는 것도 기적이라 느껴질 만큼 소문의 상태는 안 좋았다.

'이대로 끝인가?'

소문이 동굴에서와 마찬가지로 두 번째로 죽음을 생각하고 있을 때였다. 소문의 몸 안에서 자신도 모르는 힘이 꿈틀거렸다. 그 기운이 최초로 준동한 곳은 배꼽 바로 밑의 배[丹田]에서였다. 처음엔 미약했던 그 기운이 점차 커지더니 몸 안의 다른 곳으로 이동을 시작했다.

기운이 처음으로 이동한 곳은 엉덩이 아래[會陰]로, 이곳에서 잠시 멈추는가 싶더니 또다시 이동을 시작했다. 엉덩이에서 등[命門]을 지나고 그 움직임이 잠시 느려졌다가 목[天柱]을 지나 마침내는 머리[百會]에 도착했다. 머리에 도착한 그 기운은 한참을 머무르다 다시 아래로 내려왔는데 아까와는 달리 얼굴[太陽], 가슴[期門]을 지나 배꼽 아래로 내려왔다.

이렇게 그 기운이 한 번 온몸을 돌자 소문은 이전과는 다르게 약간은 편안해지는 것을 느낄 수 있었다.

'이게 무엇이지? 흠, 반야심경도해가 만든 현상인가? 아무튼 살았구나. 어디 다시 한 번……'

하지만 소문이 의식하고 기를 움직이려 하자 잠시 물러갔던 추위는 다시 몰려오고 그 기운은 어디로 갔는지 자취를 찾을 수 없었다. 소문은 당황했다. 그런 소문을 바라보는 할아버지 또한 소문 못지 않게 당황했다. 할아버지는 소문이 이미 어떤 상황인지를 알고 있었다.

"이놈아! 정신 차리거라. 믿고 맡기라 하지 않았더냐. 네가 아니라 기의 흐름에 너를 맡기라 하지 않았느냐."

할아버지는 과거의 악몽이 되살아났다. 소문의 아버지였던 을지광(乙支光)도 여기서 무너졌다. 그는 소문보다는 못했지만 나름대로 뛰어난 자질을 지니고 있었기에 그 기대가 사뭇 컸다.

하지만 그는 출행랑을 익히고 살기를 다스리다 주화입마(走火入魔)에 걸려 겨우 목숨만을 건질 수 있었다. 그 충격에 을지광의 조부는 얼마 못 가 돌아가시고 자신만이 남아 백방으로 노력하여 비록 무공은 익히지 못하지만 살아가는 데는 크게 이상이 없는 몸으로까지 겨우 회복을 시켰다. 결국 소문을 낳은 지 얼마 되지 않아 도적들에게 죽임을 당했지만… 평생 가슴에 묻어야 할 아픔이었다.

그런데 여기서 또 한 번의 실수가 되풀이되려 하고 있었다.

'아뿔싸! 이런 실수를……'

할아버지는 땅을 치며 후회를 하고 있었다. 살기와 싸우는 과정에서 극정(極正)인 반야심경도해로 만들어진 내공은 살기를 압도하다 못해 크게 넘쳐 버렸다. 상극의 기운이 만났으니 힘들이 폭주하는 것은 당연했다. 소문의 아버지는 그 넘치는 기운을 다스리지 못하여 주화입마를 당하고 말았는데, 소문의 아버지가 비록 반야심경도해를 익혀 그 힘은 넘쳤지만 아직 기운을 다스리는 운용법이 미숙했다. 해서 소문에겐 반야심경도해의 기운이 넘치지 못하도록 아예 금제를 해놓았다. 그리고 살기를 다스리기에 앞서 그 운용법을 깨닫게 하려고 하였건만 이번에는 아예 살기와 싸워보기는커녕 추위에 목숨을 잃을 판이었다.

할아버지가 이 점을 깨닫고 소문을 구해보려고 했으나 이미 때는 늦어버렸다. 구했다 하더라도 몸이 망가지는 것은 필연이었다. 자신의 어리석음을 탄식하고 있는데 그때 갑자기 소문이 얼굴이 편안해지는 것이 아닌가? 또한 찬물이 닿는 몸에서는 김이 모락모락 피어 오르고 있었다. 이는 틀림없이 내공이 운용되어 추위를 이겨내는 모습이었다. 할아버지는 안도의 한숨을 쉬었다.

하지만 이런 안도도 잠시 다시 소문의 얼굴은 고통으로 일그러졌다. 할아버지는 대번 그 이유를 알 수 있었다. 해서 소문에게 소리를 친 것이었다.

소문은 할아버지의 외침을 듣고 깨달아지는 바가 있었다. 방금 전에 일어난 기운은 자신이 알고 있는 기운이 아니었다. 당연히 어디에서 시작되고 움직이는지 알지도 못했는데 무리하게 움직이려 하다 보니 아예 사라져 버린 것이다. 소문은 재빨리 정신을 가다듬었다. 그 기운을 의식하려 하는 마음을 버리고 예전에 하듯이 천천히 호흡을 가다듬었다. 얼마의 시간이 지났을까… 아까의 기운보다 더 큰 무엇인가가 또다시 느껴졌다.

'왔구나!'

소문은 안도의 한숨을 쉬었다. 그 기를 다시 어찌 해보겠다는 마음은 아예 버렸다. 그 기운은 아까와 마찬가지로 소문의 몸을 돌았다. 그 기운이 지나가는 곳마다 한기가 물러나고 따뜻한 온기가 가득 찼다. 그것만이 전부는 아니었다. 소문의 몸을 한바퀴 돈 기는 다시 소문의 몸을 돌았다. 한 번… 두 번… 그 기운이 계속해서 자신의 몸을 돌자 아까의 추위는 어디로 갔는지 자취를 감추었고, 소문은 몸도 마음도 편안해짐을 느낄 수 있었다.

소문이 더 이상의 추위가 느껴지지 않아 연공을 끝내고 폭포 밖으로 걸어나왔을 땐 해는 이미 서산 너머로 기울어지고 있었다.

"아고야!!"

소문은 난데없는 충격에 머리를 감싸고 비명을 질렀다. 역시 고통의 원인은 할아버지였다. 할아버지는 곰방대를 높이 치켜들고 무시무시한 얼굴로 소문을 노려보고 있었다.

"저기… 무슨… 일로… 그러시는지……?"

소문은 영문은 몰랐지만 기가 팍 죽어 기어가는 목소리로 물어봤다.

"몰라서 묻느냐? 이놈아, 내 그냥 믿고 기의 흐름에 몸을 맡기라 하지 않았더냐? 네놈의 어리석음 때문에 우리 가문의 대가 끊길 뻔했는데 무슨 일로? 아무 일도 아니다, 이놈아!"

할아버지는 곰방대로 소문의 몸을 마구 후려쳤다. 출행랑을 펼쳐 도망가고 싶은 마음은 굴뚝같았지만 그 후한이 두려워 차마 그러지 못하고 그저 몸만 요리조리 돌려 충격을 최소화하고 있었다. 폭포에 젖은 소문의 옷이 다 마를 때까지 곰방대를 휘두르시던 할아버지는 숨이 차는지 매질을 그만두고 집으로 돌아갔다.

"제기랄! 늑대한테 물린 것은 버틸 만했는데 이눔의 곰방대는 진짜 아프단 말이야……."

그러나 투덜투덜 모습과는 달리 할아버지를 따라가는 소문의 모습에는 별다른 고통이 느껴지지 않는 얼굴이었다.

소문은 며칠 동안 폭포에서 추위와 싸웠다. 평범한 사람이라면 열 번을 죽어도 이상할 것이 없는 상황이었지만 살을 에는 듯한 냉기도 머리 위로 떨어지는 폭포수의 압력조차도 소문을 어찌하지는 못했다. 비록 금제를 당하고는 있지만 과연 반야심경도해의 효용은 무궁무진(無窮無盡)했다. 다만 소문이 반야심경도해로 인해 얻어진 기를 제대로 다스리는 방법을 모르고 있어 그 위력을 제대로 발휘하지 못하고 있을 뿐이었다.

소문도 약간의 기를 모으고 있었고 활용도 했었다. 지금까지 출행랑에 쓰였던 힘(소문이 단순 호흡법이라 생각한 것에 의해 만들어진 힘)은 할아버지가 해놓은 금제를 벗어난 반야심경도해의 힘이었다. 미약하나마 약간의 힘이 기를 형성하고, 소문은 사지에 흩어져 있는 그 기를 잠시 동안 한곳으로 모아 활용하는 방법을 터득했었다. 하지만 힘의 원천은 반야심경도해였지만 기를 모으는 방법이나 기의 흐름도 다른, 진정한 의미에서 반야심경도해의 내공이라고는 볼 수 없었다.

요 며칠 소문이 수련하는 것은 반야심경도해로 얻은 내공의 운용 방법이었다. 할아버지 말로는 소문이 지닌 살기를 제어하기 위해서는 지금의 내공으론 어림도 없고 금제되어 있는 모든 내공을 풀어야만이 살기를 제어하고 다시 포두이술을 연마할 수 있다고 하였다. 해서 벌써 며칠째 폭포 밑에 앉아 수련하고 있는데 그게 그리 말처럼 쉽게 되지 않았다. 아무런 생각 없이 평소대로 호흡을 하면 기가 모이지만 그 기를 의식하게 되면 다시 사라졌다.

소문은 짜증이 났다. 하루 이틀도 아니고 벌써 며칠 동안 잡힐 듯 잡히지 않으니 답답할 따름이었다. 물론 어떤 의미에서는 진전이 있었다고 할 수도 있는 것이, 처음엔 미약하게 시작했던 움직임이 지금은 소문이 놀랄 정도로 그 기운이 커져 소문의 몸 이곳저곳을 들쑤시고 다닌다는 것이었다. 비록 여전히 그 기를 의식하면 다시 사라지지만 기가 만들어졌다는 것을 알지 못할 소문은 아니었다.

"휴우! 오늘도 안 되는 건가?"

소문은 한숨을 내쉬었다. 할아버지는 그런 소문을 보고 조용히 웃었다.

'추위는 막아주지만 그 기운을 제대로 움직이지는 못할 것이다. 하나 약간이나마 스스로 깨우치면 그 받아들임이 빠른 법. 며칠 고생을 한 후에 이 할아비가 그 운용법을 알려주마.'

폭포에서 막 몸을 일으키는 소문은 방금까지 냉기와 싸웠다는 것이 믿겨지지 않을 정도로 평온한 얼굴이었다. 하지만 안색은 그리 좋지 못했다. 도무지 이해가 가질 않았다. 지금 자신의 아랫배에는 약간의 기가 구슬처럼 뭉쳐 있었다. 그나마 그동안의 고생으로 이만큼이나 만들어났는데 쓰질 못하다니…….

낙담하여 집으로 돌아오는 소문에게 할아버지는 반야심경도해의 역사에 대해 말을 하기 시작했다.

"반야심경도해는 혜능 조사가 만든 신공이다. 혜능 조사는 선종(禪宗)의 6대 조종(祖宗)으로 초기엔 그리 순탄치만은 않은 생을 사셨다. 훗날 사람들이 이분의 위대함을 달마 대사(達磨大師)와 비교까지 하였지만, 이분은 무공은커녕 글도 깨우치지 못한 분이었다. 그런데 어느 날 그분이 말씀하시기를 '많은 불문 무공이 있으나 그 대부분이 편협하고 살기가 짙구나! 역근경(易筋經)이나 세수경(洗髓經)을 익히면 좋으련만 비전(秘傳)으로 보호하고 있음에야……' 라고 말씀하시더니 이후 누구나 볼 수 있고 수련할 수 있는 내공심법을 만드셨는데 그게 바로 반야심경도해다. 혜능께서 이 무공을 만드실 때 염두에 둔 사람들은 무승(武僧)이 아니라 일반 나약한 스님이었다. 경전과 진정한 불교의 진리를 깨우치고자 정진하는 스님들의 건강을 염려하여 심신을 단련하라는 요량으로 만드신 것이다. 한데 문제가 발생하고 말았으니 이 무공을 익힌 무승은 별다른 성취를 얻지 못했으나 평생 반야심경도해를 익혀온 한 평범한 스님이 자신도 모르게 무공을 펼치신 바 그 위력이 실로 뛰어났다. 이에 놀라 후인들이 역근경이나 세수경처럼 비전으로 보호하고 말았다. 어리석은 후인들이 큰스님의 뜻을 이해하지 못한 우를 범하고 만 것이다."

"이상하네요. 무공을 익히는 스님보다 경전만 읽으신 분이 대성을 하다니."

소문이 아무리 생각해도 이상했다. 무공을 지닌 사람이 내공심법을 익히는데 그 성취가 더 떨어지다니 이해가 되질 않았다.

"일견 생각하기엔 네 질문이 당연하나 그건 반야심경도해를 잘 모르는 말이다. 반야심경도해는 혜능께서 무념(無念), 무상(無想), 무욕(無慾)에 기초를 두고 만드신 것인데, 무승들은 무공에 대한 욕심이 있었으니 그 끝을 볼 수 없음이 당연했다. 하지만 평생 진리를 추구하던 스님들은 위의 세 가지 화두(話頭)를 끊임없이 찾고 행하니 애써 익히지 않아도 그 성취가 남다름은 필연일 것이다.

내가 너에게 반야심경도해를 어릴 적부터 익히게 한 것은 네가 세상을 알아 갖가지 상념들이 뇌리에 박히기 전에 어느 정도 성취를 이루라는 뜻이었다. 한데 그 성취를 앞두고 잡념과 욕심에 빠져 허우적거리고 있으니 참으로 한심하구나. 무념, 무상, 무욕을 알지 못하고는 절대 깨달을 수 없으니 우선 잡념들을 버리거라."

"예… 할아버지."

소문은 부끄러웠다. 자신 또한 어리석은 무승들처럼 무공이란 욕심에 푹 빠져 있었던 것이다.

다음날부터 소문은 더욱더 수련에 정진했다. 이제 기를 움직이니 모으니 하는 것은 신경 쓰지 않기로 했다. 평상시 하던 대로 운기를 하고 있으면 언젠가는 이룰 수 있겠지… 하는 심정으로 기가 움직이거나 말거나 아예 무시를 했다.

소문이 이렇게 수련을 한 지 벌써 한 달. 소문의 배에는 이미 거대해질 정도로 거대해진 기의 덩어리가 그 탈출구를 찾으려고 은근히 소문을 압박하였다. 처음 수련할 때만 해도 구슬처럼 미약하던 것이 어느새 아랫배를 꽉 채우고 남음이 있었다. 하지만 소문은 이를 애써 무시했다. '나는 가만히 있을 것이니 알아서 움직여라' 하는 식이었다.

사실 소문의 몸에 가해졌던 금제는 이미 풀려 있었다. 소문이 할아버지의 말을 들은 이후 제대로 된 자세로 수련에 임하자 은근슬쩍 금제를 풀었는데 수 년 동안 소문의 몸에 억눌려 있던 기들은 재빠르게 한곳으로 모여들었다. 해서 실로 엄청난 기운이 소문의 아랫배, 즉 단전에 모였다. 그런데 소문이 이를 이끌어주지는 않고 계속해서 다른 기들을 쌓고만 있으니 마침내 참지 못한 기들이 움직이기 시작했다.

'윽! 이게 뭐야?

단전에 모여 있던 기들의 움직임에 소문은 깜짝 놀라고 말았다. 어떻게 손을 써야 하는지 알 수도 없었다. 소문이 할 수 있었던 것은 그저 몸의 상태를 파악하며 정신을 차리는 것뿐이었다.

처음에 폭포에서 느꼈던 기가 움직였던 것과 마찬가지로 엉덩이를 통해 등으로 머리로, 그리고 다시 아랫배로[一周]지로 돌았다. 한 번으로 끝이 아니었다. 그 기는 소문의 몸을 무려 12번을 돌고 나서야 비로소 잠시 멈추는 듯했다.

'휴, 이제 끝인가 보구만!'

소문은 절로 안도의 숨을 쉬었다. 그 기운들이 움직일 때마다 엄청 난 고통이 느껴졌다. 하지만 운공 중에 무리하게 움직이면 안 된다는 것은 소문도 알고 있었다. 입술을 꽉 깨물고 평상심을 유지하려고 애 썼다. 애초에 기를 움직인 것도 자신이 아니고 또 움직일 자신도 없기 에 그저 빨리 멈춰주기를 바랄 뿐이었다.

'빌어먹을! 이건 또 뭐야⋯⋯?'

소문이 머리를 굴리고 있을 때 아랫배에 잠시 멈추어 있던 기들이 또다시 준동을 시작했다. 그런데 이번에는 아까와는 다른 방향으로 기 가 움직이고 있었다. 한쪽으로만 움직이던 기가 두 개로 나뉘더니 하 나는 몸 뒤로 하나는 몸 앞쪽으로 맹렬하게 달려가는 것이다. 소문은 이 사태를 어떻게 수습해야 할지 몰랐다. 그저 빨리 끝나기를 빌고 또 빌었다.

꽝!

머리를 울리는 큰 충격에 소문은 정신을 잃은 뻔했다. 끊어질 듯한 정신을 붙잡고 있는 것은 소문의 자존심이었다. 속수무책으로 당하는 자신에 대한 반성과 이에 대한 오기로 끝까지 정신을 잃지는 않았다.

몇 번의 충격을 주고는 다시 한 번 제자리로 돌아온 빌어먹을 넘(소 문에게는 악귀보다 무서웠다)들은 잠시의 시간도 주지 않고 또다시 소문 을 괴롭혔다.

'미치겠네. 이번엔 또 어디로 가는 거야?'

잠시 휴식을 취하던 기들은 또다시 맹렬하게 움직였다. 이번엔 어디 로 움직이는지 소문도 도무지 알 수가 없었다. 그 방향이 하나가 아니 었다. 수십 수백 갈래로 나뉜 기의 가닥은 소문의 몸 구석구석을 뚫고 다녔다. 그 고통이란 좀 전과 비교가 되지 않았다.

'빌어먹을! 빌어먹을! 빌어먹을!'

소문이 할 수 있는 일이라고는 그저 욕뿐이었다.

시간이 얼마나 흘렀을까… 소문은 문득 자신을 괴롭히던 그놈들이 사라지고 없음을 느낄 수 있었다. 하지만 몸을 움직일 수는 없었다. 온몸이 나른했다. 소문은 다시 정신을 차리고 호흡법을 강행했다. 평소에 하는 운기와 다름이 없었지만 그 결과는 달랐다. 소문이 운기를 시작하자마자 아랫배엔 어김없이 그 기 덩어리가 만들어졌다. 하지만 아까와는 달리 혼자 움직이는 것이 아니라 소문이 이끄는 흐름대로 순순히 따라왔다. 신이 난 소문은 기가 스스로 움직이던 방향에 따라 기를 움직였다. 고통은 없었다. 오히려 편안함과 새로운 힘이 그 기를 통해 사지로 흘러가는 느낌이었다.

'편하군… 편해…….'

오랜 싸움으로 지친 소문은 그대로 정신을 잃고 말았다. 비록 자신들을 이끌어줄 주인은 정신을 잃었지만 자신들이 해야 할 일이 무엇인지 알고나 있는 듯 기들은 계속해서 소문의 몸을 돌고 있었다.

"저, 저건……!!"

소문은 정신을 잃고 있었지만 그런 소문을 바라보는 할아버지는 기겁을 하고 있었다. 자신이 잠시 집에 다녀온 사이에 무슨 일이 있었단 말인가? 오늘쯤 해서 기의 운용법을 알려주려 했건만…….

할아버지가 바라보는 소문은 폭포 아래에서 정좌를 하고 있었다. 그런데 소문의 머리 위에는 세 개의 고리가 떠 있었다.

"삼화… 취정(三花聚頂)!! 삼화취정이라니… 도대체가……."

삼화취정이 어떤 것인가. 생사현관(生死玄關)이 타통되어야만 하는

지고한 경지가 아니던가? 그것이 소문에게서 나타나는 것이었다.

"헛! 설마……?"

소문을 바라보던 할아버지의 눈이 다시 놀람으로 부릅떠졌다.

"오기조원(五氣朝元)? 오기조원까지!!"

소문의 머리 위에는 어느새 세 개였던 고리가 다섯 개로 늘어나 있었다.

"오기조원이라면… 생사현관뿐만 아니라 온몸에 흩어져 있는 세맥(細脈)까지도 뚫었단 말인가? 허허허허!!! 허허허허!!"

할아버지의 얼굴은 놀람과 기쁨으로 가득 찼다. 아들은 실패하여 폐인이 되었지만 손자는, 이제 겨우 열한 살인 어린 손자가 꿈의 경지를 이루어낸 것이다. 어느새 눈시울이 젖어드는 것을 느꼈다.

'광(光)아… 보고 있느냐? 니 아들놈을 말이다. 허허허!'

소문은 그 자세에서 무려 세 시진이나 지난 다음에야 눈을 떴다. 날은 이미 어두워져 있었다. 소문은 자신 앞에 할아버지가 서 있는 것을 볼 수 있었다. 할아버지는 소문을 보고 나직하게 말하였다.

"수고했다. 따라오너라."

'어라, 웬일이랴? 수고라니. 흠흠!'

소문은 종종걸음으로 할아버지를 따라갔다. 자리를 잡고 앉은 할아버지는 아주 가끔 보이는 진지한 자세로 말을 하기 시작했다.

"호흡 수련은 천지자연(天地自然)의 힘을 조금씩 흡수하는 훈련이다. 이는 아무나 할 수 있는 매우 간단한 훈련이다. 인간의 중심 축은 소위 '단전(丹田)'이라는 곳으로, 이곳에 힘[氣]이 충만하여야 오장육부(五臟六腑)가 제자리에 서고, 기의 순환이 잘되는 것이다. 배꼽 아래로 기해(氣海), 석문(石門), 관원(關元)이라는 혈이 있는데, 단전은 관원혈

혈 부위의 뱃속으로 등과 가운데쯤 위치하는데 관원혈은 배꼽에서 아래쪽으로 자기 손가락 네 마디의 거리다. 하지만 단전을 딱히 규정 짓기는 애매하다. 작용을 하기는 하지만 인체의 장기처럼 볼 수는 없기 때문이다. 단전은 오랜 세월 꾸준히 수련하여 만들어지는 기관이다. 말하자면 뱃속에다 인위적으로 기의 집을 짓는 것이라 할 수 있겠다. 단전에다 기를 불어넣는 방법으로 만들어진 것들이 소위 말하는 내공심법이라는 것들이다. 이러한 방법으로 단전에 쌓여 얻어진 기를 내공(內攻)이라 함은 너도 알 것이다. 단전에 쌓인 내공은 계속된 내공 수련을 통해 그 힘이 강해지고 몸 구석구석에 힘을 보내준다. 내공. 즉, 기라는 것이 마음대로 돌아다니는 것은 아니다. 인체에는 이런 기의 통행로가 있으니 이를 기경팔맥(奇經八脈)이라 한다. 기라는 것은 이 기경팔맥을 통해 들어와 쌓이고 나아가 쓰인다. 인간은 태어나면서 기경팔맥이 막힘없이 뚫려 있지만 세속의 곡기와 탁한 기운으로 불순한 찌꺼기가 쌓여 점차 막혀 버린다. 하지만 무공을 익힌 사람들은 내공심법 등을 통해 인위적으로 기경팔맥을 뚫어줌으로써 기의 흐름을 원활히 해왔다. 특히 독맥(督脈)과 임맥(任脈)은 기경팔맥의 핵심을 이루는 것으로 상승의 경지에 이르기 위해서는 반드시 막힘이 없이 뚫려 있어야 한다. 그러나 이 일은 결코 쉬운 것이 아니다. 무리해서 뚫는다고 뚫어지는 것이 아니고 오히려 해침을 당하기 일쑤다.”

소문은 무슨 소리인지 하나도 알 수가 없었다. 그동안 할아버지가 가르쳐 준 호흡법, 아니, 반야심경도해를 익힐 때도 이런 말은 하지 않았다. 그냥 숨을 쉬다 보면 마음이 편해지고 때때로 기라는 것도 만들어져서 신기해한 적은 있었다. 물론 최근에 이르러 이 기를 다스리는 수련에 몰두해 있었지만 아직 그 원리나 참뜻을 알지는 못하고 있었다.

소문이 의아해하고 있을 때도 할아버지의 말은 계속되고 있었다.

"…해서 그만큼 운용하는 것이 중요하다. 내가 너에게 기를 쌓는 방법은 가르쳐 주고 운용하는 것을 가르쳐 주지 않은 이유도 그와 같다. 폭포 아래서 네 스스로 약간의 깨달음을 얻은 연후에 본격적인 수련을 시작할 생각이었건만. 허허! 이제는 아무 소용이 없어졌으니……."

할아버지의 말을 들은 소문은 소름이 끼쳤다. 소용이 없어지다니? 틀림없이 아까 잠시 정신을 잃은 동안 무슨 일이 나도 난 것이 분명했다. 이제까지의 노력이 허사가 되다니 억울했다.

"소용이 없다니요? 그럼 이제 내공이라는 것을 익힐 수 없나요?"

질문을 하는 소문의 음성은 가늘게 떨리고 있었다.

"허허! 네가 나의 말을 오해했구나."

"그럼?"

"내 말은 내가 가르쳐 줄 필요도 없이 모든 것이 이루어졌다는 것이다. 네게 무슨 일이 일어났는지는 모르겠지만 생사현관과 임독양맥이 모두 막힘없이 뚫린 것 같으니… 다른 사람이면 평생을 수련해도 얻기 힘든 것을 얻어버렸구나. 허허허! 그래, 아까 무슨 일이 있었는지 말해 보거라."

소문은 놀란 가슴을 진정시키고 아까 자신의 몸속에서 일어난 일을 자세하게 말하기 시작했다.

"헐! 네 말을 들으니 역시 나의 생각대로 온몸의 세맥까지 타동이 되었구나. 이런 기적이!"

뭔지는 몰라도 할아버지가 저리 놀라는 걸 보니 엄청난 것을 이룬 듯했다. 뿌듯한 기분, 하늘을 날아갈 것 같은 느낌이 들었다.

"이리 와보거라. 흠, 역시……."

할아버지는 소문의 몸을 만져 보더니 알 수 없는 말을 했다.

"네가 기경팔맥이 뚫리고 세맥까지 막힘이 없고 엄청난 내공을 얻기는 했지만 아직 그 힘을 받아들이기에는 부족함이 있구나."

"예?"

소문이 약간 실망하는 말투로 반문을 했다.

"하나 실망하지 말아라. 그 기가 사라진 것은 아니고 네 몸속에 흩어져 있을 뿐이니 네가 계속해서 반야심경도해를 수련한다면 그 기운이 하나로 흡수될 것이다. 너는 이미 그 방법을 스스로 터득하지 않았느냐. 그러니 게을리 하지 말고 꾸준히 수련하도록 해라."

"예, 할아버지. 참, 그런데 제 몸의 살기는 어떻게 하지요?"

소문은 약간 걱정이 된다는 듯이 말을 했지만 돌아오는 것은 할아버지의 커다란 웃음소리였다.

"허허허! 생사현관을 뚫고 세맥까지 뚫었는데 무슨 걱정을… 그깟 살기는 이미 제어가 되어 갈무리되었느니라. 참 이상도 하다. 생각하는 것은 여전히 미련한데 어떻게 그리 되었을꼬? 흠흠!"

결코 그냥 넘어가는 일이 없는 할아버지였다. 소문은 마지막 말이 영 마음에 들지 않았지만 오늘은 좋은 날, 한 번만 참기로 했다.

제 5 장

가문(家門)의 비기(秘技)

가문(家門)의 비기(秘技)

고생 끝에 낙이 오고[苦盡甘來], 해도 차면 기울듯이 길기만 했던 장백산의 겨울도 끝이 났다. 겨우내 추위와 눈보라에 지쳐 있던 만물이 오랜만에 기를 펴고 새로운 계절을 맞는 준비에 여념이 없었다.

사계절 내내 변함없이 장백산을 지키는 상록수(常綠樹)들은 그 위용에 변함이 없었고 각종 동식물들은 혹독한 날씨에 웅크렸던 어깨들을 들썩이며 세상에 자신의 존재를 알리기 시작했다.

푸드득!

날개를 길게 펴고 하늘로 날아오르던 꿩이 날벼락을 맞은 것은 천지(天池) 위로 해가 막 떠오르던 아침나절이었다. 겨우내 어미의 보호 속에서 독립할 때만을 기다리던 어린 꿩이 세상에 첫발을 힘차게 내디뎠을 때 그 꿩을 반긴 것은 세상의 아름다움이 아니라 덩치는 그리 크지 않지만 날카로운 발톱과 부리를 지닌 장백산 하늘의 지배자 철면(鐵面)

피였다.

철면피가 소문과 친구가 된 지 벌써 7년, 세월은 흘러 철면피도 어린 티를 벗고 당당한 어른이 되었건만 그날의 상처가 후유증을 남겼는지 몸은 별로 자라지 않았다. 하나 철면피가 크게 다쳤을 때 소문이 달여 먹인 그 출처불명(出處不明)의 약이 어떤 것인지는 모르나 그 약을 먹은 이후의 철면피는 막강(莫強) 그 자체였다. 기타 새들은 물론이고 장백산의 터줏대감을 자처하던 수리조차 철면피의 눈치를 보는 처지로 전락하고 말았다. 가히 하늘의 제왕이라는 칭호가 전혀 어색하지 않았다.

기분 좋게 사냥에 성공한 철면피는 양다리에 사냥한 꿩을 매달고는 유유히 방향을 틀어 날아가기 시작했다. 잠시 후 철면피가 도착한 곳은 예의 그 분지였다. 그곳에는 오늘도 포두이술 연마에 고심 중인 소문이 있었다.

"이야! 면피야, 또 성공했냐? 잘했다, 잘했어!"

잡아온 꿩을 발치에 떨구고 자신의 어깨 위에 올라탄 면피를 기특하다는 듯이 머리를 쓰다듬고 있는 청년, 소문이었다.

처음 무공을 익히기 시작한 것이 열 살이었는데 칠 년의 세월이 흘러 연약하기만 했던 꼬마는 어느덧 장성한 청년이 되어 있었다. 키는 육 척을 넘는 장신이었지만 몸은 호리호리한 것이 제법 날렵하게 생겼고, 동그스름하고 귀엽던 얼굴은 각이 지고 수염도 약간 자라고 있었다. 비록 뛰어난 미남은 아니지만 왼쪽 볼을 가로지르는 흉터와 꽉 다문 입술이 남자다운 야성미를 물씬 풍기고 있었다. 특히 호리호리한 몸에 비해 옷 밖으로 드러난 팔다리의 근육과 상처들은 소문이 지나온 날들이 결코 호락호락하지 않았음을 반증하고 있었다.

포두이술은 결코 만만한 무공이 아니었다. 수련을 하면 할수록 어려움이 뒤따랐다. 다른 무공처럼 깨달음을 통해 한발 더 진보하는 것이 아니라 부단한 연습과 노력을 통해서만 성취가 조금씩 늘어나니 한시도 게을리 할 수 없었다.

소문은 우선 바람의 극복을 최우선으로 삼았는 바 면피를 이용해 아래와 위의 바람 차이를 알게 되고 스스로가 그것을 느끼는 데만 무려 일 년이 소비되었다. 바람의 차이를 극복하게 되자 화살은 목표에 거의 명중을 하였다. 해서 이제는 되었구나 싶어 할아버지에게 자랑을 했다가 할아버지의 비웃음만 사야 됐는데, 할아버지가 말한 요지는 간단했다.

"지금까지는 기본 공부에 지나지 않았다. 출행랑도 그러하지 않았느냐? 이제는 그 응용편을 공부해야지."

"응용편이라니요? 그게 잘……."

"음, 예상은 했다만 역시나로구나! 또다시 내 입이 아프게 주절대는 수밖에……."

할아버지는 소문의 반응에 혀를 차며 말을 했다.

"세상 천지에 적이 공격을 해오는데 가만히 있는 바보도 있다더냐?"

"예?"

"지금까지 익힌 것은 숨어 있거나 멈추어 있는 적을 쏘는 것 이외에는 별 위력이 없다. 그 적이 조금이라도 움직인다면 화살은 당연히 빗나가는 것을……."

"……."

허탈했다. 억울했다. 지금까지 익혀온 것이 별 쓸모가 없다니. 소문은 입술을 지그시 깨물고 할아버지의 말을 기다렸다.

"하지만 가장 중요한 바람을 극복할 수 있는 능력을 길렀으니 그리 아쉬워할 것은 없다. 그리고 앞으로는 움직이는 것을 목표로 삼아보거라. 단 움직이는 것이라도 평상시처럼 고각만을 사용해서 맞혀야 한다. 어차피 지금의 네 실력이면 일반적으로 쏜다면 백발백중(百發百中)일 터. 그래선 수련이 되지 않는다. 모든 것은 감각을 익히기 위함이니 다소 무리가 있어도 고각만을 사용해 보거라."

'일반적이면 백발백중이라… 흠, 그리 당연한 말을.'

할아버지의 말 중에서 유일하게 마음에 드는 구절이었다. 암튼 소문의 수련은 이제 분지를 벗어나 장백산으로 확대되었다. 움직이는 목표물은 동물만한 것이 없었다.

소문이 왼쪽 어깨에는 철면피를, 오른쪽 어깨엔 궁 하나를 메고 산에 오르기 시작한 날부터 장백산의 동물들의 수난 시대는 시작되었다. 뛰어난 사냥꾼 한 명만 등장해도 긴장하기 마련이거늘, 가끔 산에 올라와 솜씨를 자랑하며 동료들을 사냥하던 백발백중의 명사수가 매일같이 나타났으니… 하나 소문은 이런 동물들의 걱정을 알기나 하듯이 절대 동물들을 맞히질 못했다. 열 번을 쏴서 한 번을 못 맞히는 것도 쉬운 일은 아니었다.

"허미… 징그럽다, 징그러… 어떻게 한 발이 안 맞냐?"

역시 멈춰 있는 것과 움직이는 것은 하늘과 땅만큼이나 그 차이가 있었다. 그러나 노력에는 장사가 없는 법. 매일같이 산에 올라 손가락이 갈라지도록 시위를 당긴 소문은 나날이 그 실력을 늘려갔고, 마침내 자신을 가로막고 있던 모든 장애를 극복할 수 있었다. 소문이 산에 오른 지 일 년하고도 정확하게 백 일이 지날 때였다.

소문이 더 이상 산에 오르지 않자 할아버지는 또 한 번 수련 과제를 정했다.

"넌 서서만 화살을 날릴래? 적들이 '그냥 쏘시지요' 하고 가만둔데?"

소문의 새로운 수련이 또 시작됐다. 이번엔 목표가 움직이는 것이 아니라 자신이 움직이며 쏘는 것이었다. 그것도 단순하게 움직이는 것이 아닌 출행랑을 이용하며 화살을 쏘라니⋯⋯.

'그래도 하라면 해야지. 대성을 하려면⋯⋯.'

여기까지 왔는데 그 끝을 안 볼 수는 없었다. 정신적으로 재무장을 한 소문은 그날부터 다시 산에 올랐다. 기왕 하는 거 아예 산의 나무들을 헤치며 연습을 하기로 하였다.

출행랑을 시전하며 화살을 날리는 것은 움직이는 목표를 맞히는 것보다 더 힘들었다. 움직이는 목표를 노리랴 자신도 움직이랴 이중으로 신경을 써야 했기 때문에 소문이 이를 익히는 시간도 자연 지연될 수밖에 없었다.

삼 년이 지나서야 소문은 산에 오르지 않아도 될 정도로 만족할 만한 성과를 얻었다.

하지만 그것이 끝은 아니었다. 소문이 하나의 성취를 이룰 때마다 그에 맞춰 할아버지의 과제도 하나씩 늘어갔다. 그중 가장 힘들었던 것은 악천후 연습이었는데 비 오는 날이나 눈보라 치는 날, 태풍이 부는 날 등등 기상이 나쁜 날은 아예 밤낮이 없었다. 그 기간이 짧기 때문에 최대한 경험을 해야 한다는 할아버지의 말에 천둥번개가 치는 한밤중에 활을 들고 뛰어다니다가 마을 사람들로 미친놈이라는 오해까지 들었다.

어떤 날은 눕거나 앉거나 하는 등 자세를 바꿔가며 활을 쏘기도 했고, 그냥 일반 나무 작대기로 된 화살을 쏘기도 하였다.

포두이술의 응용 과제는 너무나 많았다. 할아버지는 어떻게든 말도 안 되는 수련법을 제시했고, 소문은 어떻게든 그것을 반드시 이루어냈다. 이렇게 육 년, 소문이 포두이술을 익힌 지 정확하게 칠 년이 지나자 할아버지는 더 이상의 수련 과제를 제시하지 않았고, 이제는 그저 소문이 그때그때 기분이 내키는 대로 화살을 날리고 있었다.

"면피야, 한번 볼래? 최근에 연습한 건데 오늘에야 비로소 제대로 되는 것 같다."

소문은 당연히 대답을 못하는 철면피의 반응은 기다리지도 않고 시위에 화살을 재었다. 한데 하나가 아니었다. 소문이 시위를 잰 화살은 세 개였다. 연환사(連環射)였다. 소문은 오래 재고 자시고 할 것도 없이 가볍게 시위를 당겼다. 세 개의 화살은 소문의 의도대로 하늘 높이 올라가더니 곧 하강을 시작했다. 어느 정도 정점에 오른 화살들은 역으로 불어오는 바람을 타고 화살마다 약간의 시간 차를 두더니 소문의 뒤로 자유 낙하를 했다.

퍽! 퍽! 퍽!

세 개의 화살은 모조리 하나의 목표물에 명중을 하였다. 그 모습을 본 소문은 회심의 미소를 지었다.

"하하하하!! 어떠냐? 멋지지 않아? 한 발만 맞혀도 되는데 한번 쏴봤다. 너무 멋지거든. 카카카!"

소문이 혼자 웃고 떠들 때 할아버지는 분지 위의 나무 그늘 아래서 물끄러미 소문을 바라보고 있었다.

'이제 포두이술도 끝이 난 것 같구나. 출행랑에 이어 반야심경도해, 그리고 포두이술까지. 허허! 보고도 믿기지 않는구나. 우리 가문의 최고 기재라 알려지신 15대조께서도 불혹의 나이에 겨우 끝을 보셨건만 이제 겨우 열일곱에… 허허!'

할아버지는 그런 소문이 대견스러웠지만 하늘이 이런 소문의 능력을 시기할까 은근히 두려워지기도 했다. 옛날부터 어렸을 때 뛰어난 재주를 지닌 사람들은 그 목숨이 오래가지 못했으니[才人薄命], 할아버지가 소문을 걱정하는 것은 어쩌면 당연했다.

'훗! 나도 늙었나 보군, 별 쓸데없는 생각이 드는 것을 보니. 그나저나 이제 때가 된 것인가? 때가……'

"소문아, 이리 오너라."

할아버지는 철면피에게 자기의 실력을 뽐내느라고 정신이 없는 소문을 불렀다. 소문은 그 소리를 듣고 재빨리 뛰어왔다.

소문은 요즘 지루해서 죽을 지경이었다. 옛날에는 매일같이 수련을 하느라고 정신이 없었지만 이미 모든 무공을 익히고 나자 더 이상 할 것이 없었다. 물론 무공에는 끝이 있을 수 없듯 계속되는 정진이 필요하겠지만 그러기엔 소문이 너무 어렸다. 한 가지를 익히기 위해서 몇 달을 허비하고 매일같이 똑같은 수련을 하여도 지루한지 몰랐건만 막상 그 무공을 성취하자 잠시 연습하는 것도 지겨워하는 소문이었다. 소문은 날마다 새로운 것을 원하고 있었다. 다행히 할아버지가 그때마다 새로운 수련 과제를 주어 버틸 만했는데 요 며칠 사이엔 더 이상의 수련 과제도 없었다. 해서 혹시나 하는 마음으로 부리나케 뛰어온 것인데… 이어지는 할아버지의 말은 그런 소문을 충분히 만족시키고도 남음이 있었다.

"인정하기는 싫지만 실로 어처구니없게도 네가 가문의 무공을 제법 익혔음을 알고 있다. 또한 그런 알량한 성취로 연습을 게을리 하는 것도 자알 알고 있다. 하나 너의 무공이 이미 나를 넘어섰음을 부정하지는 않겠다. 나의 능력으로는 네게 더 이상 가르칠 것이 없다. 그래서 이제 가문에 남은 마지막 무공을 네게 전수하겠다."

할아버지는 잠시 뜸을 들였다. 소문의 가슴은 이미 두 방망이질 치고 있었다.

'그거다! 17대조 할아버지가 남기셨다는 무위공(無爲功)과 삼초의 검법! 최강의 무공……!'

"이미 짐작하듯이 이제부터 네가 익힐 무공은 15대조 할아버지가 남기신 무위공과 삼초의 검법만이 남아 있다. 사실 나도 무위공만 책으로 보았을 뿐 삼초의 검법이 어떤 것인지는 알지 못한다. 무위공을 익힌 후에야 검법을 익히라는 당신의 명령이 계셨던지라 나뿐만 아니라 무위공을 익히신 분이 아무도 없으니 그분 이후 아무도 그 검법의 실체를 알지 못한다고 봐도 무방할 것이다. 우선 네가 익혀야 할 무공은 무위공이다. 무위공이 어떤 내공심법인지 너도 대충은 알 것이다. 많은 선조님들을 폐인으로 몰아간, 위력은 뛰어날지 모르나 익히기가 몹시 까다롭고 어려운 무공이다. 하지만 너는 반야심경도해를 극성까지 익힌 몸. 선조들의 전철을 밟지는 않을 것이라 믿는다. 조부님이 반야심경도해를 구해오셨을 때 내 나이 열여섯, 이미 그 무공을 익히기엔 늦은 나이라 그저 가문에 내려오는 내공심법을 익혔을 뿐이다. 무위공을 익힐 기회도 없었고 당연히 무위공에 대해 너에게 조언해 줄 말이 없다. 네 스스로가 부딪쳐 익히는 수밖에……."

할아버지는 말을 하다가 뒤에 놓여 있던 보자기를 앞으로 내밀었다.

보자기 안에서는 한 권의 책이 나왔다. 낡디낡은 책의 정중앙에는 투박한 글씨로 쓴 제목이 보였다.

무위경(無爲經).

소문의 선조들의 애중과 기대가 가득 담겨 있는 최고의 내공심법이었다. 할아버지는 무위경을 들고 잠시 쳐다보다가 소문에게 건네주었다.

"이제는 네 것이다. 많은 분들이 널 지켜보고 있음이니 기대에 어긋나서는 아니 된다. 또한 다시는 이것으로 인해 후손들이 다치는 일이 없도록 해야 할 것이다."

무위경을 꼭 익혀서 이 무공 때문에 중원을 헤매고 다니셨던 선조님들과 익히다가 폐인이 되신 모든 분들의 한을 풀어달라는 간곡한 말이었다. 소문이 비록 어리다고는 하지만 그 말을 이해하지 못할 정도는 아니었다.

"다시는 무위공이 경원의 대상이 아닌 자랑스런 가문의 일원이 되도록 만들겠습니다."

대답은 자신있게 하였지만 그래도 걱정이 되지 않을 수는 없었다.

'흠, 은근히 부담되는걸. 하지만 못 익힐 이유는 없지.'

소문이 새삼 마음을 정비하고 있을 때 할아버지는 말을 이어갔다.

"너는 곧 사당에 인사를 드리고 바로 천지비부(天池秘府)로 올라가도록 하여라. 그곳에서 무위공을 익히고 이어 검법을 익히도록 하여라. 나머지 삼초식의 검법은 그곳에 있다."

장백산 정상에 천지가 있고, 천지에서 남동쪽으로 약 오 리 정도 밑으로 내려가다 보면 을지 가문(乙支家門)의 조사동(祖師洞)이라 할 수 있는 천지비부가 있었다. 소문도 할아버지를 따라 몇 번 가본 적이 있었다. 다만 들어가진 않고 밖에서 제사를 지냈기 때문에 그 안이 어떻게 생겼는지는 알지 못했다. 그곳에서 수련을 하라니, 소문은 의아한 눈으로 할아버지를 바라보았다.

"그곳이 우리 가문에서 신성한 장소가 된 것은 15대 할아버지가 20여 년의 노력 끝에 무위공과 삼초의 검법을 깨달으시면서부터다. 그 안에 무엇이 있는지는 나도 모르나 그곳에 선조께서 남기신 검법이 있다 하니 너는 처음부터 그곳에서 수련을 하도록 하여라. 그곳에 들어가는 이도 네가 처음이 되겠구나."

소문의 짐은 간단했다. 갈아입을 옷 몇 벌과 무위공이 적힌 비급, 그리고 활 하나가 전부였다. 할아버지에게 인사를 한 뒤, 봇짐을 메고 집을 나서는 소문은 새로운 무공에 대한 기대로 한껏 들떠 있었다.

"면피야! 우리 할배 잘 부탁한다. 그럼 다녀오마. 하하하!!"

소문은 천지비부를 향하여 발걸음을 재촉했다.

"흠, 이걸 어쩐다……."

소문은 지금 심각한 고민을 하고 있었다. 소문이 비부에 도착한 것은 집을 나선 지 두 시진이 지나서였다. 출행랑을 시전하여 왔다면 차 한 잔 마실 시간이면 되었지만 왠지 그러고 싶지 않았다. 험한 산길을 걸어오며 오랫동안 가슴 설레는 기분을 느끼고 싶었는지도 모를 일이었다.

그런데 비부 앞에는 커다란 바위가 놓여 있었다. 비부 주변이 많이 황폐해져 있는 것을 보아 비로 인해 산사태라도 난 것이 분명했다.

"제길! 하필 입구를 막고 있을 게 뭐야."

소문은 난감했다. 입구를 막고 있는 바위가 상상외로 컸기 때문이기도 했지만 그걸 치울 방법이 도무지 떠오르지 않았다. 하지만 여기서 포기할 수는 없는 법, 혹시나 하는 마음에 힘껏 밀어봤지만 바위는 꿈쩍도 하지 않았다.

'저저… 미련 곰퉁이 같은 넘!! 내가 늙는다, 늙어……!!'

소문이 혼자서 용을 쓰고 있을 때 그런 소문을 멀리서 바라보는 할아버지는 미치고 팔짝 뛰고 싶은 심정이었다. 혹시나 하는 마음에 따라왔더니 소문이 하는 짓이 영 팔불출 같지 아니한가…….

'허허허허! 천하에 적수가 없을 내공을 지니고 저게 무슨 짓인고? 돼지 목걸이에 진주로구나……!'

소문은 이미 열한 살 때 무인이라면 꿈에도 그리워할 경지인 오기조원에 이르지 않았는가… 비록 그 대부분의 힘이 몸 전체에 퍼져 있었지만 소문의 부단한 수련으로 이미 그 힘의 대부분이 단전으로 돌아온 상태였다. 지금의 소문이라면 내공을 운용해 손가락 하나로 막고 있는 바위를 밀어버릴 능력이 있었다. 한데 내공은 고사하고 힘도 제대로 쓰지 못하면서 바위를 민다고 헛힘을 쓰고 있으니, 그걸 보는 할아버지의 심정은 허탈하기 그지없었다.

'저놈에게 가문의 비기(秘技)를 맡겨야 하나? 불안하다, 불안해…….'

쿠구웅!!

비부를 막고 있던 바위가 큰 소리를 내며 옆으로 밀려났다.

"어라, 뭐 이리 간단하냐. 내가 왜 이 방법을 생각하지 못했을까?"

한참 힘을 쓰다 힘이 달리자 자신도 모르게 내공을 운용한 소문이었다. 한데 그처럼 요지부동(搖之不動)이었던 바위가 살짝 움직이다 못해 아예 멀리 굴러가 버리는 것이 아닌가……

 할아버지만큼이나 허탈해하는 소문이었다. 자신의 무공 특성상 아직까지 제대로 내공을 운용해 본 적이 없었기 때문에 이런 일이 생겼다고 생각했다. 소문이 자신이 쌓은 내공의 위력을 모르지는 않았다. 다만 출행랑은 경공으로 쓰지 않는 한 내공이 거의 필요없었고, 포두이술 역시 그동안 감만을 익혀왔는지라 기를 실어 화살을 날린 적이 없었다. 매일같이 운기를 통해 기가 단전에 모이는 것은 느끼고 있었지만 한 번도 써본 적이 없기에 그게 어느 정도의 힘을 발휘하는지 생각하지 않았는데 이 정도의 힘이라니… 소문은 재빨리 주위를 둘러보았다. 당연히 아무도 없었다.

 "휴! 혹시나 할배라도 봤음 어쩌나 했다. 이런 개망신이……"

 저 멀리 곰방대를 부여잡고 부르르 몸을 떠는 사람이 있었으나 소문이 알지는 못했다.

 동굴은 제법 넓었다. 지난번 출행랑을 익히던 동굴에 비하면 약간의 손색은 있었지만 이 정도면 상당한 크기의 동굴이었고 대낮이라 그런지 동굴 안은 비교적 밝아 소문이 동굴을 살피는 데 문제가 없었다. 소문이 조심스레 동굴에 발을 들여놓을 때였다. 무엇인가가 소문의 발걸음을 가로막고 있었다.

 '음… 뭔가가 있는데……'

 소문이 동굴 안으로 들어가자 미약한 기운이 쏟아져 왔다. 잠시 살펴보았으나 별 이상이 없었다. 그러나 소문이 다시 한 걸음 옮겨놓자 이번에는 아까와는 비교도 되지 않을 정도의 기가 쏟아져 나왔다.

 '헛! 살기!'

 소문은 재빨리 뒤로 물러섰다. 그러자 자신을 노리던 살기는 씻은 듯이 사라져 버렸다.

'젠장, 이게 뭐야. 신경 과민인가?'

소문은 고개를 갸웃거리며 다시 동굴 속으로 들어가려 하였다. 하지만 이번에도 그 살기는 어김없이 소문의 발걸음을 멈추게 했다. 계속해서 그런 일이 반복되자 소문은 오기가 생겼다.

"좋아 누가 이기나 해보자!!"

소문은 출행랑을 익히며 얻은 살기를 끌어올렸다. 소문의 얼굴에서 싸늘한 한기가 발했고 전신에선 검기와도 같은 살기가 사방을 덮쳐 갔다. 하지만 소문의 살기가 동굴 안으로 뻗어가기가 무섭게 엄청난 기운이 도리어 소문을 덮쳐 왔다. 소문이 발하는 살기는 정말 무서웠다. 하나 동굴에서 쏟아져 나오는 살기는 소문의 살기를 쉽게 제압하고는 오히려 소문을 압박했다.

"빌어먹을……!"

여기서 물러서기엔 소문의 자존심이 허락하지 않았다. 비록 자신의 살기론 그 기운을 뚫지 못했지만 소문에게는 아직 준비된 한 수가 있었다. 까맣게 잊고 있다가 오늘 처음으로 일으켰던 기운! 소문이 마음을 굳히자 몸에서는 자연스레 반야심경도해의 내공이 움직였다. 순간 소문의 몸에서는 은은한 불광(佛光)이 피어 올랐다. 천하에서 짝을 찾을 수 없는 극정의 내공심법인 반야심경도해. 그것으로 만들어진 엄청난 기운이 소문의 몸에서 흘러나오자 자신을 압박하던 살기는 씻은 듯이 사라졌다.

"하하! 역시 극과 극이구나. 하하! 그런데……."

자신의 의도가 맞았음을 좋아하던 소문은 순간 그 생각을 고쳐야만 했다. 반야심경도해의 기운이 살기를 밀어내자 이번에는 또 다른 기가 소문을 압박했다. 한데 이번의 기는 아까와는 달리 웅후한 기운이 느껴지는 것이 아닌가? 처음엔 미약하더니 시간이 가면 갈수록 강해져 소문의 기를 밀어내고 있었다.

'이따위 것에 질 수야……'

소문은 최대한의 기를 끌어 모아 대항을 했다. 하지만 시간이 가면 갈수록 소문의 기운은 떨어지고 동굴에서 뻗어 나오는 기는 강맹해지기만 했다. 소문은 정신은 끝까지 투쟁하려고 했지만 몸이 따라오질 못했다. 결국 소문은 탈진하여 그 자리에 주저앉고 말았다.

'결국 이 정도에 불과한 것인가?'

동굴의 한쪽 벽에 기대어 자신의 패배를 믿지 못하던 소문은 문득 자신을 조여오던 기가 사라진 것을 느꼈다. 이상한 마음에 고개를 들어 동굴 안을 쳐다보던 소문의 눈은 놀람과 경악으로 두 눈을 부릅떠졌다.

"하… 이것… 참… 어이가 없어서리……."

고개를 든 소문이 본 것은 나란히 걸린 세 개의 족자였다. 걸린 족자마다 어떤 설명도 없고 배경도 없이 단지 칼 하나를 들고 있는 노인의 구분 동작을 몇 개의 그림으로 나누어 그려놓은 그림이었다. 그리고 그 족자 중 가운데 것에는 작은 구멍이 하나 나 있었다.

"고작 그림에게… 정신을 빼앗겨서……."

하지만 현실은 현실. 소문은 정신을 차리고 그 그림을 자세히 살펴보기로 했다. 한참을 살펴봐도 별다른 특징도, 기운도 느껴지지 않는 그저 그런 그림이었다.

"이상하군. 아까의 기운은 틀림없이 저 그림에서 나온 것인데……."

소문이 이상하다는 듯이 고개를 젓고는 찬찬히 주변을 살폈다. 동굴은 군데군데 이끼가 끼여 있을 뿐 그다지 큰 특징은 찾을 수 없었다. 노인이 그려진 족자 아래에는 조그만 목함이 있었다. 목함을 본 소문의 눈은 반짝 빛났다.

'저거군. 가문의 비기가 담겨 있는 것이……'

소문은 천천히 목함으로 다가갔다. 지나온 세월을 말해 주듯 곰팡이가 제법 끼여 있었지만 소문은 크게 개의치 않았다. 목함을 열자 그 안의 내용물이 한눈에 들어왔다.

'한 권의 책자와 하나의 철궁.'

책이야 비급이려니 했지만 철궁이 나온 것을 보자 상당히 의아했다. 소문은 철궁을 들어 올렸다.

"어이쿠! 뭐가 이리 무거워."

소문은 아무 생각 없이 철궁을 들어 올리다가 자신도 모르게 철궁을 떨어뜨렸다. 크기는 두 자밖에 안 됐지만 무겁기가 바위를 능가했다. 백 근은 족히 나가는 무게였다.

"이딴 걸 어디다 쓰라고. 들고 다니기도 힘들겠다."

철궁을 한쪽 구석에 던져 버린 소문의 시선은 곧 한 권의 책에 쏠렸다. 제목도 쓰여 있지 않은, 표지는 짐승의 가죽으로 되어 있었고 내용은 한지에 기록되어 있었는데 그 양은 얼마 되지 않았다.

소문은 긴장된 마음으로 천천히 책장을 넘겼다.

노부는 을지혁(乙支赫)이다. 나는 궁보다 검을 더 좋아했다.

책장을 넘기자마자 쓰여 있는 것이 '궁보다 검을 좋아했다' 였다. 글을 발견한 소문은 피식 웃고 말았다.

"참나, 이분도 성격이 무지 급하시고만! 암튼……."

소문은 다시 책으로 시선을 던졌다.

하지만 우리 가문에는 검법이란 존재하지 않았다. 내가 비록 검법을 익히
길 원했지만 가문의 무공이 사장되는 걸 방치할 수는 없었다. 결국 가문의 무
공을 익히기는 했지만 그때 내 나이 어느새 불혹, 이미 검을 익히기에는 너무
늦은 나이가 되어버렸다. 하지만 만류귀종(萬流歸宗)이라… 궁술에 어느 정
도 조예가 있었던 나는 포기를 하지 않았다.

기초도 전혀 없이 검을 안다는 것이 얼마나 힘들고 요원한 것인지를 몸으
로 깨달아가며 검에 대해 연구하기를 수 년, 수없이 많은 중원의 검법과 우리
나라의 검도를 비교하며 공부를 했지만 결코 마음에 드는 검법이 없었다. 해
서 내 아예 스스로 검법을 만들어보자 결심을 했다.

내가 이 동굴에서 검이란 화두에 나를 몰입시킨 지 2ᄆ여 년, 마침내 삼초
의 검법을 창안할 수 있었다. 스스로 자부하건대 비록 삼초에 불과한 검법이
나 천하의 그 어떤 검법보다 한 수 위에 있다고 생각했다.

천하를 다 얻은 마음이 이런 것일까? 하지만 기쁨에 들떠 있던 나는 이 검
법에 한 가지 큰 약점이 있다는 것을 알 수 있었다.

"어라, 약점? 흠! 약점이라……."

글을 읽던 소문은 약점이라는 말에 약간 실망을 하였다.

비록 그 위력이 천하를 오시할 만하지만 검법을 받쳐 주는 내공이 약하면 한
번의 시전에 온몸의 내공을 소모시켜 몸을 탈진시켜 버리니 어떤 면에서는 일반
검법을 익힘만 못하고 마는 결과를 가져왔다. 그러나 노부는 절망하지 않았다.

내공이 부족하면 충분한 내공을 얻을 수 있는 내공심법을 만들면 될 것 아닌가? 삼초의 검법을 만들고자 20여 년을 보낸 노부에게 그 일은 즐거운 것이었다. 그러나 내공심법을 만든다는 것 또한 생각만큼 쉽지가 않았다.

인간은 호흡을 통해 우주 공간에 퍼져 있는 기를 얻어 체내에 축적시키고 그것이 차차 쌓여감에 힘을 얻는다. 기라는 것은 살아 있는 동물도 있고 들판의 잡초도 조금씩 내뿜고 있다. 그 기를 보다 빨리 안정적으로 모으기를 원하는 사람들은 각기 저마다 특색이 있는 운기법을 개발하고 발전시켜 왔으니 그것이 천하에 산재해 있는 내공심법의 기원이라 할 수 있다.

하나 인간이 호흡을 통해 받아들이는 양의 기는 항상 일정하고 아무리 열심히 수련을 한다 해도 하루에 절반은 잠을 자고 삶을 영위하는 데 허비하기 때문에 생각만큼 빨리 기를 모을 수는 없다. 그렇기에 호흡을 통해 일정하게 받아들여지는 기를 흩어버리지 않고 보다 많이 몸에 남기는 운기법을 훌륭한 내공심법이라 일컫게 되었다.

우리 가문에 내려오는 내공심법도 자연에서 얻어지는 기를 자신의 것으로 만드는 데 탁월한 능력을 가지고는 있었다. 하나 삼초의 검법을 시전하기 위해서 필요한 내공을 만들어주기까지는 걸리는 시간이 너무 길었다. 이것은 다른 어떤 내공심법에도 예외가 될 수는 없었다. 해서 노부는 단시간에 많은 내공을 쌓을 수 있는 방법을 모색하기로 했다.

우주 만물(宇宙萬物)에서 인간에게 흡수되는 기들은 저절로 체내에 쌓이는 것이 아니라 일정한 방법에 의해서만 순수한 힘의 결정체인 내공으로 탈바꿈한다. 그렇다면 그 수련 시간을 늘리면 될 것 아닌가? 잠자는 시간, 밥 먹는 시간, 걸으면서, 달리면서, 일반적으로 수련하지 못하는 시간과 때를 없애고 하루 열두 시진을 계속해서 수련하는 것이 가능하게 된다면 하루 여덟 시진 수련하는 사람의 세 배의 내공을 얻을 수 있었다. 기가 몸 안으로 들어오는 곳은 코와 입으로 한정되어 있는데, 만약 피부로 호흡을 한다면? 아니, 호흡이 아니라 흡수의 개념으로 이해를 한다면?

노부는 이러한 가정을 하나로 묶었다. 호흡뿐 아니라 피부를 통해 기를 흡수하고, 꼭 앉아서 운기하는 것이 아닌 자신이 의식하지 못해도 몸 안에서는 운기를 가능케 하는 방법이 있다면 그것이 천하제일의 내공심법이리라. 하나, 그것은 단지 이론일 뿐 실제로 그런 심법을 만들고자 했을 때는 그 방법이 없었다.

노부는 수없이 고심을 했다. 그러다가 노부의 천수가 얼마 남지 않았다는 것을 알게 됐다. 무엇을 위해 이리도 집착한다는 것인가? 어차피 죽으면 모든 것이 무(無)인 것을… 노부는 마음속에 있던 욕망(慾望)과 번뇌(煩惱)를 떨쳐 버리고 차분히 죽음을 준비했다. 모든 것을 버리자 마음이 오히려 편해왔다. 하나 모든 것을 포기했을 때 한순간 깨달아지는 바가 있었으니……

'무위(無爲).'

노부는 여지껏 무공이라는 목적 추구의 의식적 행위인 유위(有爲)를 생각하고 있었으나 이것은 나의 위선(僞善)과 미망(迷妄)에 불과했다.

모든 것은 법칙이 있고 순리가 있는 법이거늘 스스로가 그것을 역행하려 하였으니, 생각이 여기에 이르자 지금까지의 나의 행동이 얼마나 어리석은 것인지를 알게 되었다. 죽음을 앞두고 그나마 이런 이치를 알게 되어 얼마나 다행인지 모른다.

'자연 법칙(自然法則)에 따라 행위(行爲)하고 인위(人爲)적인 작위(作爲)를 하지 않는다. 하나 무위에서야말로 완성이 있다.'

노부는 결국 하나의 내공심법을 만들 수 있었다.

하지만 아쉽구나! 나의 천수가 얼마 남지 않음이니, 내 비록 삼초의 검법과 하나의 내공심법을 만들었으나 완벽이란 무공은 애초에 존재하지 않는 법,

틀림없이 이를 익히는 과정에서 많은 문제점이 있으리라. 그러나 나의 후손이라면 이를 충분히 극복하리라 믿는다.

삼초의 검법에 대한 이름은 이를 익히는 후인에게 맡기되 내공심법은 무위공(無爲功)이라는 명한다.

또한 검법을 익히되 무위공 없이는 함부로 시전하지 말 것이며, 함부로 살생이나 그 위력을 뽐낸다면 순수한 나의 의도와는 배척되는 것, 자신을 수양하는 하나의 도(道)로써 익혀주길 간곡하게 바라노라!

17대 조부의 말은 후인의 자만을 경계하는 말로 끝을 맺었다.

"이야! '죽음을 앞두고 창안을 하셨다' 라… 멋지네! 근데 이건 뭐지?"

소문은 책장을 넘기다가 이상한 것을 발견하였다. 지금까지의 필체가 아닌 다른 필체가 눈에 띄었다. 소문은 재빨리 읽어 내려갔다.

노부는 을지무격(乙支武擊)이다. 나는 조부님과 달리 검을 좋아하지 않는다.

"엥? 그럼 이분이 나에겐 15대조 선조인가… 헷갈리네. 할아버지 말로는 17대조 선조님 이후 내가 처음으로 동굴에 들어간다고 하였는데 그게 아니었구만!"

소문은 계속해서 책을 읽었다.

노부는 가문의 무공에 자부심이 있었다. 무위공이나 검법 없이도 최고가 되었다고 자부하고 있었다. 비록 조부님이 애써 창안하신 무공이 그대로 묻히는 것이 아까워 후손들에게 익히라고 말은 하였지만 솔직히 그 위력에 의문이 갔다. 해서 가문의 무공과 조부님이 창안하신 검법과 그 우열을 가려보고자 이 동굴로 올라왔는데 이런 나의 생각이 얼마나 어리석은 것인지를 알게 되었다.

노부가 시전할 수 있는 최고 무공은 '이기어시(以氣馭矢)'였다. 기로써 날리는 화살을 자유자재로 시전하는 경지. 내공도 이미 삼 갑자를 넘어서고 있었으니 노부는 자신감이 있었다. 하나 조부님이 남긴 삼초의 검법 중 하나도 이겨내지 못했다. 아니, 비교를 한다는 자체가 무리였다.

그 검법은 이미 절대의 경지를 넘어선 천무(天武)였다. 화려하진 않지만 단 삼 초에 천하를 품고 있었으니 나의 실력은 그 앞에선 잔재주밖에는 될 수 없었다. 노부는 이 검법의 이름을 '절대삼검(絶對三劍)'이라 칭하기로 했다.

비록 검법이기는 하지만 이것도 가문의 무공이 되는 것이니 노부는 기쁘게 패배를 받아들였다. 하지만 서운한 감정도 밀려왔다. 앞에서 말했듯이 노부는 검보단 궁을 좋아한다. 그래서 이기어시보다 더 높은 경지의 궁술을 만들고자 각고의 노력을 기울였지만 새로운 무공을 만든다는 것이 얼마나 어려운 것인지를 뼈저리게 느낄 뿐이었다.

조부님이 2ㅁ여 년 간 공을 들여 삼초의 검법을 만들어내셨 듯 나도 포기는 하지 않았다. 결국 조부님이 계셨던 이곳에서 노부 또한 하나의 무공을 만들 수 있었다.

소문의 입 안에는 침이 절로 고였다. 아직 이기어시를 시전해 보지는 않았지만 현재 자신의 내공과 포두이술의 완성도를 감안한다면 자신 또한 충분히 해낼 수 있으리란 생각이 들었다. 한데 그것을 뛰어넘는 궁술이라면? 여기까지 생각하던 소문은 문득 아까 자신이 집어 던졌던 철궁을 떠올렸다.

'틀림없이 이것과 관계가 있을 듯한데……'

슬그머니 철궁을 집어 자신이 앉아 있는 바위에 기대어놓았다.

그 무공의 이름을 '무영시(無影矢)'라 지었다. 이 궁술은 말 그대로 화살
이 따로 필요하지 않은 무공이다. 검도가 어느 정도에 이르면 검기(劍氣)를
일으키고 검기를 유형화시킨 검강(劍罡)을 시전할 수 있듯이 무영시는 화살
을 대신해 기를 유형화시켜 쏘아 보내는 것이다.

검에서 뻗어 나가는 기운은 그 한계가 있지만 무영시는 그 한계를 벗어나
아무리 멀리 있는 적이라 하더라도 격살시킬 수 있다. 가히 궁술의 최고봉이
라 자부할 수 있는 것이다.

그러나 노부의 이런 자부심은 또 한 번 깨지고 마니 역시 절대삼검을 극복
하지 못했다. 비록 그림에서 나오는 기운을 뚫고 무영시를 날릴 수는 있었지
만 그것은 움직이지 않은 그림이기에 가능했을 뿐 만약 움직이는 사람이었다
면 절대로 이길 수 없었을 것이다.

소문의 고개가 천천히 위로 향했다. 자신의 머리 위에 있는 족자. 그
곳의 그림 세 점이 각 일초의 검법을 품고 있는 절대삼검의 비급이란
말인가?

"어쩐지… 예사 그림이 아닌 것 같더니만 아까 패한 것이 쪽팔린 게
아니었구만! 그렇다면 가운데 난 구멍이 무영시가 남긴 자국이겠
고……"

하지만 다시 봐도 별로 특이할 만한 점을 발견하지 못했다. 그저 단
순한 그림일 뿐.

…해서 이 글을 읽는 후손에게 당부하고자 하는 말이 있다면 절대삼검을 익히되 그것에 만족하지 말고 궁술로써 그것을 깨뜨려 달라는 것이다. 절대삼검을 익힐 정도의 무공이라면 틀림없이 궁술 또한 그만한 경지에 오를 수 있을 터, 반드시 이루어주길 바란다. 그리고 무영시는 그에 쓰이는 내공과 기가 엄청나기 때문에 일반의 활로는 그 기운을 감당할 수 없다. 여기 1ㅁㅁ여 근의 순수 강철을 제련하여 만든 하나의 활을 남기니 그 기운을 능히 감당할 수 있으리라.

15대조의 글은 여기서 끝이 났다. 비록 가문의 어른들이지만 피를 떠나 한 사람의 무인으로 강한 호승심이 느껴졌다.

'흠, 절대삼검과 무영시라… 재미있겠는데? 지금은 우선 익히는 게 급선무이겠지. 하지만 그 다음은……'

소문은 지금 크게 당황하고 있었다. 오늘로써 무위공을 익힌 지 열흘째. 그동안 아무런 이상 없이 운기를 통해 내공을 쌓고 있었는데 오늘은 시작부터 몸에 이상한 기운이 흐르고 있었다. 아침 일찍부터 천지에 올라 전신의 모공(毛孔)을 활짝 열고 운기를 시작했는데 평상시와는 달리 몸에 흡수되는 기의 양이 폭발적이었다. 수련이 제법 깊어져서 그런가 보다 하고 무심코 넘겼는데 이건 아무래도 이상했다.

소문은 그동안 반야심경도해를 꾸준히 수련했기에 소문이 생사현관을 타동시킬 때 온몸으로 퍼져 있던 내공을 하나의 내공으로 만들 수 있었고 그것은 지금 현재 소문의 단전에 모여 있었다. 한데 지금 단전에는 두 개의 기운이 힘차게 움직이고 있었다. 하나는 반야심경도해를 통해 형성된 기운이었고 하나는 최근의 무위공을 익히며 만들어진 기운이었다. 새로 생긴 기운은 최초 며칠 동안은 그 기운이 미약해 감히 준동치 못하다가 오늘에야 비로소 서서히 움직이며 기존의 기운과 마찰을 일으키고 있었다. 단 열흘의 수련으로 소문이 어렸을 때부터 익혀온 기운과 맞먹을 정도의 기운을 흡수한 것이었다.

소문은 결정을 내려야 했다. 자신이 두 개의 기운을 제어할 수 있는 지금 수련을 중단할 것인가? 아니면 강행할 것인가? 과거 많은 선조들이 이 시점에서 수련을 강행하여 폐인이 된 것을 익히 알고 있었다.

'어쩐다……?'

강행하자니 그 후한이 두려웠고 포기하자니 자존심이 허락하지 않았다. 하지만 생각도 잠시, 소문은 선조들이 구해온 반야심경도해의 위력을 믿기로 했다. 한데 그가 무위공을 운행하기 시작하자 그의 전신에서 마치 화산이 폭발하듯 무서운 힘이 치솟는 것이 아닌가? 내공 심법의 최고봉이라 할 수 있는 무위공의 힘은 소문의 몸을 폭발시키고도 남을 정도였다. 이 힘을 다스릴 수 있는 방법은 선조들이 안배한 반야심경도해의 내공심법밖에는 없었다. 하지만 소문은 다급한 마음에 미처 그런 생각을 하지 못하고 오히려 전력을 다해 무위공을 운행시켰다.

하지만 그것은 소문의 판단착오였다. 단전에 모여 있던 기운들은 소문의 몸을 한 바퀴 돈 후 더욱 강력해지고 각 경맥에서의 움직임이 더욱더 빨라졌다. 눈을 감고 있는 소문의 얼굴에 진땀이 흘러내렸다. 소문의 몸에서는 백색 강기가 뻗어 나오고 있었는데 시간이 갈수록 그 기운이 강맹해지고 있었다. 소문의 얼굴은 점점 일그러졌다. 이미 단전에는 반야심경도해의 내공이 자리 잡고 있어 체내에 머무르고 있는 무위공의 내공이 들어갈 자리가 없었다. 이런 상태가 지속되면 잘해야 주화입마이고, 아니면 몸이 견디다 못해 폭죽처럼 터질지도 모르는 일이었다.

'젠장, 경솔했다! 이게 아닌데……'

소문이 후회를 해본들 이미 때는 늦어버렸다.

'그래, 어차피 이리 된 거 방법은 하나뿐. 잘되어야 하는데……'

소문은 입술을 지그시 깨물었다. 그리고는 반야심경도해를 운기하기 시작했다. 그리고 그 기운을 단전에서 기경팔맥(奇經八脈)으로 급히 이동시켰다. 그러자 그곳에 이미 자리를 잡고 있던 무위공의 기운이 거세게 반발했다. 하지만 반야심경도해의 내공은 먹물이 화선지에 스며들듯 자연스럽게 무위공의 기운을 피하더니 곧 하나의 기운으로 마구 뒤섞여 버렸다. 소문은 다시 무위공을 운기해서 그 기운들을 단전으로 유도했다. 한데 뒤섞여 있던 기운은 다시 두 갈래의 기운으로 나뉘어 하나는 단전으로 향했고 다른 하나는 기경팔맥과 온몸에 퍼져 있는 세맥으로 갈래갈래 흩어졌다.

'성공이다!!'

계속해서 기운을 키우던 무위공의 기운은 단전에 자리를 잡았고 단전을 지키던 반야심경도해의 기운은 전신에 퍼져 모공으로 들어오는 기운을 차단하고 있었다. 두 기운의 자리바꿈은 대성공으로 끝났다. 소문은 안도의 한숨을 내쉬었다.

"휴! 만약에 두 기운이 만났을 때 서로 반발했다면 살아남지 못했을 텐데… 역시 반야심경도해다. 다른 기운을 만났는데도 융화를 시키다니……"

현재 소문의 몸 상태는 실로 기이했다. 단전에는 무위공으로 인해 상상할 수도 없을 정도의 내공이 쌓여 있었고, 전신 혈도와 세맥에는 무려 삼 갑자에 이르는 반야심경도해의 내공이 쌓여 있었다. 무위공과 반야심경도해가 조화된 소문의 내공력은 그 어떤 힘도 감히 범접하지 못하는 막강 그 자체였다.

소문은 이후에도 계속해서 무위공을 익혔지만 모공을 통해 들어오던 기는 반야심경도해에 의해 막히고 호흡을 통해 들어오는 기는 더 이상 쌓이지 아니하고 흩어져 버렸다. 소문이 생각하기에 몸에서 스스로 기를 조정하는 게 아닌가 할 정도로 이상한 현상이었다.

"무위공의 수련은 끝난 것인가? 더 이상의 진전이 없구나. 그렇다면 이제는 절대삼검(絶對三劍) 차례인가? 아니지. 무영시(無影矢)가 있었구나."

소문은 무위공의 수련을 마치고 절대삼검의 앞서 무영시의 수련을 시작했다. 어차피 무위공은 집중적인 수련을 하지 않아도 몸이 알아서 수련을 하는 단계까지 이르렀다. 더 이상 내공이 늘어나는 것은 아니었지만……

무영시는 생각 외로 쉬웠다. 소문이 가장 많이 연습한 것이 활이고 보면 그건 당연한 결과라 할 수 있었다. 다만 100근이나 나가는 철궁을 내공을 쓰지 않고 순순한 근력으로만 다루려 하다 보니 시간이 조금 더 걸렸을 뿐이었다. 소문이 비록 내공을 쓰지 않았지만 그의 몸 곳곳에 스며든 반야심경도해의 기운은 이런 소문에게 거의 내공을 쓰는 거나 다름없는 힘을 주고 있었다.

핑!

소리는 났지만 화살은 보이지 않았다. 하나 소문이 바라보고 있는 나무는 어느새 커다란 구멍이 뚫려 있었다. 자신이 하고도 믿기지 않았다. 그다지 힘을 들이지도 않았는데 자신의 기는 이미 하나의 빛으로 화해 간단하게 나무에 구멍을 뚫어놓는 것이 아닌가.

"이야!! 기가 막힌데! 이걸 어찌 막을까?"

소문은 무영시의 위력에 새삼 감탄을 하였다. 무영시를 익힌 지 보름, 소문은 무영시의 끝을 볼 수 있었다.

"자, 그럼 인제 가볼까."

소문은 어깨에 철궁을 메고 경쾌한 발걸음으로 동굴로 향했다. 소문은 동굴에 들어서기 앞서 기를 끌어 모았다. 동굴 안의 그림은 아무런 생각 없이 그냥 들어가면 별다른 이상을 보이지는 않지만 약간의 기운이라도 일으키면 스스로 반응했다. 그동안은 이런 이치를 알았기에 별다른 무리를 하지 않았지만 이제부터는 아니었다. 준비된 모든 무공을 익힌 지금부터는 가문의 마지막 무공인 절대삼검만이 남아 있을 뿐이었다.

소문이 기를 끌어올리고 동굴에 들어가자 엄청난 살기와 압력이 몸으로 쏟아져 들어왔다. 하지만 이미 내공의 끝을 본 소문을 어찌 할 수는 없었다. 소문은 가로막는 기를 뚫고 거침없이 동굴로 들어가 노인의 그림이 그려진 족자를 뚫어지게 쳐다보았다.

맨 좌측의 족자는 노인이 검을 검집에서 빼는 자세에서 시작하여 발검(拔劍)하는 것을 열두 번에 걸쳐 그렸고, 두 번째 족자는 그 뺀 칼을 위에서 아래로 내려치는 것을 또한 열두 번의 그림으로 표현하였다. 마지막 그림은 검 하나를 들어 단지 하늘로 치켜 올리고 있을 뿐이었다.

"젠장, 이게 뭐냐고. 뭔 설명이 있어야 익혀도 익히지. 검이라고는 만져 보지도 못한 난데……."

소문은 내공을 풀고는 족자를 들고 이리저리 살펴보았다. 아무리 들여다보고 혹시 다른 안배라도 있을까 하여 촛불에 비추어 보기도 하는 등 별 짓을 다하였다. 하지만 좀처럼 그림이 나타내는 뜻을 알 수가 없었다.

"첫 번째 그림은 저렇게 칼을 빼라는 것이고, 다음은 내려치라는 것이고 마지막은 뭐야? 폼만 재는 것도 아니고… 미치겠네! 에라, 모르겠다!"

결국 족자를 연구한 지 삼 일 만에 소문이 내린 결론은 족자의 그림대로 따라하는 것이었다. 적당한 크기의 나무를 잘라 목검을 만든 후 우선 맨 왼쪽의 그림을 따라했다. 자세를 잡는 것은 그리 어렵지 않았다. 그리고 그림처럼 발검을 하는 것도 어렵지 않았다.

"……."

그렇게 그림을 따라하기를 한 시진, 소문은 문득 자신이 한심했다. 도대체 뭘 하는 짓인지…….

"에라이… 헉!!!"

소문이 짜증이 나 목검으로 족자를 내려치려는 순간이었다. 갑자기 소문의 눈에 커다란 칼 하나가 튀어나오더니 자신을 공격을 하는 것이 아닌가? 재빨리 고개를 숙이고 땅바닥을 굴러 뒤로 피한 소문은 고개를 들어 보았다. 하지만 보이는 것이라고는 자신이 찢어버리려 한 족자가 펄럭이고 있는 것이었다. 소문은 뭔가 집히는 게 있었다. 다시 한 번 목검으로 족자를 내려치려고 하였다. 결과는 아까와 마찬가지였다. 눈앞에 나타난 검에 혼비백산(魂飛魄散)한 소문은 다시 한 번 땅을 굴렀다.

"하하하! 이거였구나!"

소문은 나머지 족자의 그림에도 실험을 해보았다. 결과는 어김없이 땅바닥이었다. 소문이 내공을 끌어올릴 때는 그 힘이 워낙 막강해 그런 기운의 느낌을 아예 없애 버렸지만 평상시의 소문에게서는 그림이 전하려는 바가 정확하게 느껴졌다.

"흠, 첫 번째 그림은 빠름을 가르치려고 하고 두 번째 그림은 느림의 미학이라는 건가? 그리고 세 번째는 빠름과 느림을 무시한 패(覇)의 기운 그 자체구나."

몇 번의 시도 끝에 소문은 그림에 남겨져 있는 의미를 파악할 수 있었다. 왼쪽의 그림은 말 그대로 발검에서 찌르기까지 인간이 할 수 있는 최대한의 속도를 나타내고 있었고, 가운데 그림은 정중동(靜中動)의 묘리였다. 느린 듯하면서도 모든 움직임을 제압하는 방법을 그리고 있었다. 마지막 오른쪽 그림은 가장 간단했다. 하늘 높이 칼을 치켜 세우고 있는 자세는 천주부동(天柱不動)의 자세였다. 오랜 세월의 시달림에도 굳건히 서 있는 천년고목처럼, 계속되는 파도의 부침으로부터 자신을 지켜내는 바위섬처럼, 어떠한 힘에도 굴하지 않는 자연의 기운 그 자체였다. 무위공의 내공력은 이 마지막 무공을 사용하기 위함이란 생각이 들었다. 그만큼 마지막에 그림에서 보이는 무공은 그림만으로도 다가오는 느낌이 압권이었다.

이제 그림이 알리고자 하는 뜻을 알았으니 수련하는 것만이 남아 있을 뿐이었다. 소문은 무섭게 수련에 임했다. 오전에는 빠름을 익혔다. 온몸에 기를 불어넣고 자신이 할 수 있는 최대한의 능력으로 그림 속의 동작을 흉내냈다. 하지만 검이라는 것을 처음 잡아보는 소문에게 흉내를 내는 그 자체도 힘든 일이었다. 그림 속의 동작을 마치는 시간은 찰나에 불과했다. 하지만 몸에 있는 모든 감각을 일깨워 익히는지라 단지 몇 번의 발검에도 온몸이 땀에 젖어들었다.

오후엔 오전과는 정반대였다. 어찌하면 천천히 시전할 것인가? 하지만 단지 느리기만 한 것이 아닌 상대방조차도 움직이지 못하게 할 때 비로소 이 검의 위력은 나타날지니 오후 내내 단 한 번의 휘두름의 동작이 전부였다. 마지막 초식은 익힐 엄두가 나지 않았다.

수련 삼 개월이 지나서야 첨으로 군더더기없는 동작으로 발검을 할 수 있었다. 하지만 속도는 영 마음에 들지 않았다.

수련 육 개월이 지나자 칼을 내려친다는 느낌을 없앨 수 있었다. 하지만 여전히 빨랐다.

수련 구 개월이 지나서 첨으로 그림 속의 족자와 빠름을 견주었으나 차마 칼을 뽑지도 못했다.

수련 십 개월이 지나 두 번째로 느림을 견주어 보았으나 그림 속의 노인의 부동을 깨뜨리지 못했다.

수련 이 년째 처음으로 세 번째 그림 앞에서 칼을 뽑을 수 있었다.

그리고 수련 이 년하고도 삼 개월이 지난 오늘 소문은 다시 한 번 그림 속의 노인에게 도전을 하고 있었다.

소문의 몸은 팽팽한 긴장감으로 둘러싸여 있었다. 소문은 천천히 손을 뻗어 허리춤에 매달려 있는 목검을 잡았다. 그리고 검을 뽑았다.

착!

"이겼다……!"

목검을 거두는 소문의 발 아래 그동안 자신을 괴롭히던 하나의 족자가 찢겨 떨어져 있었다.

"절대삼검(絶對三劍) 제1초 무심지검(無心之劍)!"

마음을 비우고 검과 자신과 하나가 될 때 이 검을 시전할 수 있었다.

해서 소문은 이렇게 이름을 지었다. 마침내 무명이었던 절대삼검 검법의 제1초가 이름을 갖게 되는 순간이었다.

소문의 눈은 어느새 두 번째 족자로 향하고 있었다. 무심지검을 시전한 순간 이미 싸움은 시작되었다. 소문은 천천히 그러나 망설임없이 목검을 들어 올렸다. 그리고는 아래로 내려그었다. 두 번째 족자 역시 힘없이 땅에 떨어졌다.

"절대삼검(絕對三劍) 제2초 무애지검(無愛之劍)!"

절대삼검의 제2초는 살상을 위한 검이 아니라 상대방의 모든 움직임을 파악하고 이를 분쇄하는 무공이었다. 수비를 함에 있어서는 이보다 더 훌륭한 초식이 있을 수 없었다. 자신을 공격하는 사람을 죽이지 않고 단지 제압만 한다. 애인(愛人)의 마음이 없으면 이런 초식을 만들 이유가 없을 것이다.

절대삼검의 1초와 2초의 이름을 지은 소문은 마침내 세 번째 족자 앞에 설 수 있었다.

'마지막인가……?'

소문은 목검을 머리 위로 들어 올리며 온몸의 내공을 끌어올렸다. 동굴 안에는 소문이 끌어올린 기로 인하여 폭풍이 일고 있었다. 얼마나 그러고 있었을까.

"하앗!"

나즈막한 기합과 동시에 소문의 목검이 움직였다. 마지막엔 끌어올렸던 내공을 다 거두고 단순히 초식만을 시전하였지만 동굴은 이미 그 형태를 찾아볼 수 없게 처참하게 무너지고 말았다. 단지 소문이 서 있는 곳과 그 바로 뒤만 무사할 뿐이었다.

자연이 지닌 힘은 무궁무진했다. 인간이 아무리 발버둥을 친다하더라도 감히 범접하지 못하는 힘, 그것이 자연의 힘이요 하늘의 힘이었다. 소문은 마지막 초식에서 약간이나마 그 힘을 엿볼 수 있었다. 인간이 자연의 힘을 빌어 시전하는 무공인 절대삼검의 마지막 초식은 바로 그런 의미를 지니고 있었다.

"절대삼검(絶對三劍) 제3초 무극지검(無極之劍)!"

마지막 초식의 이름도 이렇게 생겨났다. 결국 소문의 17대 조사의 손에서 만들어진 무공이 그의 먼 후손에 의해 완성되는 순간이었다.

"흠, 나가서 할 걸 그랬나. 그래도 명색이 조사동인데… 하지만 어차피 그 역할이 끝났으니 상관은 없겠지……."

소문은 무너져 버린 동굴을 향해 정중하게 예를 올렸다. 가문의 무공에 일대 획을 그으신 두 분 선조에게 드리는 인사였다. 소문은 잠시 동안 지나온 날을 회상하며 생각에 잠기다가 이내 몸을 돌려 산을 내려가기 시작했다. 내려가는 소문의 모습은 처음과 전혀 다름이 없었다. 다만 올 때와는 달리 어깨에 하나의 철궁이 추가되었을 뿐이었다.

제 6 장

출(出)

출(出)

확연한 여름이었다. 아침과 저녁을 제외한 대낮에는 상당한 열기가 대지를 달구어 사람들로 하여금 그늘을 찾게 만들었다. 할아버지도 기승을 부리는 더위에 잠시 몸을 식히고자 그늘을 찾았다.

"저, 저 우라질 놈 같으니라고… 아예 찢어지는구나!"

할아버지가 대낮부터 욕을 하며 노려보는 곳에는 역시 소문이 있었다. 소문은 지금 그물 침대에서 입을 있는 대로 벌리며 크게 하품을 하며 바둥거리고 있었다. 상의는 풀어헤치고 한 손에는 술병을 한 손에는 말린 육포를 안주 삼아 들고 있었다. 집 앞에서 자라고 있는 커다란 고목 나무에 자신이 스스로 만든 칡덩굴 그물을 서로 연결해 놓고는 벌써 며칠째 저러고 있었다.

소문이 두어 달 전에 수련을 마치고 산에서 내려왔을 때 할아버진 소문에게 무공의 성취가 어떠냐고 물어본 적이 있었다. 소문은 대답대신 그저 씨익 웃고 말았다. 이후로도 몇 번이나 궁금하여 물어보았건만 그때마다 소문은 웃음을 지을 뿐이었다.

그것만으로도 울화통이 터지는데 산에서 내려온 소문은 그때부터 아예 세상에 둘도 없는 게으름뱅이가 돼버렸다. 처음에는 그간 수련에 심신이 지쳤나 보다 하고 밥도 해 먹이며 잘 보살펴 주었건만 그게 아니었다. 하루 이틀이 지나고 소문이 산에서 내려온 지 벌써 한참이 되었지만 이건 도무지 나아질 기미가 보이지 않았다.

아침을 먹고 그 그물에 기어 올라가 빈둥거리며 시간을 보내고 점심때 잠시 내려왔다가 곧장 올라가서 또 한나절을 보냈다. 그러면서 소문이 하는 일은 잠을 자거나 낮술을 마시거나(늦게 배운 도둑질이 무섭다고 최근에야 술을 배운 놈이 벌써 술맛을 알아버렸다) 아님 그저 멍하고 먼 산만을 바라보고 있었다.

무공 수련은커녕 어렸을 때부터 해오던 호흡법도 팽개친 지 오랜 것 같았다. 그러니 그런 소문을 바라보는 할아버지의 심정이 오죽 답답했으랴…….

곰방대로 마구 두들겨 보았지만 소문의 몸에 뭔 일이 있었는지 몰라도 곰방대로는 개미가 무는 충격에도 못 미치는지 아예 무시를 해버리는 것이 아닌가! 그렇다고 지난번처럼 무공을 쓸 수도 없는 노릇이었다.

한 번은 내공을 끌어올려 한 대 후려쳤는데 오히려 반탄력에 일 장이나 뒤로 나가떨어져 버렸다. 그때 소문이 한 말이 '나이 드셨군요' 이던가? 그 말을 하는 소문의 얼굴이 지금도 생생했다. 그 이후로 할아버지는 무슨 망신을 당할지 두려워 소문 앞에선 절대 무공을 쓰지 않았다.

"이놈아! 남자 놈이 뭔 일이라도 해야지. 허구한 날 먼 짓이냐? 무공을 익히든지, 아님 사냥을 하든지 좌우지간 몸을 움직여야 할 것 아니냐?"

"…귀… 찮… 아… 서… 요……."

귀찮다니. 저 바닥 밑에서 무언가가 치고 올라왔지만 필사적으로 참아낸 할아버지는 소문에게 다시 말을 했다.

"네 나이 벌써 스물이 넘었다. 남자 나이 스물이면 뜻을 세울 때도 되지 않았느냐? 네 무공이면 관부에서 장군을 하는 것은 물론 중원에 나가 천하 무림을 호령할 수도 있음이니 어떠냐?"

할아버지는 은근한 말로 소문을 달랬다. 하지만 의외로 소문은 침착하게 대답을 했다.

"이미 뜻을 세웠습니다."

"오! 그래, 어떤 계획을 가지고 있느냐?"

"…안빈낙도(安貧樂道)입니다. 등 따숩고 배부른데 뭐가 아쉽겠습니까?"

너무나 태연스런 소문의 대답에 할아버지의 얼굴은 푸줏간에 걸린 고기마냥 벌겋게 달아올랐다. 안빈낙도라니… 더 이상 참을 수 없었다. 그때 당했던 망신스런 모습은 이미 뇌리에서 사라졌다.

두 손에 내공을 끌어올린 할아버진 철천지원수라도 만난 듯 무섭게 공격했다. 하지만 할아버지의 그런 매서운 공격도 소문에겐 전혀 위협이 되지 않았다. 소문은 그저 출행랑을 시전하며 전후좌우로 슬슬 몸을 움직일 뿐이었다.

결국 한참 동안의 공격에도 소문의 머리카락 한 올 건드리지 못한 할아버지는 숨을 헐떡이며 말을 했다.

"네놈, 맘대로 해라. 안빈낙도를 하든지 지랄을 하든지 난 모르겠다."

할아버지는 고개를 휘휘 돌리고 거친 숨을 몰아쉬며 방으로 들어갔다. 어느새 그물 위에 자리를 잡고 누운 소문은 입이 찢어져라 하품을 했다.

"에그, 그것도 움직인 거라고 피곤하네그려……."

방으로 들어온 할아버지는 분한 마음을 달래지 못하고 있었다. 솔직히 소문의 마음을 이해 못하는 것은 아니었다. 평생 하나만을 보며 달려오다가 그것이 이루어졌을 땐 성취감보다는 허탈감이 큰 법이었다. 소문도 틀림없이 그런 상태일 것이다. 그래서 만사가 귀찮고 따분하게 변해 버렸을 것이다. 하지만 십분 양보를 한다 해도 이건 아니었다.

"빌어먹을 놈! 할아비가 그리 애쓰는데 눈 딱 감고 한 대 맞아주면 어디가 덧난다냐? 괘씸한 놈 같으니라고! 오냐! 네놈이 정 그리 나온다면 내가 다른 방법을 강구하는 수밖에. 두고 보자……!"

해가 서쪽 산봉우리에 걸치고 나서야 소문은 방으로 들어왔다. 할아버지는 천천히 방으로 들어오는 소문을 물끄러미 바라보았다.

"예 와서 앉거라……."

'어라? 갑자기 무게를…….'

소문이 미적거리며 자리에 앉자 할아버지는 말을 시작했다.

"그래, 너도 이제 어른이 되었으니 네 길은 네가 가는 것이지. 그게 어떤 길이 되더라도 이제 상관하진 않으마. 하나, 그 이전에 네가 반드시 해야 할 일이 있다."

"……?"

소문이 그게 뭐냐는 듯 할아버지를 쳐다보았다.

"우리 가문은 대대로 손이 귀하다. 내 서른이 다 되어서야 겨우 네 아비를 얻을 수 있었다. 다행히 네 아비는 일찍 너를 낳았지만 더 이상의 후손이 없구나. 내 이제는 네가 하는 일에 왈가왈부하지 않으마. 그러나 그것은 네가 가문을 이어갈 후손을 얻은 이후가 될 것이다."

'이게 뭔 소리여? 후손이라니……'

소문은 정신이 번쩍 들었다. 이제야 할아버지가 하는 말이 무슨 소린지 감이 왔다.

"지금 저보고 혼인을 하라는 말입니까, 혹시?"

"옳게 봤다. 네 나이가 벌써 스물을 넘었으니 오히려 늦은 감이 있느니."

"하지만 저는 아무런 준비도 되지 않았습니다. 물론 그런 마음도 없고요."

"이유는 필요없다. 가문에 태어나 대를 잇지 못하는 것처럼 큰 죄악은 없다. 게다가 우리 가문은 손이 귀하니 하루라도 빨리 후손을 얻어야 할 것이다."

소문은 당황했다. 할아버지의 말을 반박하고 싶었지만 너무 당연한 말이었기에 대꾸를 할 수 없었다.

소문이 여자에 대해 의식하게 된 것은 소문의 나이 정확하게 열다섯 살 때였다. 약초를 가지고 장씨 아저씨네 집에 갔다가 만난 귀순이. 어렸을 적엔 몰랐지만 제법 크고 보니 가슴도 봉긋하고 엉덩이도 토실한 게 영 마음을 심난하게 만들었다. 그때부터 무려 반 년 동안 무공 수련도 제대로 하지 못하고 여자라는 화두에 매달렸지만 지금은 다 지난 일이었다. 혼인이라니… 어림도 없었다.

"아직 마음의 준비도 되지 않았고, 솔직히 이 산골엔 제 부인이 될 사람도 없지 않습니까? 저 눈 높습니다."

마을이라 봐야 몇 가구 살지 않는 곳에 소문과 혼인을 올릴 수 있는 나이의 여자애는 거의 없었다. 장씨 아저씨네 귀순이는 재작년 옆집의 덕호에게 시집을 갔고, 그나마 남아 있는 계집애들은 혼처가 다 정해져 있었다. 실질적으로 마을엔 소문과 혼인을 올릴 수 있는 여자가 없었다. 결국 부인을 구하려면 마을 밖에서 찾아야 한다는 말인데 그것도 영 만만치가 않은 것이었다.

"그건 염려 마라. 네 혼처는 이미 정해져 있다."

"예? 정해졌다니요? 누구랑요?"

소문은 깜짝 놀라 급히 반문을 했다.

"네 신부감은… 이곳 사람이 아니다."

이곳 사람이 아니라면 틀림없이 옆이나 그 옆 마을의 누군가겠지. 소문이 막 머리를 굴리기 시작할 때 들려온 할아버지의 말은 순간적으로 소문의 사고를 정지시켜 버렸다.

"네 정혼녀(定婚女)는 중원에 있다."

"예?"

"네 정혼녀는 중원에 있다니까……."

"헉! 지금 중원이라 했습니까……?"

"그래, 중원에 있다."

황당한 것도 어느 정도가 있지 이 정도면 거의 미치고 환장할 수준 아닌가?

"중원에 있는 여자가 뭣 땜에 저랑 혼인을 합니까? 아니지, 어떻게 제가 중원 여자와 혼인을 할 수 있다는 겁니까?"

소문은 도무지 믿을 수가 없었다. 하지만 할아버지는 소문의 질문이 당연하다는 듯 고개를 끄덕이곤 설명을 했다.

"지금으로부터 18년 전인가? 중원에서 일단의 사람들이 이곳 장백산에 들어와서 약초를 구하고 있었다. 하지만 그 사람들은 약초를 구하지는 못하고 오히려 길을 잃고 헤매게 되었다. 더군다나 그들 중 한 사람은 다른 생활 환경에 적응하지 못하고 풍토병(風土病)에 걸리고 말았다. 그들이 길을 찾던 중 우연히 이곳으로 오게 되었는 바 나는 풍토병이 걸린 이를 치료해 주고 그들이 원하는 약초 또한 구해주었다. 그들이 대가를 지불하려 했지만 지나가는 길손을 돕는 건 우리나라의 고유 전통인 것, 어찌 대가를 받을까… 당연히 거절을 했다. 왔던 이들 중 대부분이 돌아갔지만 풍토병에 걸린 사람은 아직 체력이 회복되지 않았기 때문에 그의 아버지와 함께 이곳에 잠시 더 머물게 되었다. 그의 아버지라는 사람은 연배가 나와 비슷하여 우린 곧 친한 친구가 될 수 있었다. 네 아버지 또한 나이가 비슷한 환자와 어울리게 되었고, 그들이 돌아가게 되었을 때 서로가 아쉬운 마음에서 하나의 약속을 하게 되었다.”

'빌어먹을, 안 들어도 뻔하다.'

여기까지 들은 소문은 일이 어찌 돌아가는지 확연히 알 수 있었다. 계속해서 들려오는 할아버지의 말은 그래도 혹시나 하는 소문을 천 길 낭떠러지로 밀어 넣는 결정타가 되었다.

“…그때가 네 나이 세 살이었고 그들의 딸이자 손녀는 갓 태어났다고 했다. 해서 네가 장성하면 그 아이를 데려와 혼인을 시키고 두 가문의 인연을 이어가자고 약조를 한 것이다. 어느덧 네가 장성을 했으니 그쪽에서도 네가 오기만을 학수고대하고 있을 것이다.”

“…….”

“알아들었느냐?”

“…….”

"알아들었느냐니까?"

할아버지는 거듭해서 소문을 몰아붙였다. 소문은 화가 치밀었다.

"아니, 때가 어느 땐데 부인될 사람 얼굴도 못 보고 혼인을 한단 말입니까? 혼인이란 인륜지대사(人倫之大事)라 남녀가 서로 마음이 맞아야 하는 것인데……?"

"조선 시대다."

한마디였다. 조선 시대라는데 소문이 할 말이 무에가 있을까? 그저 꿀 먹은 벙어리요 자신의 처지만 한탄하는 도살장의 돼지인 것을…….

"참, 내 말을 안 했구나. 훗날 알았지만 그 사람들은 사천 당가(四川唐家)의 당대 가주와 소가주였더구나. 사천 당가가 어떤 곳인지는 알고 있겠지?"

"……."

"이놈아! 내 지난번 선조님들이 중원에 대해서 적어놓은 책을 보라고 하지 않았느냐?"

"……."

할아버지는 대답을 못하고 있는 소문을 못마땅하다는 듯이 쳐다보더니 사천 당가에 대해서 간단한 설명을 했다.

"사천 당가는 말 그대로 중국의 사천성에 자리를 잡고 가문을 일으킨 당씨 일가를 말한다. 암기(暗器)와 용독술(用毒術)에 있어서는 타의 추종을 불허하는 그들을 일컬어 사천의 패자, 또는 중원의 오대세가(五代世家)라 하기도 하지. 당가는 사위를 뽑을 때 데릴사위를 원칙으로 하지만 너는 우리 을지 가문의 후계자 아니더냐. 게다가 여기는 조선이고 해서 너에게만은 그 원칙에 예외를 두기로 했다. 그러니 너는 하루라도 빨리 네 신부감을 데리고 와야 할 것이다. 알았느냐?"

"……."

"알았느냐!!"

"…예……."

소문은 결국 굴복하고 말았다. 다른 이유라면 어찌어찌하여 이 위기를 탈출해 보겠지만 다른 것도 아니고 가문을 들먹이니 빠져나갈 구멍이 없었다.

"중원으로 가기 전에 책을 보고 지형이나 지명을 숙지하도록 하여라."

할아버지는 염려가 된다는 듯이 말을 했지만 소문은 지금 볼 수도 들을 수도 없는 심리적 공황에 빠져 있었다.

여행을 떠나기엔 이처럼 좋은 날씨가 없었다. 하늘은 구름 한 점 없이 맑았고 온도 또한 높지 않아 누구라도 좋아할 아주 쾌적한 날씨였다. 하지만 한 사람 소문은 우거지상을 하고는 짐을 꾸렸다. 간단한 옷가지와 약간의 엽전, 그리고 조사동에서 얻은 철궁을 어깨에 메는 것으로 모든 준비는 끝났다. 소문이 준비를 마치고 마당으로 나가자 할아버지는 소문에게 몇 가지 당부의 말을 남겼다.

"사람들과 함부로 시비하지 말고, 특별한 일이 없는 한 무공을 최대한 자제하거라. 그리고 사천은 상당히 먼 지방이다. 말도 통하지 않는 네가 가기엔 무리가 따를 것인즉, 너는 우선 의주로 가거라. 의주는 조선과 명나라를 잇는 관문과 같은 곳, 이곳에는 많은 중원인들이 항상 상주하고 있으니 이들에게 중원의 말과 풍습을 익히도록 하여라. 그런 연후에 본격적으로 길을 떠나야 착오도 덜고 고생도 줄일 수 있을 것이다."

소문이 할아버지의 말을 듣는 둥 마는 둥 할 때 할아버지는 한 권의 비급과 반으로 잘린 옥패를 소문에게 건네주었다.

"이 책은 반야심경도해다. 이제 우리에겐 필요없는 물건이니 소림사에 전해주도록 하고, 이 옥패는 네가 당가의 사위임을 증명하는 신패가 될 것이니 잃어버리지 않도록 주의하거라. 반쪽은 당가에서 가지고 있을 것이다. 그럼 이제 떠나거라."

소문은 할아버지가 건네준 물건을 보따리에다 집어넣고 절을 했다. 웬수 같은 할아버지였지만 떠나는 마당에 인사는 해야 할 듯싶어서 공손히 절을 하고 천천히 집을 나섰다.

소문이 막 비탈길을 지나 고개를 넘어갈 때였다. 아쉬움으로 손자를 보내던 할아버지는 온데간데없이 사라지고 기쁨에 겨워 죽겠다는 듯 입을 크게 벌리고 웃는 할아버지가 서 있었다.

"케케케! 이놈아! 고생 좀 해보거라. 그러길래 애당초 잘했으면 내가 이리 고생하면서 연극을 할 필요가 없지 않느냐? 큭큭큭! 암튼 당가에 가서 몰매나 맞지 말아라! 헐헐헐!!!"

이런 할아버지의 마음을 아는지 모르는지 소문은 아주 느린 걸음으로 장백산을 벗어나고 있었다.

"헉헉! 조금만 더… 끼랏!"

한 치 앞도 안 보이는 야밤에 그것도 넓지도 않은 산길에서 급하게 말을 몰며 본영으로 도망가는 구유크의 마음은 조급했다. 언제 어디서 적이 나타나 자신을 노릴지도 몰랐고, 계속해서 추적을 피하느라 잠시의 쉴 틈도 없이 말을 몰았기에 흑풍(黑風) 또한 언제 쓰러질지도 모르는 상황이었다.

"젠장, 너무 성급했다. 척후병의 말만 믿고선. 아니지, 그래도 주의를 좀 더 기울였다면 이런 수모는 당하지 않았을 것을……."

히히히힝!

"헛!"

구유크가 자신의 어리석음을 탓하고 있을 때 그의 애마인 흑풍(黑風)이 더 이상의 고통을 견디지 못하고 앞발을 땅에 처박으며 쓰러졌다. 입에 거품을 물고 길옆에 쓰러져 있는 흑풍을 보는 구유크는 착잡한 마음을 감출 수 없었다.

자신이 어렸을 때부터 돌보고 타온 말이었다. 여행을 할 때도, 전쟁터로 나갈 때도 항상 가장 믿음직한 동료가 되어주었는데…….

구유크는 칼을 빼어 들고는 천천히 흑풍에게 다가갔다. 흑풍은 그런 자신의 주인을 애절하게 바라보았다.

"미안하다. 나 때문에 네가 이 지경이 되었구나. 절대… 너를 잊지 못할 것이다."

구유크의 목소리는 크게 떨려 있었다. 구유크는 칼을 높이 쳐들었다. 자신은 움직이지 못하는 흑풍을 끌고 갈 능력이 되지 않았다. 그래서 차라리 여기서 흑풍의 고통이나 덜어준다는 심정으로 흑풍을 베려고 했다. 흑풍도 주인의 이런 심정을 아는지 미동도 하지 않고 칼을 든 구유크를 쳐다보았다.

"잘… 가라……."

눈을 질끈 감고 칼을 휘둘렀다. 칼을 통해 전해오는 기분 나쁜 이 느낌, 구유크는 쓰러져 있는 흑풍을 보고 싶지 않았다. 해서 곧장 뒤로 몸을 돌려 처음 자신이 가려 했던 길을 재촉했다.

"멈춰랏!"

슬픔을 억누르고 뛰어가는 구유크를 막은 것은 전형적인 여진족(女眞族)의 복장을 한 네 명의 병사였다. 그들은 거친 숨을 몰아쉬는 말 위에서 자신을 내려다보고 있었다.

'지독한 놈들… 젠장!!'

그들이 지금까지 자신을 쫓아 달려온 적들인 것을 안 구유크는 절망하고 말았다. 조금 전만 해도 이들은 자신을 쫓아오지 못했는데 흑풍을 베느라고 잠시 시간을 허비하는 순간이 이들에게 발각되고 말았으니… 하지만 이대로 당할 수는 없었다. 자신을 둘러싸는 병사들을 보며 그는 재빨리 허리춤에 매달린 칼을 빼 들었다. 그런 구유크를 보는 병사들은 하도 어이가 없어 크게 비웃고 있었다. 정면에 있던 덩치 큰 병사가 그에게 다가왔다.

"어디 그 따위 칼로는 과일밖에 자르지 못하겠다. 칼이라면 이 정도는 되어야지."

그는 자신이 들고 있는 칼을 흔들며 웃었다. 그의 칼은 엄밀히 말하자면 도였는데 보통 월도(月刀)라 하는 것이었다. 자루 길이 6자 4치, 날의 길이 2자 8치에 이르고 날 등의 중간에 기인(岐刃)이 있어 그 끝에 술을 장식한 월도는 달빛에 반사되어 그 자태를 뽐내고 있었다.

구유크는 아무 말도 하지 않고 오른손에 들려 있는 칼을 두 손으로 맞잡으며 전의를 불태웠다. 솔직히 너무 무서웠다. 아버지를 따라 많은 전쟁터를 누볐지만 지금과 같은 위기에 처한 적은 없었다. 항상 안전한 곳에서 경기를 관전하듯 그렇게 전쟁을 해오던 그였기 때문이다.

'섣불리 움직이는 게 아니었는데……'

후회를 해도 때는 이미 늦어버렸다.

수렵민(狩獵民)이었던 여진족(女眞族)은 오랜 옛날부터 장백산과 흑룡강(黑龍江) 사이에 생활 터전을 잡고 살아왔는데, 읍루(邑婁), 물길(勿吉), 말갈(靺鞨) 등으로 불리다가 송나라 이후에 여진(女眞)이라 칭해졌다. 이들은 이미 기원전 11세기 주(周) 무왕(武王) 때부터 중원과 교역 및 조공 관계를 맺고 있었다. 그러다가 여진족은 12세기 초에 이르러 아골타라는 걸출한 인물이 여진을 통일하더니 금(金)나라를 세우고 (1115~1234) 중원의 북쪽을 점령하기도 하였다.

그러나 원조(元朝)가 건립된 이후로는 몽고의 지배를 받다가, 원조를 축출한 새로운 왕조인 명(明)의 통치 하에 복속되었다. 명조를 건립한 태조 주원장(朱元璋)은 여진족이 북부 지역을 100여 년 간 점령했던 것을 기억하고 자신의 아들 3명을 번왕(藩王)으로 책봉하여 요동 지역을 통치하게 하였다.

그 뒤 영락제(永樂帝)는 여진족의 세력을 분산시키기 위하여 그들을 건주(建州), 해서(海西), 야인(野人)의 3개로 분할하여 통치하였다. 건주와 해서는 지명이지만 야인이란 말 그대로 미개인이라는 뜻임은 말할 것도 없다.

건주 여진은 주로 요동과 장백산 일대에 거주하고 있었고, 해서 여진은 송화강 유역에 살고 있었으며 야인 여진은 흑룡강 유역에 자리 잡고 있었다. 이들은 명의 철저한 경계로 하나의 국가를 이룩하지는 못하고 각 지역마다 세력을 지닌 족장들이 통치하고 있었다.

그런데 이런 통치 구조에 변화가 생긴 것은 바이허 족에 아비타라는 족장이 들어서고부터였다. 해서 여진에서 두 번째로 강성한 부족이었던 바이허 족은 아비타라는 족장을 내세워 그 세력이 가장 강했던 포세토 족을 일거에 쓸어버리고, 해서 여진의 최고 세력으로 급부상했다.

바이허 족은 여기서 멈추지 않고 다른 소부족을 하나둘 굴복시키며 날로 그 세력을 키우더니 급기야 금나라 이후로는 최초로 해서 여진을 일통시켰다.

명나라를 의식해 잠시 숨죽여 있던 바이허 족은 그 손을 점차 건주 여진으로 확대시켜 왔다. 벌써 여러 부족들이 멸망하거나 항복했고, 지금은 장백산 일대를 접경으로 하여 구유크의 아버지가 족장으로 있는 야우커우 족과 치열한 전투를 벌이고 있었다.

해서 여진을 통일한 바이허 족의 힘은 실로 막강했지만 건주 여진을 대표하는 야우커우 족 또한 결코 만만한 상대는 아니었다. 일진일퇴(一進一退)를 거듭하고 있는 가운데 야우커 족의 족장인 토타우는 잠시 건주 여진의 부족 회의에 참석코자 아들인 구유크에게 전장을 맡기고 병영을 떠나 있었다. 비록 어린 아들이 걱정이 되기는 했지만 아들을 보필할 장수들이 실로 뛰어나서 안심을 하고 회의에 참석했다.

야우커우 족의 장수들은 그런 족장의 마음을 잘 알고 있었기에 족장인 토타우가 돌아오기만을 기다리며 공격보다는 수비에 치중하고 좀처럼 나가 싸우지 않았다. 하지만 그렇게 참고 있기엔 구유크가 너무 어렸다.

"공격해야지요! 당장 공격대를 준비하십시다."

"그건 무리입니다. 그렇게 허술하게 이동을 시킬 그들이 아닙니다. 틀림없이 무언가가 있습니다."

당장 습격을 하자는 구유크의 말에 대장군인 마라난타가 제동을 걸었다. 아버지도 존중하는 장군이었기에 구유크 또한 정중히 그를 대했다.

"그렇다면 식량이 바이허 족에게 무사히 인도되는 것을 그대로 지켜보자는 것입니까? 그럴 수는 없습니다. 이건 우리 부족에게 하늘이 준

기회입니다."

어젯밤에 척후병이 알려온 바에 의하면 식량을 가득 실은 수레가 바이허 족으로 이동을 하고 있다는 것이었다. 계속되는 전쟁으로 현지에서의 식량 수급에 문제가 생기자 본국에서 보급해 오는 모양이었다. 구유크는 당장에 공격하자고 주장하였다. 하지만 밑에 있는 장군들은 쉽게 동의하지 않았다.

"하지만 척후병의 말을 빌리면 그 식량을 지키는 병사들의 수가 너무 적습니다. 수레가 50여 대가 넘는데 병사가 30여 명이라니요. 이건 누가 봐도 틀림없는 함정입니다. 결코 공격해서는 안 됩니다."

비록 서열은 마라난타보다 낮지만 나이는 장수들 중 최고인 우띠마저 이번 공격에 반대하자 구유크는 더 이상 자신의 주장을 고집할 수는 없었다.

"이처럼 좋은 기회를… 알았습니다. 장군들의 말을 따르지요."

구유크는 대세를 거스를 수 없어 대외적으로 공격 포기를 선언했다. 그러나 마음만은 그렇지 않았다. 자신의 천막으로 들어온 그는 자신의 부장을 은밀히 불러들였다.

"지금 장군들은 아버지가 안 계셔서 저리 몸을 사리고 있지만 이번 기회는 절대 놓칠 수 없는 좋은 기회요. 부장은 지금 즉시 병사들을 모으시오. 적의 수가 30여 명이니 50명으로도 충분하겠지만 혹여 모르니 100명을 차출하고, 단 장군들을 모르게 은밀히 움직여야 할 겁니다. 공격은 오늘밤에 하도록 합시다."

"명령을 따르겠습니다."

부장은 대답한 대로 100여 명의 병사를 준비시켰다. 구유크는 그들을 이끌고 조심스럽게 본진을 빠져나왔다.

"적들은 지금 어디 있느냐?"

구유크는 어제의 그 척후병에게 질문을 했다.

"어제까지 북서쪽의 하타라는 마을을 지나고 있었으니 지금은 호구 빠라는 마을쯤에 있을 겁니다. 여기서 북쪽으로 약 100여 리 떨어진 곳에 위치한 작은 마을입니다."

"백여 리라… 앞서 달려가 길목을 지킨다. 부장은 선두를 이끌고 매복 지점을 찾으시오!"

"복명(復命)!"

구유크의 명령에 부장인 테친무는 병사들을 수습하여 북쪽으로 나아 갔다. 두어 시진을 달려 구유크 일행이 도착한 곳은 호구빠에서 60여 리 떨어진 곳의 작은 언덕이었다.

"수송대가 그들의 부족에게 가려면 이 길밖에는 없습니다. 이곳에서 적을 기다렸다가 공격하면 될 것입니다."

"부장이 병사들을 배치하고 적이 올 때까지 푹 쉬게 하시오. 하지만 한 치의 흐트러짐이 있어도 안 될 것입니다."

"명심하겠습니다."

구유크는 부장이 병사들에게 돌아가자 회심의 미소를 지었다.

'아버지가 아시면 틀림없이 기뻐하시리라!'

시간이 지나고 땅거미가 대지에 내려앉자 구유크는 테친무를 다시 불렀다.

"이제 곧 적이 올 것이오. 공격에 앞서 병사들을 두 조로 나누고 부장이 한 조를 이끄시오. 다른 한 조는 내가 움직이겠으니… 공격은 여기서 시작할 것이고 공격이 시작되면 그대는 나머지 병사를 이끌고 후미를 치도록 하시오. 이렇게 동시에 앞과 뒤에서 공격을 하면 쉽게 승리를 얻을 수 있을 것이오. 자, 어서 준비를 합시다."

"예. 알겠습니다."

테친무가 병사들을 이동시키고 병사들을 두개의 조로 나누는지 휴식을 취하고 있던 병사들의 바삐 움직였다. 병사들은 공격을 대비해 자신들의 무기를 점검하며 친하게 지내는 동료들의 무사 귀환을 빌었다. 일각이 지나지 않아서 구유크는 공격의 준비가 끝났음을 알리는 테친무의 보고를 받을 수 있었다.

"이제 모든 준비는 끝났다. 이제 곧 적들의 보급 부대가 모습을 드러낼 것이다. 본진의 장군들은 이것이 적들의 함정이라 하였지만 나의 생각은 다르다. 적들은 족장님이 잠시 자리를 비우서서 우리가 수비에 치중하는 것을 알고 이때를 기회 삼아 충분한 보급을 통해 전력을 공고히 하려함에 틀림없다. 우리가 비록 수비에 치중하고 있으나 이런 기회를 수수방관해서는 안 될 것이다. 여기 모여 있는 병사의 수는 비록 100여 명에 불과하지만 모두가 일당백(一當百)의 용사들이다. 가라! 가서 적들에게 우리의 무서움을 보여주라!'

"와!!"

구유크의 결의에 병사들은 자신의 무기를 들어 올리며 호응을 했다. 구유크는 그런 병사를 흐뭇한 얼굴로 쳐다보다가 고개를 돌려 테친무을 바라보았다. 말투도 어느새 명령조로 변해 있었다.

"그대도 가라! 여기서 공격이 시작되면 바로 공격을 하도록 하라. 무운을 빈다."

"몸을 보중하십시오."

테친무는 구유크에게 몸을 숙여 인사를 하고는 자신에게 맡겨진 병사를 이끌고 어둠 속으로 사라졌다.

'이제 기다리기만 하면 되는 것인가⋯⋯?'

구유크가 만반의 준비를 마친 뒤 반 시진의 시간이 흘렀다. 아주 미미하기는 했지만 저 멀리서 말발굽과 수레바퀴 소리가 들려왔다.

'왔구나!'

"적이 최대한 가까이 다가올 때까지 기다린다. 연후 나의 신호를 기해 일제히 공격을 한다. 은폐에 만전을 기하라."

구유크는 자신의 앞에 서 있는 장교들에게 간단히 말한 뒤, 자신 또한 나무 뒤로 몸을 숨겼다.

수레의 맨 앞에는 이번 호송의 담당자인 듯한 장수가 말을 타고 있었고 그 뒤로는 다섯 마리의 말과 기병이 따라오고 있었다. 병사들은 수레 사이사이에 배치되어 있었는데 그 수가 50여 명에 이르렀다.

'척후병의 보고보다 20여 명은 많아 보이는구나. 하나, 전력은 이쪽이 압도적이다. 우선 머리를 잘라야겠지.'

구유크는 적들이 최대한 깊숙이 다가오기를 기다렸다. 그리고 마침내 옆에 놓인 활을 들고는 선두에 서서 다가오는 적장을 겨냥했다.

피잉~!

날카로운 소성과 함께 화살이 날아가자 구유크의 신호만을 지켜보던 장교들은 일제히 소리를 질렀다.

"공격하라! 공격!!"

"와!"

"죽여라!"

병사들은 일제히 함성을 질러대며 무수한 화살을 날리더니 곧 이어 칼을 치켜들고 아래로 뛰어 내려갔다.

챙! 챙!

"죽어!"

죽고 죽이는 치열한 백병전이 벌어졌다. 행렬 뒤에서도 소란이 이는 것을 보니 부장이 병사들을 이끌고 공격을 시작한 것 같았다. 언덕 위에서 이를 지켜보던 구유크는 두 주먹을 불끈 쥐었다.

'됐어! 이겼다. 공격은 대성공이야······.'

자신의 생각이 옳았음을 생각하며 곧 다가올 승리의 기쁨을 만끽하려던 구유타에게 치열한 전투가 벌어지는 언덕 아래에서 한 명의 병사가 온몸에 피 칠을 하고 허겁지겁 뛰어왔다. 왼쪽 팔은 어디로 갔는지 빈 소매만 펄럭이고 있었다.

"소족장님, 피하십시오. 함정입니다."

"무슨 소릴 하는 것인가? 함정이라니. 겨우 50밖에 안 되는 적을 피한단 말인가?"

"처음에는 병사가 50여 명에 불과한 듯했지만 수레를 끄는 자들과 짐을 들고 있던 자들 모두가 적병들이 위장한 것이었습니다. 적의 수가 300이 넘습니다. 아래로 내려간 아군들은 이미 포위되어 거의 전멸을 당했습니다.

"뭐라고! 전멸?"

"어서 피하십시오. 적군이 곧 몰려올 것입니다."

허탈한 마음에 아무런 생각을 하지 못하고 있는 구유크에게 힘없이 소리친 병사는 그 자리에 쓰려져 움직이지 못하고 있었다.

"저기다. 적장을 잡아라!"

구유크의 정신을 차리게 한 것은 적병의 외침이었다. 어느새 공격했던 자신의 수하를 전멸시켰는지 적군이 언덕 위로 뛰어 올라오며 그를 노리고 있었다.

"이런!"

구유크는 생각할 겨를도 없이 말머리를 돌려 뒤로 달아났다. 정황을 보니 자신뿐만 아니라 후미를 공격했던 테친무도 당했음이 틀림없었다. 이제 자신을 지켜줄 병사는 아무도 없었다. 적병은 그런 자신을 집요하게 쫓아왔다. 구유크는 미친 듯이 달렸다. 방향이나 지형을 살피며 도망가기엔 상황이 너무 안 좋았다.

그러나 어찌 된 것인지 적들은 그가 가는 길목마다 매복을 하고 있었다. 만약 흑풍이 천하의 명마(名馬)가 아니었다면 꼼짝없이 잡힐 뻔한 것이 벌써 몇 번이었다. 하지만 아무리 흑풍이라도 잠시도 쉬지 않고 그렇게 달려대니 배겨낼 재간이 없었다. 게다가 허벅지에는 화살도 몇 개 박혀 있었다. 결국 이렇게 꼬리를 잡히고 말았다.

"너를 도와줄 병사라곤 아무도 없다. 항복을 한다면 목숨은 살려주마. 어떠냐?"

구유크의 앞으로 나온 병사는 자신보다 훨씬 큰 월도를 휘두르며 항복을 권유했다.

"닥쳐라. 야우커우 족에게 항복이란 죽음뿐이다. 헛소리하지 말고 덤벼라."

구유크는 그가 자신을 모욕한다고 여겼다. 용사로 자부하는 자신에게 항복이라니… 조금 전만 해도 겁에 질려 있었던 구유크의 몸에서 절로 투기가 흘러나왔다.

"음."

덩치 큰 병사는 좌우에서 달려들려 하는 병사를 고갯짓으로 막더니 자신의 말에서 내려왔다.

"호의를 보였는데도 고집을 부리다니 할 수 없지. 목을 취하는 수밖에 덤벼라."

사내는 월도를 치켜들더니 구유크에게 다가왔다.

챙!

먼저 덤벼든 것은 구유크였다. 월도보다 칼의 길이가 훨씬 짧기 때문에 접근전을 선택했다. 재빠르게 파고들어 일검을 날렸지만 그 병사는 가볍게 막아내고는 오히려 반격을 했다. 구유크는 자신의 검을 너무나 손쉽게 막아내고 순식간에 반격까지 하는 병사의 실력에 깜짝 놀랐다. 그 병사의 월도는 어느새 구유크의 왼쪽 어깨에 커다란 상처를 만들었다.

"놀랐느냐? 그리 놀랄 것 없다. 나는 바이허 족의 장군 타루다. 일반 병사라고 생각했다간 큰일 날 것이다. 하하하!!"

구유크의 눈에서 나오는 의구심을 알았는지 그가 껄껄 웃으며 말을 했다.

'어쩐지 병사치고는 그 풍기는 기도가 실로 무섭더라니…….'

구유크는 가슴이 답답했다. 만약 이들이 일반 병사라면 자신의 실력으로 어찌하든 제압하고 탈출할 수 있다는 생각을 막연하게 하고 있었는데 장군이라니…….

두 사람은 다시 무기를 맞대고 치열한 싸움을 벌였다. 약관조차 되어 보이지 않는 구유크의 무위는 좀처럼 보기 힘든 훌륭한 실력이었지만 타루라는 장군은 그 이상이었다. 겨룸이 오십여 합을 넘을 때 구유크는 결국 칼을 놓치고 말았다. 그러나 타루는 비틀거리는 구유크를 공격하지 않았다.

"그대! 이름이 무엇인가? 어린 나이에 훌륭하다!"

구유크는 적장의 적지 않이 감탄한 듯한 목소리에 비록 싸움에선 졌지만 자신과 부족의 명예를 지켰다는 생각에 큰 목소리로 대답을 했다.

"나는 야우커우 족의 소족장 구유크다. 패장은 말이 없는 법. 죽여라!"

타루는 그 말을 듣고 깜짝 놀랐다. 실력을 보아 어느 정도 신분이 높은 청년이라고는 생각하고 있었지만 소족장이라니… 설마 하는 마음에 다시 한 번 확인을 했다.

"네가 정말 야우커우 족의 소족장이란 말이냐?"

"그렇다. 네가 장군이라면 나에게 모욕을 주지 않으리라 믿는다. 명예롭게 죽여달라."

구유크는 생을 포기했다는 듯이 두 눈을 감고 있었다. 타루는 그런 구유타의 모습에서 또 한 번 감탄을 하였다.

"좋다. 나 또한 명예를 아는 자. 그대의 명예를 지켜주지……."

구유크는 죽음을 앞두자 갑자기 아버지가 보고 싶었다.

'아버지…….'

타루는 무릎을 꿇고 눈을 감고 있는 구유크에게 천천히 다가갔다. 그리고 월도를 높이 치켜들고는 힘차게 내려쳤다.

"잘 가라!"

하지만 타루는 결코 월도를 내려칠 수 없었다. 어느새 그의 어깨에는 화살 하나가 깊숙하게 박혀 있었다.

"누구냐?"

화살이 날아온 곳을 바라보며 타루가 소리쳤다. 세 명의 병사 또한 그곳을 노려보고 있었다. 구유크는 의아한 심정으로 그들이 노려보는 나무 위로 시선을 가져갔다.

부스럭! 부스럭!

나뭇가지가 마구 흔들리자 일순 긴장한 타루의 일행은 언제든지 공격을 할 수 있는 대형으로 움직이고 있었다. 그들이 이처럼 긴장하고 있을 때 무수히 우거진 나뭇가지를 뚫고 위에서 뛰어내리는 사람이 있었다.

"지금 나를 부른 거냐?"

소문이었다. 제법 높은 나무지만 문지방을 넘듯 가볍게 뛰어내린 사람은 틀림없는 을지소문이었다.

한데 한참 의주로 가고 있어야 하는 그가 이곳에 나타난 까닭은 무엇이란 말인가?

소문은 기분이 묘했다. 스무 살이 넘도록 그가 지내온 곳은 장백산 일대였고 만난 사람이라야 마을 사람을 포함해 50여 명이 채 안 됐다. 할아버지의 억지에 의해 어쩔 수 없이 집을 나오게 됐을 때만 해도 짜증도 나고 만사가 귀찮기만 했지만 막상 길을 나서자 그런 마음은 새로운 세상에 대한 기대와 흥분으로 바뀌고 있었다.

할아버지는 애초에 의주로 가서 중원의 문물을 익히라고 했지만 그런 것은 소문의 성격과 맞지 않았다. 되거나 말거나 일단 저지르고 보는 게 소문인지라 그렇게 질질 끄는 방식이 마음에 들 리 없었다.

'기왕 중원으로 가기로 했으면 그냥 가는 것이지. 익힐 건 뭐고 배울 건 또 뭐야? 그때 가면 다 알아서 되겠지.'

이런 말도 안 되는 자신감에 사로잡힌 소문은 의주를 향해서 남진한 것이 아니라 바로 북서진 하여 조선과 명의 국경을 넘어버렸다. 배가

고프면 사냥을 하고 잠이 오면 나무 위에서 이슬만 피하면 됐다. 이렇게 생활한 지도 벌써 나흘째… 저 멀리 평야가 보이는 것을 보니 험준했던 장백산의 줄기에서도 다 벗어난 듯했다.

내친 김에 마을까지 내려갈까 생각도 했다. 하지만 이미 날도 어두워지고 몸도 피곤하여 잠을 청하고자 나무를 물색하다가 그중 가지가 많고 잎이 무성한 나무가 보이길래 냉큼 올라와 잠을 청하던 소문이었다. 막 잠이 들려고 하는데 기분 나쁜 소음들이 소문의 단잠을 천 리 밖으로 날려 버렸다.

"언놈들이……?'

소문은 감히 어떤 인간들이 자신의 잠을 깨우는 것인가 궁금하여 가지 사이로 고개를 빼끔이 내밀었다.

히히히힝!!

자신이 있는 곳으로 급하게 달려오던 말이 땅에 주저앉는 것이 보였다. 그 말을 타고 있는 놈(소문의 눈에는 자기를 깨운 것들은 사람으로 보이지 않았다)을 보니 자기 또래의 청년이었다. 말과 함께 엎어졌던 그놈은 칼을 꺼내더니 말에게 다가갔다.

'얼레 뭐 하는 짓이랴?'

소문이 이상하게 생각하는 동안 그놈은 칼을 들고 여전히 쓰러져 있는 말에게 다가가더니 칼을 휘두르려는 것이 아닌가?

'저런 죽일 놈을 보았나. 암만 말에서 떨어졌다지만 지가 타던 말을……'

소문이 순간 발끈하여 당장 칼을 막으려고 했지만 그 생각은 곧 바뀌고 말았다. 동물들은 아무리 심하게 상처를 입었더라도 자신에게 다가오는 죽음은 필사적으로 피하려고 하는 법인데 저 말은 오히려 죽음을 바라는 듯한 태도였다. 다시 보니 주인 놈도 영 마음에 내켜하지 않는 것 같았다. 결국 그놈은 자신이 타던 말의 목을 베고는 처음에 가던 길로 뛰어갔다.

'이건 또 뭐지?'

소문은 또 한 번 자신이 있는 곳을 향해 달려오는 말들을 보고 있었다. 그놈들 역시 급하게 달려왔는지 말들이 모두 쓰러지기 일보 직전의 상태였다.

나중에 도착한 놈들은 먼저 도착한 놈을 포위하더니 막 웃었다. 그러더니 이상하게 생긴 칼을 든 놈이 말에서 내리고 곧 어린놈과 싸움을 시작했다.

'오라… 그리 된 것이었고만……'

이제야 그놈… 아니지 그 청년이 한 행동이 이해가 갔다. 비록 자신의 잠을 깨운 죄야 막대하지만 그것도 다 저놈들이 쫓아와 그리 된 것이리라!

'네놈들이 내 잠을 깨고도 무사할 줄 아는 모양인데 이놈들을 어찌한다……'

소문이 이런저런 생각에 잠기고 있는데 싸움이 끝이 나버렸다. 나중에 온 무식한 놈이 자신만큼이나 무식하게 생긴 칼로 여린 청년을 쓰러뜨리더니 이제는 그 목숨마저 취하려고 하고 있었다.

'안 되지, 암! 내가 있는데……'

소문은 잽싸게 화살을 날렸다. 화살이라 봐야 그냥 잡히는 대로 아무 가지나 자른 것이지만 나뭇가지 화살은 무성한 가지와 나뭇잎을 뚫고 막 칼을 휘두르려는 놈의 어깨를 정확하게 꿰뚫었다. 자신의 어깨에 박힌 화살을 본 그놈이 자신이 있는 나무를 보며 뭐라고 지껄이는 게 보였다.

'뭐라는 거야…….'

그놈뿐만 아니라 같이 말을 타고 온 다른 놈들도 자신이 있는 나무를 쳐다보고 있었다.

'아하! 나한테 나오라는 것인가? 도전? 받아줘야지, 암!'

소문은 두 번 생각할 것도 없이 나무를 뛰어 내려갔다. 그리고는 자신을 부른 놈에게 다가갔다.

"왔다!"

타루는 갑자기 나타난 소문을 보고 잔뜩 긴장하고 있었다. 나이는 저기 쓰러져 있는 구유크 정도로 밖에는 안 보였지만 방금 날아온 화살이나 나무 위에서 뛰어내리는 실력은 결코 만만한 것이 아니었다. 당연히 조심할 수밖에 없었다.

"나는 바이허 족의 타루라 하오. 소협은 누구시요?"

타루는 정중하게 소문에게 자신의 신분을 밝혔다. 하지만 소문이 그 말을 알아들을 리 없었다. 소문은 내심 당황했다. 하지만 타루는 소문보다 더 당황을 했다.

'아니, 이놈이 지금 나를 무시하는 건가?'

여진족은 상대방이 말을 하면 어떤 식이든 반응을 보인다. 욕을 하든 칭찬을 하든 그건 문제가 아니었다. 어쨌든 자신의 말에 반응을 보였다는 것이 중요한 것이었다. 하지만 소문처럼 아예 무시를 하는 것은 욕을 듣는 것보다도 더 분노했다. 바로 모욕을 당했다고 느끼기 때문이다. 타루의 얼굴이 싸늘히 굳어졌다. 같이 온 병사들 또한 살기를 풀풀 풍기고 있었다.

"다시 한 번 물어보겠소. 소협은 누구시요?"

평소에 볼 수 없는 모습이었다. 지금 타루가 얼마나 참고 있는지는 붉다 못해 검게 변한 얼굴빛을 보면 알 수 있었다. 하지만 소문은 이번에도 대답을 하지 못하고 멀뚱멀뚱 서 있었다.

구유크는 내심 조마조마했다. 죽다 살아난 것은 기쁘지만 자신을 구한 것이 겨우 한 명에다 자기 또래의 청년 아닌가? 실망하는 마음이 적지 않게 있었는데 상대에게 저렇게 모욕까지 주다니… 살아가기는 다 틀린 일이었다.

"소협! 나는 신경 쓰지 말고 도망가시오."

구유크는 마치 진정이 어린 듯한 목소리로 절대 마음에도 없는 소리를 내뱉었다. 하지만 이 말 역시 알아듣지 못하는 소문이었다.

"네놈이 끝까지 그리 나온다면 할 수 없지. 공격해라!"

분노 어린 타루의 명령이 떨어지자 미리 준비하고 있던 세 명의 병사가 소문에게 달려들었다. 말을 몰아 순식간에 다가온 그들은 각각의 무기를 들어 소문을 공격했다. 갑자기 공격을 당한 소문은 화가 치밀었다.

'아니, 이것들이 나를 어찌 보고……'

소문은 재빨리 출행랑을 시전했다. 이미 경지에 오른 출행랑을 일개 병사들이 간파할 수는 없는 노릇이었다. 소문에게 공격을 했던 병사들은 깜짝 놀라고 말았다. 방금 전만 해도 자신들의 앞에 있던 소문이 눈 깜짝할 사이에 사라지고 없었다. 놀라기는 타루 역시 마찬가지였다. 그때였다. 그들에게서 약 10여 장이나 떨어진 곳에서 이상한 소리가 들려왔다.

"건방진 놈들. 이상한 말만 지껄이더니 다짜고짜 공격을 해? 네놈들을 내가 가만둘 것 같으냐!"

소문은 주위의 나뭇가지를 꺾었다. 그리고 막 자신을 발견하고 달려오던 병사를 향해 그 나뭇가지를 쏘았다. 소문의 화살 대용 나뭇가지는 벼락같이 날아가 앞서 달려오던 병사의 어깨에 가서 박혔다. 소문은 연달아 나뭇가지를 날렸다. 나뭇가지가 날아갈 때마다 어김없이 한 명의 병사가 말에서 떨어졌다.

"흠, 나뭇가지라 그런가? 확실히 속도가 안 나는데 기를 한번 넣어 볼까?"

엄청난 속도로 날아가는 화살을 보고도 소문은 은근히 불만이라는 듯 중얼거렸다. 하지만 그 뜻을 타루가 들었다면 게거품을 물 만한 말이었다. 타루는 여태까지 살아오면서 이처럼 빠르고 정확한 활솜씨를 본 적이 없었다. 어떻게 쏘는지도 모르게 세 발의 화살이 모두 자신의 수하들의 어깨에 가서 꽂혀 버렸다. 다행히 죽지는 않았지만 모두 말에서 굴러 떨어져 도저히 싸움을 할 수 있는 상태가 아니었다. 타루가 그처럼 놀라고 있을 때 소문은 또 하나의 나뭇가지를 활에 재고 있었다.

"어이? 두목! 한번 막아보지 그래?"

역시 타루가 알아듣지 못할 말을 하더니 나뭇가지를 날렸다. 타루는 뭔가가 번쩍인다고 생각하고 있었는데 어느새 자신의 어깨에 또 하나의 나뭇가지가 박혀 있는 것을 볼 수 있었다. 엄청난 고통이 밀려왔다. 그는 천천히 앞으로 쓰러졌다.

"무… 섭… 군……!"

소문은 타루와 그의 수하가 모두 쓰러지자 그때서야 천천히 그들에게 다가갔다. 그리곤 한심하다는 듯이 말을 했다.

"그러길래 왜 함부로 공격을 하냐고, 실력은 쥐뿔도 없는 것들이……."

'조선 말이다. 어쩐지…….'

구유크는 소문이 하는 말을 듣고 그가 조선 사람이라는 것을 알 수 있었다. 그때까지 땅바닥에 앉아 있던 구유크가 몸을 일으켜 소문에게 다가왔다.

"그들은 소협이 하는 말을 모릅니다."

갑자기 들려오는 말에 소문은 고개를 홱 돌렸다.

"엥? 내 말을 잘 모르다니 뭔 소리냐?"

"저들은 여진 사람. 당연히 당신의 조선 말은 알지 못합니다."

"아, 맞다. 여기는 중원이지. 근데 너는 어떻게 조선 말을 하지? 너두 조선인이야?"

소문은 그제야 이해가 간다는 듯 말을 했다. 하지만 들려오는 대답은 소문의 생각과는 달랐다.

"아닙니다. 저도 여진족입니다."

"그래? 근데 너는 어떻게 조선 말을 하지? 저놈들은 못하는데……."

소문이 의아하다는 듯이 말을 했다.

"저는 건주 여진 사람으로 건주 여진에는 조선인이 많이 있습니다. 그들에게 배워서 잘은 못하지만 어느 정도 대화는 할 수 있습니다. 하지만 저들은 해서 여진족이라 조선인이 거의 없습니다. 당연히 조선 말을 알 수 없지요."

구유크는 천천히 말을 이었다. 초면부터 계속 반말을 하는 것이 마음에 걸렸지만 어차피 다른 나라의 사람이고 자신의 생명을 구해준 사람이다 보니 그런 것은 별로 신경 쓰지 않았다.

"뭐가 그리 복잡해. 그냥 하면 하는 거고 못하면 못하는 거지……."

소문은 이것저것 생각하기 싫다는 듯이 손사래를 쳤다. 그러다가 다시 질문을 했다.

"그런데 저놈들이 왜 너를 죽이려는 것이지? 같은 여진 사람이라며?"

"저는 건주 여진 사람이고 저들은 해서 여진 사람입니다. 그런데 최근 저희와 저들 간에 싸움이 벌어져서……."

"아아… 알았어, 무슨 소린지. 근데 너두 싸움을 꽤 못하는구나. 저런 약해 빠진 놈들에게 당하다니……."

소문은 구유크를 보며 한심하다는 듯이 말을 했다. 일순 말문이 막힌 구유크는 자신도 건주 여진족에선 손꼽히는 무사라고 말을 하고 싶었지만 씨도 먹히지 않을 것 같아 그만두었다. 소문은 갑자기 화제를 바꿔 구유크에게 말을 물었다.

"근데 여기가 중원이야?"

"예?"

"여기가 중원이냐고?"

"아닙니다. 여기는 건주 지방입니다만……."

"여기가 아니라고?

"중원은 여기서 서쪽으로 가야 합니다."

"흠, 그렇군. 얼마나 가야 하지? 한 보름쯤 가면 되나? 벌써 나흘이나 걸었는데……."

소문은 대수롭지 않게 말을 던졌다. 하지만 그런 소문을 구유크는 황당하다는 듯 쳐다보았다.

"보름이라뇨? 뭘 잘못 아신 게……?"

"왜? 여기가 중원이 아니라며? 그래서 서쪽으로 간다니까."

"그게 아니라 거리가……."

그제야 소문도 뭔가가 이상했나 보다. 정색을 하고 다시 물었다.

"꽤… 먼가 보지?"

"쫌 멉니다."

"한 며칠쯤 가면 되나?

"이십여 일 정도……."

"하하하, 이십 일 정도가 무에 대수런가. 하하하!"

구유크가 말을 마치기도 전에 소문은 크게 웃었다. 하지만 구유크는 별 반응 없이 말을 이었다.

"…가면 중원의 초입에 이르게 됩니다."

"……."

"그리고 거기서 중원의 수도인 북경(北京)을 가려면 다시 그 정도의 시간을 가야 됩니다. 하지만 북경은 중원의 최북단에 위치한 것이라……."

"……."

"혹 가시려는 곳이 어디신지……?"

"소림사는……?"

"소림이면 북경에서 남으로 다시 20여 일을 가면 됩니다."

대답을 듣는 소문의 마음은 불안감으로 가득 찼다. 이건 자신의 예상과는 전혀 다른 방향이었다. 조심스럽게 다시 물었다.

"흠, 혹시 사천에 있는 당가를 가려면… 얼마나 걸리겠는가?"

"사천이면 중원의 남서 지방입니다… 마는……."

"얼마나 걸리냐니까?"

"저두 잘은 모르지만 그쪽이 워낙 길이 안 좋아서 여기서 간다면 대여섯 달은 족히 걸린다고 들었습니다만……."

"……."

구유크는 소문의 반응을 살피느라 말을 제대로 잇지 못했다. 소문이 아무 말을 하지 않고 있었지만 소문의 마음이 조금은 이해가 갔다. 목적지에 다 온 줄 아는 사람에게 오류 개월을 더 가라면 좋아할 사람이 누가 있겠는가? 구유크는 그저 그 불똥이 자신에게만은 떨어지지 않기를 바랄 뿐이었다. 그런 구유크의 생각은 간단히 무시되었다.

"으아… 악!! 빌어먹을 영감탱이! 그런 말은 하나도 안 해주고……."

결국 소문은 발작을 하고 말았다. 주변의 나무들을 닥치는 대로 후려갈기고 돌이란 돌은 다 집어 던졌다. 얼마를 그랬을까…….

소문이 이성을 찾고 발작을 멈추었을 때는 이미 주변이 처참하게 폐허가 된 뒤였다. 나무란 나무는 다 부러져 가로로 누워 있었고 땅도 곳곳이 파헤쳐져 있었다. 다만 소문이 발작을 하자마자 멀찌감치 피해 있던 구유크만은 무사할 수 있었다. 소문이 진정을 하자 구유크는 그제야 조심스럽게 소문에게 다가왔다.

비록 정신을 차리기는 했지만 소문은 여전히 분노에 가득 차 있었다. 아무리 꼬장 피길 좋아하고 괴팍한 할배라지만 손자가 집을 나오는 마당에까지 이럴 수는 없다는 생각이 들었다. 대여섯 달이라니… 왕복으론 거의 일 년에 달하는 거리가 아닌가? 그런데 할배는 봄 소풍 떠나라는 듯한 말투로 얘기를 했었다. 이건 틀림없이 자신을 골탕 먹이려는 할아버지의 계략이라는 생각이 들었다.

하지만 그건 순전히 소문의 입장에서 생각한 것이었고, 할아버지는 소문이 중원에 대해선 어느 정도 알고 있으리라 생각했다. 그동안 자신의 선조들이 기록한 중원의 정보는 결코 작은 것이 아니었다. 각종 지방과 지역의 특징이며 무공을 익히는 세력들의 분포, 또한 일반인의 생활 습관까지 총망라해서 기록해 두었는데 자신은 이미 소문에게 그것을 읽으라 말을 해두었다. 게다가 비록 해이해져 있는 정신 상태를 바로잡고 고생도 하며 견문을 익히라는 의도로 중원에 보내기는 했지만 그래도 혹시나 하는 마음에 의주로 가서 충분히 준비를 하고 떠나라는 충고까지 해준 터였다.

그런 할아버지의 말을 무시하고 읽으라는 책은 베게로 쓰고 의주로 가라는 말은 싹 무시하고 바로 국경을 넘은 소문에게 전적으로 그 책임이 있었다. 그러나 그런 걸 생각할 소문이 절대 아니었다.

"저기……."

"뭐냐?"

소문이 한참을 씩씩거리며 성질을 내는 터라 말도 못 붙이고 있던 구유크는 그래도 용기를 내어 조용히 자신의 생각을 말하기 시작했다.

"날도 어둡고……."

"동이 터오는데 어둡기는."

소문은 단박에 말을 잘랐다. 하지만 구유크는 신경 쓰지 않았다.

"잠시 여행을 멈추시고 오랜 여행에 대한 준비를 하셔야 할 듯합니다만……."

"흠, 그래. 그 말도 일리가 있어. 하루 이틀도 아니고……."

소문이 자신의 말에 고개를 끄덕이자 구유크는 재빨리 말을 이었다.

"중원의 말과 문물도 어느 정도는 익히셔야 여행에서 편하실 겁니다. 잠자리도 그렇고 식사 문제도 그렇고……."

"맞아. 언제까지 사냥으로 배를 채우고 길에서 잘 수는 없지."

소문은 이번에도 맞장구를 쳤다. 타루의 경우를 보고 언어의 장벽이 어떤 결과를 가져오는지 새삼 느끼게 된 소문이었다.

"해서 드리는 말씀입니다만, 그 준비를 위해 저와 함께 가시는 것이… 어떠신지… 저희 부족에는 중원의 말과 문물에 능통한 사람도 많고 조선 사람도 많아 소협이 여행 준비를 하시는 데 전혀 지장이 없으실 겁니다."

여기까지 말을 한 구유크는 조심스럽게 소문의 반응을 살폈다.

"흠, 건주 뭐시기라 하는 니네 부족으로?"

"건주 여진은 요동과 장백산 일대의 지역을 말하는 것이고 저희 부족은 야우커우 족이라 합니다."

"그게 그거지 뭐. 암튼 좋아. 그리 하자."

소문이 의외로 쉽게 승낙을 하자 구유크는 크게 기뻐했다. 구유크가 소문을 자신의 부족으로 데려가려는 것은 자신의 생명을 구해준 소문에게 빚을 갚자는 생각도 있기는 했지만 보다 큰 이유는 소문의 엄청난 실력이 지금 한창 전쟁을 하는 자신의 부족에게 크게 도움이 될 수 있기 때문이었다. 구유크 또한 스스로를 상당한 실력자라 자부하기는 했지만 소문의 실력은 자신이 보기에 상상을 뛰어넘는 경지였다. 비록 한 명에 불과하지만 이런 실력자가 전쟁에 끼치는 영향은 상당했다.

"제 이름은 구유크입니다. 앞으로는 제가 소협을 대형으로 모시겠습니다."

"대형으로 모시고 안 모시고는 니 마음인데 내 이름은 소문이다. 을지소문! 소협이 뭔지는 모르지만 소문이라 불러라."

"……."

역시 무식한 소문이었다.

"암튼 가자. 지난 며칠 동안 고기만 먹다 보니 밥이 먹고 싶다. 설마 밥이 없는 것은 아니겠지?"

"없을 리가 없지요. 그럼 가시지요, 형님!"

구유크는 병사들이 타고 온 말을 끌어와 한 마리를 소문에게 인도한 뒤 말에 올랐다. 하나 소문과 구유크가 말머리를 돌려 야우커우 족이 있는 본진으로 향한 것은 그로부터 한 시진이나 지나고였다. 앞서 달려가던 구유크는 뒤따라오는 소문을 바라보며 고개를 갸웃거리고 있었다.

'내가 실수하는 것은 아닌지 몰라……'

구유크가 지금 바라보고 있는 것은 한 시진이나 가르쳤지만 여전히 고삐를 잡고 말을 달래기에 전전긍긍하는 소문의 모습이었다.

"장군님, 큰일 났습니다. 소족장님이 보이시질 않습니다. 부장인 테친무와 몇몇 병사들도 보이지 않습니다. 암만해도 단독으로 공격을 감행하려 하신 것 같습니다."

구유크를 모시러 간 장교가 헐레벌떡 뛰어와서 알리는 말은 안 그래도 그 수송 부대 공격에 대해 다시 한 번 논의하고자 모인 야우커우 족의 장수들을 놀래키기에 충분했다.

"뭣이! 그래, 언제 사라지신 것이냐?"

실질적으로 회의를 주도하는 대장군 마라난타가 급히 물었다.

"소족장님을 모시는 하녀의 말로는 점심나절부터 보이지 않는다고 하십니다. 또한 몇몇 병사들이 사라진 시기도 그때입니다."

"허허허! 큰일이구려. 혹시나 했건만……"

노장군인 우띠가 극히 염려된다는 듯이 고개를 절레절레 흔들었다.

"장수들은 속히 출전 준비를 하라. 소족장님을 따라간다. 우띠 장군께서는 본진을 지켜주십시오. 제가 직접 병사들을 이끌고 가봐야겠습니다."

마라난타는 자리를 지키고 있는 여러 장수들에게 명령한 뒤 자신의 왼쪽 편에 앉아 있는 우떠에게 본진을 부탁했다.

"알겠소이다. 한데 너무 늦은 것은 아닌지?"

"늦지 않기를 바래야지요. 혹여 무슨 일이라도 생긴다면 족장님을 뵐 낯이 없지 않겠습니까?"

"그렇지요. 대장군께서 애를 좀 쓰셔야겠습니다. 이곳은 소장이 맡도록 할 테니 어서 다녀오시구려!"

출병 준비는 빠르게 진행되었다. 마라난타는 갑주(甲冑)를 입고 자신의 애도인 대풍도(大風刀)를 들고 말에 올라탔다.

"소족장님이 위급 지경에 빠지신 것 같다. 지금부터 한달음에 달려갈 것인즉, 일반 병사들은 혹시 모를 적군의 공격에 대비토록 하고 기병들은 나를 따라간다. 급하다. 서둘러라!"

마라난타의 명령에 따라 일반 보병들은 경계 태세를 갖추며 본진 수비를 강화하느라 부산히 움직이고 있었고 이미 500의 기병들은 출병 준비를 끝내고 명령만을 기다리고 있었다.

"기병들은 나를 따르라!"

마라난타의 명령이 떨어지자 500여 명의 기병들은 일제히 소리를 지르며 달려나갔다. 그렇게 한참을 달려갈 때였다.

"어디서 공격을 하셨을 것 같나?"

"수송대의 행진 속도를 보아서는 호구빠에서 바이허 족으로 넘어가는 길목이 아닌가 싶습니다. 이곳에서 동쪽으로 50여 리 정도에 매복하기 좋은 언덕이 있습니다."

마라난타의 물음에 곁에 있던 부장 슈인아가 재빨리 대답을 했다.

"그곳으로 간다. 서둘러라!"

"옛! 장군!"

마라난타와 그를 따르는 기병들은 그들이 낼 수 있는 최대한의 속도로 말을 몰았다. 그들이 언덕에 도착한 것은 한 시진이 채 되지 않아서였다. 예상대로 아군이 공격을 한 곳이 이곳인 듯싶었다. 언덕 아래에는 수많은 시신들이 뒤엉켜 있었다. 시체의 대부분이 야우커우 족인 것을 보아 기습 공격은 틀림없이 실패였고 오히려 함정에 빠져 전멸한 것으로 보였다.

"역시 함정이었구나! 그렇다면 구유크 소족장님은? 빨리 소족장님을 찾아보도록 해라!"

병사들은 시체들을 뒤지며 한참 동안 구유크를 찾았다.

"시체 속에 소족장님의 시신이 안 보입니다. 아마도 탈출하신 듯합니다만……."

슈인아가 침울해 있는 마라난타에게 보고를 했다.

"그렇다면 아직 이 근처에서 적에게 쫓기실지도 모르는 일. 빨리 소족장님을 찾아라!"

"존명!"

하지만 그 일은 그리 쉽지 않았다. 야우커우 족의 기병이 이곳에 도착한 지 벌써 두어 시진이 지나고 동이 터오지만 구유크는 물론이고 적들의 모습조차 찾을 수 없었다.

"장군님! 아무리 수색해도 소족장님의 모습을 찾을 수가 없습니다. 게다가 적들의 모습도 보이지 않는 것을 보니 아마 생포당하신 듯합니다."

자신도 이미 그리 추측하고 있었지만 막상 슈인아의 말을 듣게 되자 추측은 확신이 되어버렸다. 마라난타는 크게 상심했다.

"허허, 족장님을 무슨 낯으로 뵌단 말인가! 본진으로 돌아간다. 가서 여러 장수들과 대책을 강구하는 수밖에."

야우커우 족은 올 때만큼이나 빨리 달렸다. 빨리 본진으로 가서 대책을 강구하려는 조급한 마음에 잠시도 쉬지 않고 말을 몰았다. 그들이 본진에 거의 도착할 무렵이었다. 아침 해를 등 뒤에 진 두 명의 사내가 말을 타고 천천히 길을 가고 있었다.

"형님, 우리 병사입니다. 저를 찾아 나섰던 모양입니다."

구유크가 뒤에서 달려오는 병사들을 보고 반색을 하며 소문에게 말을 했다. 하지만 소문은 듣는 둥 마는 둥 했다. 소문은 지금도 여전히 말고삐를 꼭 잡고 중심을 잡느라고 고생하고 있었다.

'휴! 이건 정말 어렵다. 출행랑을 다시 익히라면 익히겠지만 이건 아니다. 쪽팔리게…….'

생각외로 말을 탄다는 것은 쉽지 않았다. 게다가 막 생긴 동생이 보고 있는 데서 이렇게 헤매는 것도 창피하여 소문은 어떻게든 떨어지지만 말자는 생각에 온 정신을 집중하고 있었다. 당연히 구유크가 하는 말이 귀에 들어올 리 없었다.

급하게 달려오던 말들은 구유크가 있는 곳에 이르러 그 속도를 줄였다. 그리고 그 무리에서 두 명의 장수가 달려왔다. 마라난타와 슈인아였다. 마라난타는 구유크를 보더니 반색을 했다.

"오! 무사하셨군요. 다행입니다."

"장군을 뵐 면목이 없습니다. 저의 고집으로 테친무와 100여 명의 병사가 죽고 말았습니다. 제가 고집만 부리지 않았어도……."

"그게 무슨 말씀이십니까? 그들은 우리 부족을 위해 죽은 것입니다. 비록 안타깝기는 하지만 명예로운 일이지요. 그것보다 소족장님이 무사하시니 이보다 더 다행스러운 일이 어디 있겠습니까?"

"그리 말씀해 주시니 드릴 말씀이 없습니다."

구유크는 침울한 표정으로 말을 했다. 마라난타는 그런 구유크를 보다가 여전히 앞서 가고 있는 소문에게 시선을 던졌다.

"그런데 저기 앞에 가고 있는 분은 누구신지……?"

마라난타가 의아해하는 목소리로 구유쿠에게 묻자 구유크는 침울하던 안색을 풀고 밝은 목소리로 대답을 했다.

"저를 구해주신 분입니다. 활을 다루는 솜씨가 신기에 가까운 분이지요."

"허, 이렇게 고마울 데가 있나!"

"제가 오늘부터 형님으로 모시기로 했습니다."

"형님이라니요?"

마라난타는 구유크의 말에 깜짝 놀라 반문했다.

"저분은 중원으로 가서야 하는데 중원에 대해선 아는 게 백지와 같습니다. 해서 제가 도움을 드리기로 했습니다."

"그렇게 말씀하신다면야… 하지만……."

하지만 마라난타의 얼굴엔 약간의 불만이 서려 있었다. 그걸 눈치 못 챌 구유크가 아니었다. 그는 몇 마디를 더 추가했다.

"좀 전에 말했듯이 그의 활 솜씨는 신기에 가깝습니다. 우리 부족에 많은 도움이 될 겁니다."

그리곤 여전히 앞만 보고 말을 모는 소문을 큰 소리로 불렀다.

"형님! 형님!"

"왜?"

소문은 힘들게 말을 멈추더니 퉁명스럽게 대답을 했다.

"이분이 저희 부족의 대장군이십니다."

"소장은 마라난타라고 합니다."

소문은 시선을 돌려 구유크를 쳐다봤다. 그러자 구유크는 쓰게 웃으며 동시 통역을 시작했다.

"이분의 성함은 마라난타라고 합니다."

"을지소문이오."

"형님의 성함은 을지소문입니다."

"소족장님을 구해주신 점 감사드리오……."

"절 구해줘서 고맙답니다."

"아무것도 아니었다고 해라!"

"별말씀을 다 하신다고 합니다."

이렇게 한 다리를 건너서 하는 대화는 전달하는 사람도 힘들었지만 말을 하는 사람도 짜증이 나는 법이다. 몇 번의 말이 오가자 소문의 말이 점점 퉁명스럽게 변해가고 있었다. 구유크는 이쯤에서 끝내야겠다는 생각을 했다.

"인사는 이쯤하고 빨리 본진으로 가야겠습니다. 당한 만큼 바이허 족에게도 갚아주어야지요."

"알겠습니다. 병사들의 이동 속도를 조금 높이도록 하라!"

구유크의 말이 떨어지기가 무섭게 마라난타는 슈인아에게 명령을 내렸다.

"옛! 장군!"

슈인아는 병사들에게 달려가자 그때까지 멈추어 서 있던 병사들이 빠르게 이동을 하기 시작했다.

'빌어먹을 놈! 내가 잘 못 탄다는 것을 알면서도…….'

병사들의 말이 속도를 높이자 소문의 말도 덩달아 속도를 내기 시작했다. 지금 소문이 할 수 있는 것은 말 등에 납작 엎드려 떨어지지 않는 것뿐이었다. 하나 고개를 돌려 자신의 옆에서 말을 모는 구유크를 째려보는 것을 절대 잊지는 않았다.

잠시 후 본진에 도착한 구유크는 소문에게 하나의 천막을 마련해 주었다. 그다지 크지는 않았지만 천막 안의 장식하며 준비된 각종 도구들이 예사롭지 않았다. 그러나 소문에게 그런 것들은 전혀 쓸모 없는 것이었다. 소문은 자신의 뒤에 서 있는 구유크에게 말했다.

"이런 건 있어서 뭐 하냐? 난 그저 몸을 누일 자리와 밥만 있으면 된다. 밥이나 준비해 줘라. 배고프다."

소문이 놀라는 모습을 은근히 기대하고 있었던 구유크는 너무나 무심한 소문의 반응에 떨떠름한 표정을 지을 수밖에 없었다.

"이미 준비시켰으니 곧 나올 겁니다. 참, 형님에게 소개할 애가 있습니다. 들어오너라!"

구유크의 말이 끝나자 천막 안으로 한 명의 병사가 들어왔다. 키는 작고 얼굴 또한 요상하게 생긴 사내였다.

"우리 부족의 정보를 담당하는 첩보 조직에서 일하던 병사입니다. 중원의 말은 물론 조선 말까지 능숙하게 하니 형님이 곁에 두고 쓰십시오."

구유크는 고개를 돌려 그 병사에게 말했다.

"넌 이제부터 이분을 모신다. 생명이 다하는 날까지 충성을 다하여라!"

"모사드라고 합니다."

· 병사는 구유크의 말에 소문에게 다가오더니 무릎을 꿇고 인사를 했다.

"그래, 나는 을지소문이다. 그리고 이제부터는 내 앞에서 무릎은 꿇지 마라!"

"예, 장군!"

"미친놈! 어딜 봐서 내가 장군으로 보이냐?"

소문의 말에 병사는 적지 않게 놀랐다.

"그럼……?"

"내 이름은 소문이라니까. 그냥 이름을 불러라. 아니면… 너, 몇 살이냐?"

"예? 올해로 열아홉입니다만."

'헐! 생긴 건 완전히 아저씨고만… 쯧쯧! 얼마나 고생을 했길래…….'

"내가 너보다 나이가 많으니 지금부터는 날 형님이라 불러라."

소문은 고개를 숙이고 있는 모사드를 안쓰럽다는 듯이 바라보고는 부드러운 음성으로 말을 했다.

"헉! 제가 어찌 감히……."

모사드가 대답을 하지 못하고 어찌할 바를 모르자 구유크는 그런 모사드에게 부드럽게 말을 했다.

"그냥 말씀대로 따르거라. 어차피 너는 이제 우리 부족이 아닌 이분을 따라야 할 것이다."

"예, 알겠습니다."

구유크까지 나서서 그리 말하자 모사드는 황송하다는 듯이 대답을 했다. 이때부터 소문과 모사드의 동거는 시작됐다.

제7장

투(鬪)

투(鬪)

소문이 야우커우 족에 들어온 지 벌써 육 개월이란 시간이 흘렀다. 그동안 소문에겐 많은 변화가 있었다. 족장 회의를 마치고 온 구유크의 아버지이자 야우커우 족의 족장인 토타우를 만나 서로 인사를 주고받았고, 장수들로부터 하급 병사에 이르기까지 소문은 신분과 상관없이 많은 사람들과 친분을 맺었다.

할아버지와 단둘이 살던 소문은 처음엔 사람들을 만나고 사귀는 게 귀찮고 짜증도 났지만 점점 이런 생활에 익숙해지다 보니 오히려 소문이 더 적극적이 되어서 친구를 많이 사귀게 되었다. 당연히 까다롭고 퉁명스러웠던 소문의 성격도 많이 부드러워지고 냉랭하던 말투 또한 상당히 따뜻해졌다. 야우커우 족의 사람들은 이런 소문을 친근하게 대해주며 격의없이 지내고 있었다.

소문은 특히 모사드에게 많은 것을 배우고 있었다. 어차피 중원이 목표인만큼 하루라도 빨리 중원의 문물과 말을 익혀야 했다. 한데 중원의 말이라는 것이 장난이 아니었다. 말이면 그냥 말이지 무슨 조건들이 그리 많은지… 머리에 쥐가 날 정도였다. 특히 초성(初聲)이니 종성(終聲)이니 하는 것들은 아예 사람을 잡았다. 무슨 놈의 말이 높낮이가 다 다른 것인지 좀처럼 실력이 늘지 않았다.

결국 말이라는 것이 그리 쉽게 배워지는 것이 아님을 인정하고 천천히 배우기로 했다. 우선은 조선과는 전혀 다른 중원의 생활 양식을 배우기로 했는데 모사드는 나이에 맞지 않게 실로 많은 것을 알고 있었다. 하긴 15살 때부터 중원을 돌아다녔다니 그럴 만도 했다.

"…해서 지금 중원에는 두 개의 세상이 있습니다. 하나는 명이라는 황제가 다스리는 세상이 있고, 다른 하나는 무림인들이 생활하는 강호(江湖)라는 세상입니다."

모사드는 지금도 한참 중원에 대해 설명하고 있었다. 한데 소문에겐 지금까지의 말들은 어느 정도 이해가 됐지만 오늘 하는 말은 도무지 무슨 소리인지 알 수 없었다.

"그러니까 중원이라는 곳이 강호라는 나라와 명이라는 나라로 구분된다?"

"강호는 나라가 아니라 명나라 안에 있는 다른 삶을 사는 사람들의 세상입니다."

"그러니까 나라 안에 나라가 있다는 거 아냐? 신기한 곳일세."

"그게 아니라 강호라는 것은 나라가 아니라 명이라는 나라 안에서 무림인들이 살아가는 것을 보고 일컫는 말입니다."

"음, 그래. 명나라 안에 무림인들이 강호라는 것을 세웠군? 그리고 소림사가 그곳의 최고 문파겠지?"

모사드는 슬슬 짜증이 났다. 아무리 명이라는 나라와 강호의 차이를 설명해도 소문은 딴소리만 해대고 있었다.

'휴~ 하긴 조선에서 오셨으니 무리도 아니지…….'

"너, 지금 한숨 쉬는 거냐?"

모사드가 나직이 내쉰 한숨을 어찌 알았는지 소문이 날카롭게 째려 봤다. 그런 소문의 눈초리에 순간 당황한 모사드는 재빨리 변명을 했다.

"아닙니다. 한숨이라니요."

"흠… 아니면 됐고."

모사드는 떨리는 마음을 진정시키며 다시 소문에게 설명을 하기 시작했다.

"강호라는 것은 나라라는 개념이 아닙니다. 음, 그렇군요. 그냥 무림인들끼리 서로 얽히고 설켜서 만들어낸 상황을 다 강호라고 하면 되겠지요. 간단히 말해 무림인이 있는 곳은 다 강호라고 생각하시면 됩니다. 여기에 무림인이 있다면 여기가 강호가 되는 것이고, 조선에 무림인들이 있다면 그곳도 강호가 되는 것입니다."

그제야 소문은 강호라는 곳이 어떤 곳인지 어렴풋이 느껴졌다.

"흠, 그래? 그럼 내가 중원에 가면 난 강호인이 되는 것이구만!"

"예! 바로 그것입니다."

소문이 이제야 이해를 하자 모사드는 환한 웃음을 지었다. 그때 소문의 천막으로 한 사람이 들어왔다.

"어서 와라! 웬일이냐?"

소문이 담담하게 말하자 안으로 들어온 구유크는 싱긋 웃으며 대답했다.

"어떻게 공부는 잘 되십니까?"

"휴… 말도 마라. 뭔 놈의 세계가 그리 복잡한지……."

"하하하! 중원이 좀 그렇지요."

소문이 고개를 절레절레 흔들자 그 모습을 본 구유크가 크게 웃었다.

"웃지 마라! 근데 웬일이냐?"

"웬일은요. 그냥 형님 뵙고 싶어서 왔는데……."

"헛소리하지 말고, 내 눈칫밥이 20년이다. 무슨 일이야?"

소문이 재차 묻자 어두운 얼굴을 한 구유크는 천천히 그 이유를 말했다.

"그동안 잠시 멈추었던 전쟁이 다시 시작될 듯싶습니다. 저도 참여하게 되었는지라 당분간 인사를 못 드릴 것 같습니다. 해서 인사를 하러 왔습니다."

"흠, 그래? 어쩐지 요새 공기가 영 안 좋더니만 언제 떠나는데?"

소문이 어두운 기색으로 물었다.

"예. 아마도 내일 떠날 듯싶습니다. 저들이 이곳에서 100여 리 떨어진 미타산(彌咤山)엔 진지를 만들었으니. 아마도 저희는 마주 보는 마불산(磨佛山)에 진을 칠 것 같습니다."

"그래, 이길 자신은 있고?"

"물론입니다. 비록 병사의 수는 부족하지만 저희 부족의 병사들은 다 일당백의 용사입니다. 이기는 건 당연하죠."

구유크는 무슨 소릴 하느냐는 듯이 가슴을 펴고 자신감을 내뿜었다.

"그래? 암튼 몸조심하고 조심해서 다녀와라."

"예, 형님. 그럼 전 이만 가보겠습니다."

구유크는 조용히 인사를 하고 물러갔다. 하지만 그런 구유크를 보는 소문의 마음은 영 편치 않았다.

"진짜 이길 수는 있는 것이냐?"

소문은 혹시나 하는 마음에 옆에 서 있는 모사드에게 넌지시 물었다. 모사드는 어두운 낯빛으로 대답을 했다.

"저희 부족의 전사가 용맹하다는 건 전 여진족이 알고 있습니다. 하지만 바이허 족 또한 용맹하지 않은 자가 없고, 특히 저희보단 병력에서 압도적인 우위를 보이는지라 승리를 장담하기 어렵습니다."

"흠! 그렇군."

모사드의 대답을 들은 소문은 눈을 감고 깊은 생각에 잠겼다. 모사드는 그런 소문을 방해하지 않기 위해 옆에서 조용히 시립하고 있었다.

한편 족장인 토타우의 막사에서는 야우커우 족의 모든 장수들이 모여 회의를 거듭하고 있었다. 토타우를 중심으로 좌우에 앉아 있는 장수들의 얼굴엔 비장함이 서려 있었다.

"바이허 족은 그 병력이 일만에 이르고 기병의 수는 삼천이나 됩니다. 한데 저희는 병사 오천에 기병이 천오백에 불과하니 힘든 싸움이 될 듯싶습니다."

얼굴에 커다란 칼자국이 있는 장군 이만주가 걱정스런 말투로 토타우에게 말하자 대장군인 마라난타가 버럭 화를 냈다.

"무슨 소릴 하시는 게요. 전쟁은 병력의 수로 하는 것이 아니오. 비록 우리가 병력 수가 적다고는 하나 모두 용맹한 전사들이니 미리 겁을 먹을 필요는 없소."

"겁을 먹다니요? 전 다만 그렇다는 것이지……."

마라난타의 호통에 이만주는 슬쩍 말꼬리를 내렸다.

"아아, 그만 하시오. 우리가 여기 모인 것은 앞으로 있을 싸움에 대비코자 함이지 서로 다투자는 것이 아니니 그만 다투시고 방법이나 논의해 보십시다."

"방법이 무에 있겠습니까? 한달음에 달려가 공격을 하든지 아니면 기회를 봐서 기습을 하면 되지 않겠습니까?"

"우선 수비를 견고히 하며 적의 후방을 교란함이 어떠신지요?"

토타우의 말에 여러 장수들이 저마다 자신의 의견을 냈지만 딱히 좋은 방법이 있는 것은 아니었다.

"바이허 족의 족장인 아비타는 그 용맹함은 말할 것도 없고 지략도 몹시 뛰어난 자라 합니다. 섣불리 덤벼들었다간 큰 낭패를 볼 수 있습니다. 해서 우선은 진지를 견고히 하고 약점을 노리는 것이 옳을 줄 압니다. 적들이 미타산에 진을 치고 있으니 저희도 평지를 피해 마불산이나 우민산(牛岷山)에 진지를 마련하고 적의 동태를 살피는 것이 좋을 듯합니다."

장수들의 의견이 중구난방(衆口難防)으로 갈리자 보다 못한 노장군 우띠가 나서서 의견을 내놓았다. 그러자 대장군 마라난타도 한 소리 거들었다.

"소장도 그게 가장 좋은 방법이라 생각합니다. 우선은 적의 약점을 파악하는 것이 중요하겠지요. 하나 마불산은 진지를 구축하기에 너무 낮으니 미타산과 높이가 비슷한 우민산에 진지를 구축하는 것이 좋으리라 생각합니다."

토타우는 우띠와 마라난타의 의견을 따르기로 했다.

"그럼 즉시 우민산에 진지를 마련하고 적의 동태를 살피도록 하시오!"

토타우가 엄숙한 목소리로 명을 내리자 모든 장수가 읍을 하고 각기 자신의 부대로 돌아갔다.

잠시 후 본진의 모든 병사들이 출전 준비를 마치자 마라난타는 노장군 우띠와 함께 마상에서 전령을 내렸다.

"지금 바이허 족의 병사들이 우리들의 코앞까지 쳐들어왔다. 토타우 족장님은 나에게 너희들을 거느리고 쳐들어오는 바이허 족에 대항하라 하셨다. 이에 나는 너희들에게 곧 출병을 명할 것이다. 한 사람이라도 태만하는 자가 있다면 군령에 의해 엄히 다스릴 것이다. 그리고 옆에 계신 우띠 장군께서 좌군을, 중군은 족장님이 이끄실 것이며 나는 우군을 이끌고 선봉에 설 것이다. 또한 모든 명령은 각 부관들을 통해 전달할 것이다. 명심하여 군령을 따르도록 하라. 추호도 거스름이 없어야 할 것이다. 만약 이를 어기는 자가 있다면 엄벌을 면치 못할 것이다!!"

모든 병사들이 손을 들어 맹세의 서약을 했다.

"자아… 출전이다. 가자! 가서 우리의 힘을 보여주자!"

"와아!!"

"야우커우 족 만세!!"

병사들은 일제히 창과 칼, 활을 들고 소리를 지르며 대장군 마라난타를 따라 본진을 벗어나기 시작했다.

소문도 멀리서 그 소리를 듣고 있었다. 소문은 잠시 침묵을 지키다가 옆에 서 있는 모사드에게 말을 했다.

"너도 준비해라."

"예? 준비라 하시면……."

모사드가 의도를 몰라 반문하자 소문은 천천히 몸을 움직이더니 침대 위에 놓여 있는 철궁을 집었다.

"우리도 간다. 그러니 준비를 해라!"

"예, 형님."

소문의 말을 알아들은 모사드는 재빨리 대답을 했다. 그리고는 간단한 식량과 무기를 챙겨왔다. 모사드는 단검을 잘 쓰지만 소문과 마찬가지로 활을 주무기로 삼았다. 활을 들고 나오는 모사드를 보던 소문이 씨익 웃었다. 모사드도 그런 소문에게 멋쩍은 웃음을 보였다.

"구유크는 언제 움직이지?"

"족장님은 중군을 이끄시지만 소족장님은 아마도 대장군님과 함께 선봉에 계실 겁니다."

"그래? 그럼 서둘러야지. 가자!"

소문과 모사드는 천막을 나왔다. 모사드는 천막 밖에 이미 두 마리의 말을 세워 두었다. 하지만 그걸 보는 소문의 낌새가 영 이상했다.

"너나 타라."

"예?"

"난 안 타고 갈 테니까 너나 타라고……."

소문이 퉁명스럽게 말을 하자 모사드는 황당하다는 듯이 되물었다.

"어찌 말을 쫓아온다 하십니까? 서툴러도 타시는 게 빠를 겁니다."

"싫어… 내 걱정 말고 빨리 말이나 몰고 출발해!"

소문의 최대 약점! 그것은 여전히 말을 타지 못한다는 것이다. 이곳에 온 지 벌써 육 개월이나 지났고 발에 치이는 게 말이었다. 소문은 매일같이 말을 타려고 노력했지만 도저히 그 실력이 늘지 않았다. 일신에 엄청난 실력을 지닌 소문이지만 이상하게 말만 타면 힘이 쪼옥 빠지고 겁부터 나서 말 안장에 납작 엎드리기 일쑤였다. 이러하기를 수십 차례. 마침내 소문은 말 타는 것을 아예 포기하고 말이라고는 두 번 다시 쳐다보지 않았다.

'으이구! 저 고집… 에라, 모르겠다.'

모사드는 힘차게 고삐를 당겼다. 앞발을 한 번 높이 쳐든 말은 쏜살같이 뛰어 나갔다. 얼마나 달렸을까…….

'앗차! 형님……?'

모사드는 아차 하는 심정으로 뒤를 바라보았다. 하지만 그는 곧 자신의 눈을 의심해야 하는 광경을 목격하게 되었다. 보이지도 않을 것 같았던 소문이 바로 뒤에서 태연하게 걸어오는 것이 아닌가? 그렇다고 빨리 발을 움직이는 것도 아니고 어기적거리면서도 자신의 말을 용케 따라오고 있었다.

"야! 먼지 좀 그만 내라. 목 아프다……."

먼지를 그만 내라니? 깜짝 놀라 눈을 비비고 있는 모사드를 보며 하는 말치고는 정말 멋대가리 없는 소리였다.

"예? 아, 예……."

모사드는 고개를 절레절레 흔들며 다시 말을 몰았다. 자신의 머리론 도무지 이해가 안 가는 인간이었다.

소문이 우민산에 도착했을 때는 선봉인 우군뿐 아니라 어느새 좌군도 도착해 진영을 구축하느라고 정신이 없을 때였다. 나무를 잘라 목책을 세우고 땅을 판 뒤 작살을 심었다. 혹시 모를 적의 기습에 대비해 산 아래에도 수십 명의 척후병을 내보냈다. 그들은 적의 기습을 감시하는 것뿐 아니라 적진 깊숙이 침투하여 적의 동태도 살펴 보고를 하는 임무도 띠고 있었다.

토타우가 중군을 이끌고 우민산에 온 것은 해가 지고 나서였다. 우민산에 도착하자마자 토타우는 장수들을 한데 불러모았다.

"그래. 적군의 움직임은 어떠하오?"

"예. 적들은 맞은 편에 있는 미타산에 저희와 마찬가지로 진영을 구축했습니다. 가끔 몇몇 기병이 이곳으로 다가와서 정탐을 하고 가기는 하지만 아직 특별한 움직임은 보이지 않고 있습니다."

마라난타가 토타우의 질문에 간단하게 대답했다.

"적들을 어찌 공격할지는 생각해 보았소?"

"계속 정탐을 하고 있지만 서로 간에 척후병이 사방에 뿌려져 있어 기습은 불가능할 것 같습니다."

"흠, 그렇다면 결국 정면 승부 밖에 없다는 것인데… 가능하겠소?"

"물론입니다. 충분히 승산이 있습니다."

마라난타는 강한 자신감을 보였지만 토타우는 그렇지 못했다.

"인정하기는 싫지만 솔직히 수가 너무 부족하다고 느끼오."

"예. 보병이 오천이나 부족한 것은 그다지 상관이 없지만 문제는 기병입니다. 만약 저희들의 기병이 밀린다면 적들의 기병이 우리의 보병을 유린하는 것은 문제가 아닙니다. 하나 잠시 동안만이라도 기병을 붙잡아둘 수 있다면 승리하는데 어려움이 없을 것입니다."

대답을 한 우찌 장군도 마라난타만큼이나 자신감을 보이기는 했다. 하지만 적의 기병을 막기엔 아군의 기병 수가 너무 적었다.

"족장님, 너무 심려하지 마십시오. 비록 저희 기병의 수가 적다고는 하지만 아예 없는 것은 아닙니다. 목숨을 버릴 각오로 싸운다면 그까짓 적은 막아낼 수 있습니다."

이제까지 조용히 말을 듣던 아고르가 결의에 찬 목소리로 대답을 했다. 하나 토타우의 굳은 안색은 펴지질 않았다.

"전면전보다 방어에 치중을 하면 어떠하겠는가?"

한참을 침묵하던 토타우가 조심스럽게 말을 했지만 돌아오는 장수들의 반응은 격렬했다.

"말도 안 됩니다. 비록 열세이기는 하지만 싸워야 합니다. 집 안으로 쳐들어온 도적에게 마당을 내주고 방 고리만 잡고 있으면 천하의 웃음거리가 됩니다. 죽을 때 죽더라도 싸워야 합니다."

"계속해서 수비만 하다 보면 주변의 작은 부족들이 그들에게 붙을까 염려됩니다. 선택의 여지는 없습니다. 싸우다 저들이 죽든 우리가 죽든 결말을 봐야 합니다!"

밤을 세워가며 회의를 거듭했지만 결국 결론은 하나였다. 전면전이었다.

한편 미타산에 진을 치고 있는 바이허 족도 회의를 거듭했다. 이들은 야우커우 족과는 반대의 문제로 고심을 하고 있었다.

"비록 보병의 수가 오천이 많다고는 하나 그들 대부분이 이곳으로 오며 점령한 마을이나 부족의 병사들입니다. 실질적인 바이허 족의 용사는 이천에 불과합니다. 저희가 믿을 것은 순수 바이허 족으로 이루어진 기병뿐입니다. 최대한 저들의 기병을 빨리 뚫고 보병을 지원하지 않으면 오히려 보병의 지원을 받은 적들의 기병에게 밀릴 수가 있습니다."

바이허 족의 기병을 맡고 있는 장군 포장유의 설명이 끝나자 호피가 덮여 있는 의자에 깊이 몸을 묻었던 아비타가 천천히 입을 열었다.

"결국, 이번 싸움은 우리의 기병이 얼마나 빨리 적들의 기병을 제압하느냐에 있군! 물론 저들은 최대한 버티는데 있겠고… 역시 부족의 모든 병사를 동원했어야 했나? 아니야… 이 정도면 충분할 것이야. 난 우리 병사들을 믿는다!"

"그렇습니다, 족장님."

"그런데 저들이 과연 전면전을 하려 할지 의심스럽습니다."

포장유의 옆에 앉아 있던 테레곤이 고개를 갸웃거리며 말을 했다. 아비타는 그런 테레곤을 보며 싱긋 웃었다.

"족장 단독이라면 모를까, 다른 장수들이 절대적으로 전면전을 주장할 게야. 특히 대장군 마라난타는… 아무리 족장이라도 장수들의 의견을 무시할 수는 없지. 아무튼 조만간 반응이 오겠지……."

바이허 족의 족장 아비타의 확신은 정확했다. 다음날 야우커우 족은 모든 병력을 이끌고 우민산과 미타산 사이에 있는 평원으로 내려왔다.

"훗, 역시! 그렇다면 우리도 가만히 있을 수는 없지. 전군은 이동을 실시한다. 저들을 맞을 준비를 하라!"

야우커우 족이 평원으로 내려왔다는 소식을 들은 아비타는 먹고 있던 아침을 치우고 부장에게 명령을 내렸다.

마침내 50여 장의 거리를 두고 두 부족의 병사들이 마주 보게 되었다. 양측의 주력인 기병은 모두 일반 병사 뒤에서 호시탐탐 적의 허점을 엿보고 있었다.

움직임은 바이허 족에서 먼저 시작됐다. 전투 개시를 알리기 전에 바이허 족의 선봉 장군인 테레곤이 병사들을 격려했다.

"병사들이여, 드디어 기다리고 기다리던 기회가 찾아왔다. 수적으로 불리한 적들이 이제 너희들의 눈앞에 있다. 지금까지 많은 전투에서 족장님에게 용맹을 보여주었듯이, 내 앞에서도 그런 용맹함을 보여달라. 우리의 위대한 족장님은 비록 여기엔 안 계시지만 우리의 바로 뒤에서 모든 것을 보고 계신다. 자, 가자! 전군 진격하라!!"

"와!! 아!!"

"가자!"

바이허 족의 병사들은 테레곤의 명령이 떨어지자 일제히 공격을 시작했다. 무기도 제각각이라 창이며 검이며 심지어는 도끼를 무기로 들고 나선 이도 있었다. 그런 적들을 보는 마라난타의 눈은 냉정하게 빛났다.

"우리는 비록 적보다 그 수에서 부족하기는 하지만 저들은 다 오합지졸이다. 너희 자신을 믿어라. 죽고자 하는 사람은 반드시 살 것이다. 살아서 만나자. 전군!! 공격하라!!"

"와!"

"죽여라!"

"야우커우 족에게 영광을!!"

마라난타의 말이 끝나자 야우커우 족의 병사들도 일제히 무기를 들고 적을 향해 달려나갔다. 하지만 그들은 바이허 족처럼 무질서하지 않았다. 병사들의 맨 앞 열에는 주로 검이나 도를 든 병사들이 나섰고 그 뒤를 긴 창을 든 병사들이 따랐다. 또한 뒤에서는 궁수들이 활을 쏘며 지원 사격을 하였다. 바이허 족의 예봉은 여지없이 꺾이고 말았다. 잠시 동안 이루어진 접전에서 그 우위는 확연하게 드러났다. 바이허 족의 병사들은 속절없이 밀리고 있었다.

그것을 보는 야우커우 족 본진의 장수와 병사들은 크게 함성을 지르며 기세를 올렸다.

"역시 보병은 힘들군. 포장유?"

"여기 있습니다, 족장님!"

"가서 쓸어버려라! 그리 할 수 있겠지?"

"맡겨주십시오!"

"지켜보겠다……."

아비타의 명령을 받은 포장유는 삼천의 기병을 이끌고 전장을 향했다.

"오는군. 아고르! 우리의 목숨이 장군 손에 달렸소. 최선을 다해주시오!"

바이허 족에서 기병들이 쏟아져 나오자 토타우는 보병들의 전투를 지켜보던 기병대장 아고르에게 선전을 당부했다.

"조그만 버텨주면 보병들이 곧 지원을 갈 수 있을 것이오. 그때까지만 버티면 우리는 이기오. 장군, 믿겠소이다!"

"염려 마십시오. 죽음으로 막아내겠습니다!"

자신의 투구를 챙겨주며 당부하는 노장군 우띠에게 가볍게 목례를 하고 토타우에게 군례를 취한 아고르는 자신을 기다리는 기병에게 달려갔다.

"우리는 오늘 여기에서 죽는다. 살려는 생각 따위는 하지 말자. 하지만 우리는 승리한다. 우리의 자손들은 우리의 죽음을 절대 잊지 않을 것이다. 명예로운 죽음이다. 영광으로 생각하자! 전군, 나를 따르라!"

그런 아고르와 기병들을 보던 우띠는 토타우에게 군례를 취하며 말했다.

"그럼 소장도 나가보겠습니다."

"부디 몸조심하시구려!"

자신을 염려하는 토타우를 뒤로하고 우띠는 출병의 명령을 내렸다.

"지금 적의 기병이 나타났다. 우리의 기병들도 적을 막기 위해 나섰지만 양쪽을 다 막아주지는 못한다. 하지만 우리가 죽을힘을 다한다면 나머지 한쪽도 막을 수 있을 것이다. 그렇게 잠시만 버티면 곧 우리를 도우러 병사들이 올 것이다. 최선을 다하라.”

결국 전면전을 택할 수밖에 없었던 야우커우 족의 작전은 간단했다. 중앙은 마라난타를 수장으로 하는 우군과 좌군이 맡고, 좌측으로 돌아오는 기병은 기병대장 아고르가, 우측으로 돌아오는 기병은 우띠 장군이 특별히 편성한 장창 부대가 막기로 했다. 그리고 토타우가 이끄는 중군은 그 뒤를 받치기로 되어 있었다.

비록 장창 부대가 막는 곳이 약하기는 하지만 조금만 시간을 끌어준다면 틀림없이 성공할 수 있는 작전이었다. 비록 수는 적지만 압도적인 전투력을 자랑하는 보병이 있기에 가능한 작전이었다.

하지만 이런 그들의 생각을 비웃기라도 하듯이 바이허 족의 기병은 양쪽이 아닌 좌측으로만 기병을 집중시켰다. 삼천 대 천오백의 전투가 벌어졌다.

“아뿔싸! 당했다. 장창 부대는 나를 따르라!”

우띠 장군이 우측에 몰려 있는 병력을 급히 몰아 좌측으로 이동을 시키려고 하였지만 그 거리가 만만치 않았다. 어느새 야우커우 족의 기병은 바이허 족의 기병에 포위가 되어버렸다.

“당황하지 마라! 정신을 차리고 적을 보라. 뭉치면 살고 흩어지면 죽는다. 중앙으로 모여 전열을 정비하라!”

아고르는 자신들에게 집중되는 적의 기병에 당황을 했지만 재빨리 정신을 수습하고 병사들을 진정시키고자 이리저리 뛰며 부산하게 움직였다. 목이 터져라 외치는 아고르의 말도 다 허사였다. 압도적인 병력에 기가 꺾인 야우커우 족의 기병들은 어찌 손쓸 틈도 없이 순식간에 무너져 내렸다. 그것을 바라보는 토타우나 다른 장수들은 안타까움에 가슴을 쳤다. 특히 중앙 전투를 지휘하며 적을 거의 다 섬멸하고 있던 대장군 마라난타의 마음은 더욱 그러했다.

'장군! 조금, 조금만 버텨주시구려! 장군이 무너지면 끝이오!'

"빨리 적을 전멸시켜라. 승리가 눈앞이다!"

마라난타는 병사들을 더욱 독려했다. 하지만 자신들의 기병이 몰리는 상황을 보자 보병의 사기도 많이 떨어져 적을 베어가는 속도가 현저히 느려지고 말았다. 상황은 절망적이었다. 이제 잠시 뒤면 우군의 기병을 물리친 적의 기병에 의해 보병마저 유린당할 최대의 위기가 다가오고 있었다.

누구나 야우커우 족의 패배를 예상하고 있을 때 조용하지만 커다란 하나의 움직임이 있었다.

"화살······."

소문은 모사드가 전해주는 화살을 철궁의 시위에 걸었다.

'살인만큼은 하고 싶지 않았는데··· 후! 이렇게 해서 나도 강호인이라는 게 되는 것인가?'

소문은 쓴웃음을 짓고는 목표를 찾았다. 뱀을 잡더라도 머리부터 잡는 법! 싸움에선 당연히 적의 장수부터 치는 것이 기본이었다.

'저놈!'

소문의 눈에 백마를 타고 장창을 휘두르며 영 신경을 거스르는 장수가 보였다. 일견해도 적의 기병을 이끄는 장수임에 틀림없었다.

핑!

"화살······."

핑!

"화살⋯⋯."

소문의 손이 점차 빨라지기 시작했다. 모사드는 아예 소문의 옆에서 품 안 가득 화살을 안고 서 있었다. 지금 모사드는 하나의 기적을 보고 있었다.

'헐, 어찌 인간이 이리도 화살을 빨리 날린다는 것인가⋯⋯.'

화살을 날리는 소문의 팔 동작은 아예 눈에 보이지도 않을 정도로 빨랐다.

화살은 소리없이 100여 장을 날아가 목표에 정확하게 적중되기 시작했다.

"하하하!! 조금만 더 힘을 내거라! 적은 이미 우리 안에 갇힌 돼지 꼴이 되고 말았다. 족장님이 보고 계신다! 크헉!!"

한쪽으로 기병을 집중한 자신의 의도가 정확하게 맞아 들어가자 의기양양하여 병사들을 독려하던 포장유는 갑자기 자신의 목에서 터져나오는 아픔에 정신을 차릴 수 없었다.

"이⋯ 거⋯ 시⋯⋯!"

하지만 이것은 단지 시작에 불과했다.

"크헉!"

"억!"

"히히히!"

동시다발적으로 비명이 울리고 삽시간에 십여 명의 기병이 말에서 굴러 떨어졌다. 하나같이 부대를 지휘하는 장수 급 이하 부장들이었다. 순식간에 장수들을 잠재운 화살이 이번에는 일반 병사에게까지 날아왔다. 소리도 없이 빠르게 날아오는 화살에 병사들은 하나둘 쓰러지기 시작했다.

"지원군이 왔다. 힘을 내라! 공격!!"

어찌된 영문인지는 몰랐지만 적들의 진영에서 갑자기 동요가 일어나자 아고르는 병사들에게 소리쳤다. 상황은 급변했다. 수적으로 압도하던 바이허 족의 기병은 모든 지휘자를 잃고 또한 어디서 날아오는지도 모르는 화살에 동료들이 속속 쓰러지자 크게 당황했다. 게다가 포위되어 일방적으로 살육당하던 야우커우 족의 기병마저 힘을 내며 공격을 하자 바이허 족의 기병은 급격히 무너져 내리기 시작했다.

"저… 저저… 저!"

본진에서 이를 지켜보던 아비타는 조금 전까지의 여유를 잃어버리고 자리에서 벌떡 일어났다.

"저놈은 누구냐?"

화살을 날리는 소문에 대해 아는 사람은 아무도 없었다. 그때 뒤에서 한 장수가 아비타 앞으로 나오더니 조심스레 말을 했다.

"지난번 적의 소족장을 놓칠 때 신에게 부상을 입힌 청년 같습니다."

타루였다. 소문에게 두 대의 화살을 어깨에 맞고 기절했던 수송 부대의 책임자 타루였다.

"허! 저런 활 솜씨를 가진 자가 세상에 있다니… 눈으로 보면서도 도무지 믿기지가 않는구나."

"족장님, 감탄만 하실 때가 아닙니다. 이러다가 기병들이 전멸이라도 한다면……."

타루는 다급하게 말을 했지만 아비타는 그런 그를 보며 힘없이 말했다.

"이 전쟁은 이미 끝났다. 한번 사기가 꺾이면 걷잡을 수 없는 법이

거늘… 적은 저 청년으로 인해 그 죽었던 사기를 다시 살렸지만 우리는 방법이 없다. 이미 진 전쟁이다. 철군한다! 하지만 정말 무섭군! 단한 명의 궁사가 전쟁의 승패를 바꾸다니…….”

“전군 퇴각하라!!”

본진에서 퇴각의 나팔이 울리고 각 부장들이 뛰어다니며 퇴각을 명령했다. 이미 전의를 상실한 바이허 족은 허겁지겁 뒤로 물러났다. 하지만 야우커우 족은 조금도 사정을 봐주지 않았다. 그때부터 일방적인도살이 시작됐다.

“허허! 이런 치욕을…….”

물러나는 아비타의 입에서 절로 탄식이 터져 나왔다. 지금까지 단한 번의 패배도 없던 그였다. 이를 악문 아비타는 소문을 잠시 동안 쳐다보고는 천천히 몸을 돌렸다. 소문도 더 이상의 활을 쏘지 않고 있었다.

전쟁은 야우커우 족의 승리로 막을 내렸다. 공격했던 바이허 족은 보병은 거의 전멸하고 기병만 500여 기가 살아서 돌아갔다. 하지만 야우커우 족도 만만치 않은 피해를 입었다. 약 2000여 명의 보병과 1200여명의 기병을 잃었다. 보병은 적의 피해를 감안한다면 그다지 큰 피해를본 것은 아니지만 1500을 헤아리던 기병 중 살아남은 기병의 수가 고작 300이었다. 거의 궤멸이라 해도 과언이 아니었다. 그나마 소문의 도움이 없었다면 절대 살아남지 못했을 병사들이었지만…….

“가자.”

“예, 형님!”

장수들과 병사들이 승리의 기쁨을 만끽하고 있을 때 소문은 천천히몸을 돌려 자신의 천막으로 돌아가려 했다. 그런 그를 다급하게 부르는 소리가 있었다.

"형님!!"

소문이 고개를 살짝 돌려보니 구유크가 말을 몰아 자신에게 급히 달려오고 있었다.

"무사했구나!"

"형님! 형님 덕에 살았습니다."

"난 또······."

구유크의 말에 살짝 미소를 짓는 소문이었다.

"형님, 저쪽으로 가시지요. 아버님과 여러 장수들이 기다리고 계십니다."

구유크는 소문의 팔 소매를 붙잡고 그를 이끌며 말을 했다. 하지만 소문은 이번에도 담담하게 웃을 뿐이었다.

"나중에··· 지금은 피곤하구나!"

"그래도······."

"나중에 보도록 하자. 난, 간다······."

구유크는 잔뜩 아쉬운 얼굴을 했지만 더 이상 소문을 붙잡지는 않았다. 대신 떠날 준비를 하는 모사드에게 한마디를 했다.

"형님 잘 모시고 가라! 너도 수고했다."

모사드는 대답대신 허리를 굽혀 인사를 했다.

"가자!"

"네, 형님."

소문과 모사드는 올 때와는 다르게 천천히 걸어갔다. 소문은 자신이야 그렇다 쳐도 모사드까지 말을 타지 않는 게 이상해서 물어보았다.

"왜 안 타는 것이냐?"

"그냥요……."

소문의 물음에 모사드는 씩 웃으며 대답했다.

"미친놈!"

모사드를 보며 소문도 같이 웃어주었다.

하지만 이런 분위기는 소문과 모사드가 전장터를 벗어난 지 채 한 시진이 안 되어서 깨지고 말았다.

자신들이 이곳으로 올 때만 해도 멀쩡했던 마을이 지금은 큰 불이 났는지 연기가 치솟고 사람들이 어수선하게 움직였다. 소문과 모사드는 이상한 생각에 재빨리 마을로 뛰어갔다. 마을은 불타고 있었고 사람들은 울부짖으며 뛰어다녔다. 그런 마을 사람들을 쫓아가며 포박하는 사람들이 있었다.

"저것들이!"

소문이 그런 모습에 화를 내며 달려가려 하자 모사드는 소문의 손을 급히 잡았다. 소문이 그런 모사드를 의아하다는 듯이 쳐다보자 모사드는 잡았던 손을 놓고 조용히 말했다.

"야우커우 족 병사입니다."

"뭐야? 그들이 무슨 이유로 마을에 불을 지르고 사람들을 잡아가는 것이지?"

소문의 언성이 점점 높아졌다.

"이유는 잘 모르겠지만 저들 중에 바이허 족에게 협조를 한 사람이 있는 듯합니다. 아마도 이 근처의 마을은 거의 똑같은 상황일 겁니다."

"그럼, 그 사람만 잡아가면 되지 마을을 불태우고 사람들은 전부 다 잡아갈 필요는 없잖아? 만약 저들 중에서 바이허 족에게 협조한 사람을 찾지 못하면 저들은 어찌 되는 것이냐?"

"아마… 모르긴 몰라도 다 죽이거나 노예로 부릴 겁니다."

대답을 하는 모사드는 갑자기 몸에서 한기가 느껴졌다. 그리고 그 이유는 금방 알 수 있었다. 소문의 몸에서 엄청난 살기가 뿜어져 나오고 있기 때문이었다. 모사드는 숨을 쉴 수가 없었다.

"빨리 가자!"

소문이 살기를 거두고 달려가자 그제야 살기의 압박에서 벗어난 모사드는 크게 심호흡을 하고 말에 올라탔다. 어느새 소문의 신형은 모사드의 시야에서 사라지고 있었다.

본진으로 돌아온 소문이 제일 먼저 발견한 것은 이미 죽어 시체가 되어 있는 100여 명의 사람들과 앞으로 시체가 될 200여 명의 마을 주민들이었다. 그들은 하나같이 겁에 질려 울부짖고 있었으며 병사들은 칼을 들고 기세등등하게 서 있었다. 특히 마을의 젊은 여자들은 따로 끌려가는 것을 보니 죽이지는 않더라도 흉한 꼴을 당할 것이 분명했다.

소문은 마을 사람들이 죽어가는 공터 바로 위에 차려진 술자리를 발견하고 그곳으로 발걸음을 옮겼다. 병사들은 그런 소문을 보고 제지하기는커녕 크게 반기며 인사를 했다. 소문이 그곳에 도착했을 때는 벌써부터 얼굴이 벌건 장수가 꽤 있었다. 소문은 그들을 보고 꽤 오래전부터 술자리가 벌어졌음을 짐작할 수 있었다.

"오! 어서 오시오, 을지 소협!!"

제일 먼저 소문을 발견한 우띠가 반가이 맞으며 자리를 권했다. 그제야 소문을 본 여러 장수들과 족장 토타우는 크게 반색을 하며 아는 체를 했다.

"자네가 아니었으면 꼼짝없이 죽을 뻔했네그려. 어서 앉게! 뭣들 하시오! 어서 을지 공자를 자리에 모시지 않고……."

토타우는 특히나 소문을 반겼다. 처음에는 자신의 아들을 구하더니 이번에는 자신과 야우커우 족을 구한 은인이 아니던가? 하나 소문은 아무 말도 하지 않고 서 있을 뿐이었다. 뭔가 이상한 느낌이 든 토타우는 은근하게 그 까닭을 물어보았다.

"왜 그러는가? 이 자리가 마음에 들지 않는가? 아니면 무슨 문제라도……."

"밖에 있는 사람들을 보았습니다……."

비로소 토타우는 소문이 왜 저리 경직되어 있는지를 어렴풋이 느낄 수 있었다.

"그들 중에는 바이허 족에게 협조를 한 사람이 있네."

"하지만 그것이 마을 사람 전부가 죽을 이유는 되지 않습니다. 설령 몇몇이 그런 일을 했다하더라도 이미 전쟁은 끝나지 않았습니까? 저들을 풀어주시지요."

그런 소문을 보고 있는 토타우는 마음속으로 슬그머니 웃음이 나왔다.

'후후! 귀신 같은 활 솜씨를 지녔다지만 마음은 여리구만! 하하하!!'

토타우는 이미 소문의 말을 들어주리라 마음먹었다. 어차피 전쟁은 끝났고, 마을 사람들을 살려달라는 청을 하는 사람이 다름 아닌 소문이었다. 만약 소문이 없었다면 자신들이 저 꼴이 되었으리라. 하지만 한 부족의 족장이 말 한마디에 명령을 철회하기란 뭐하고 해서 두어 번 더 청을 듣고 소문의 말을 승낙하기로 결심했다.

"흠, 자네의 심정은 이해를 하지만 어쩔 수 없는 일일세. 자, 이리 와서 술이나 한잔하게."

"부탁드립니다. 마을 사람들을 풀어주십시오."

소문은 토타우에게 다시 한 번 간청을 했다. 그런 소문을 보는 토타우의 얼굴엔 희미하게 웃음이 새어 나왔다.

'이제 한 번만 더……'

토타우를 오랫동안 모셔온 마라난타와 우띠는 그게 무슨 의미인지 알고 있었다. 서로 마주 보며 눈짓을 주고받는데… 하나 모든 일이 사람의 의도대로 되는 것은 아니었다. 항상 일은 엉뚱한 곳에서 벌어지곤 한다. 이번에도 어김없이 일은 터지고 말았다.

"무엄하다! 감히 뉘 앞이라고!"

"……"

마라난타의 옆에서 술을 마시던 이만주가 자신에게 호통을 치자 소문은 아무 말도 하지 않고 슬며시 눈길을 돌렸다.

"어허, 그래도! 네가 아무리 공이 크다지만 이 자리가 어떤 자리인줄 알고 함부로 강짜를 부리는 것이냐? 썩 물러가거라!!"

토타우는 크게 당황했다. 이건 자기가 원하는 바가 아니었다. 해서 얼른 만류를 했다.

"그만 하게, 되었네!"

"아닙니다. 저놈이 지금 감히 족장님을 무시하고 있지 않습니까? 네놈이 어디서 굴러먹던 놈인지는 모르겠지만 그 알량한 활 솜씨를 믿고 너무 설치지 말아라!"

"……"

소문은 지금 자신이 할 수 있는 최대의 인내력을 발휘하고 있었다. 과거 같으면 일단 저지르고 보겠지만 그동안 소문의 성격에도 많은 변화가 있었다. 소문이 두 주먹을 쥐고 자신을 달래고 있을 때 이만주는 다시 한 번 실수를 하고 말았다.

"병사들은 무엇을 하느냐? 어서 저놈을 끌어내지 못하고!"

이만주는 버럭 소리를 질렀다. 그런 이만주를 보는 토타우의 심정은 착잡했다. 비록 소문이 큰 공을 세웠다지만 이만주는 평생 자신을 따라다닌 충신이었다. 여기서 소문의 편을 든다면 그건 여지껏 자신을 따라온 이만주의 체면에 크게 손상을 입히는 결과를 가져오게 된다. 게다가 지금은 자신뿐만 아니라 일반 병사들까지 다 쳐다보고 있었다. 그래서 고민 끝에 입을 다물고 말았는데… 이런 토타우를 보고 마라난타와 우띠는 그저 얼굴을 찌푸리고 있을 뿐이었다.

병사들이 이만주의 명령에 따라 소문에게 달려들었다.

"꺼져!"

소문의 나직한 말에 달려들던 병사들은 감히 소문에게 접근하지 못하고 어쩔 줄을 몰라 했다. 그런 병사들의 모습이 안 그래도 화가 난 이만주의 이성을 잃게 했다. 이만주는 자신의 허리춤에 걸린 단도를 빼들고는 소문에게 말을 했다.

"흐흐흐!! 네놈이 활을 잘 쏘면 나는 단도를 잘 쓴다. 받아보아랏!"

토타우나 여러 장수들이 깜짝 놀라 만류하려 하였지만 이미 때는 늦고 말았다. 이만주의 단도는 정확하게 소문을 향해 날아갔다.

"위험합니다. 윽!"

"이런! 정신 차려라, 이 녀석아!"

소문은 자신의 앞을 막아서는 모사드를 보고 재빨리 단도를 막으려 했지만 그 단도는 이미 모사드의 가슴을 꿰뚫어 버렸다. 소문이 황급히 모사드를 안았지만 단도는 정확하게 모사드의 심장을 뚫고 지나갔고 모사드의 생명은 금방 꺼져 버릴 듯 위태했다.

"이놈아! 왜 시키지도 않는 짓을 하느냐?"

"헤헤헤! 형님이… 무사하실 줄은 뻔히 알았지만… 쿨럭! 순간적으로… 몸… 이… 움직… 여서…….'

모사드는 힘이 드는지 말에 힘이 떨어지고 있었다. 소문은 가슴이 아팠다. 모사드는 구유크와 마찬가지로 자신이 이곳으로 와서 처음 사귄 친구라고 할 수 있었다. 거듭된 힘든 수련으로 자신도 모르게 냉랭해진 성격이 예전의 그로 돌아가는 데는 이들의 힘이 절대적이었다. 그런 모사드가 자신의 품에 안겨 죽어가고 있었다.

"형님… 그렇게… 슬픈… 표정… 하지… 말아요…… 형님은… 웃을… 때가… 제… 일 멋… 있답… 니다…….'

"그래, 알았다. 이제 항상 웃으마! 약속한다!'

"헤… 헤… 그… 동안… 즐거… 워… 쓰… 니… 다…….'

"이놈아!! 이…….'

소문의 머리 속이 하얗게 변해 버렸다. 잠시 동안 아무 말도 하지 못하고 있던 소문은 고개를 숙이더니 그렇게 자신의 품에서 죽은 모사드의 귀에 조용하게 속삭였다.

"절대… 혼자… 보내지는 않는다!!'

"히히힝!'

소문의 변화를 제일 먼저 눈치 챈 것은 주변의 말들이었다. 사람보다 몇 배의 감각을 지닌 말들은 갑자기 쏟아져 오는 살기에 미쳐 날뛰고 있었다. 그리고 그 살기는 곧 사람들에게도 쏟아져 갔다.

"감히, 내 동생을 죽였다… 이거지… 다시 한 번 던져 봐라!'

그들이 느끼기에 소문은 이미 사람이 아니었다. 온몸에서 쏟아져 나오는 살기! 출행랑을 익히며 얻은 살기가 모사드의 죽음으로 폭발하고 말았다.

"저… 저! 막아라! 족장님을 보호하라!"

그나마 정신을 차린 노장군 우띠가 병사들에게 말을 했지만 이미 병사들은 소문의 살기에 압도되어 꼼짝할 수 없었다. 소문은 모사드의 몸에 박혀 있는 단도를 뽑았다. 단도가 뽑히며 피가 튀어 올라 소문의 얼굴을 덮어버렸다.

소문은 단도를 들고 이만주에게 걸어갔다. 어느새 단도는 소문이 내뿜는 기로 인해 일 장 가까이나 그 검기를 형상화시키고 있었다. 소문이 다가오고 있었지만 이만주가 할 수 있는 것은 아무것도 없었다.

비명도 없었다. 소문이 그저 한 번 휘두른 단도에 이만주의 몸은 머리에서 발끝까지 깨끗하게 이 등분 되어버렸다.

"야우커우 족! 오늘 내가 이곳에서 지워 버린다!"

소문은 단도를 하늘 높이 치켜들었다. 어디서 많이 본 듯한 기수식이었다. 주변의 장수들과 병사들은 그런 소문을 그저 쳐다보고만 있을 뿐이었다. 소문은 내공을 끌어올리며 나지막하게 읊조렸다.

"절대삼검(絶對三劍) 제3초 무극지검(無極之劍)!!"

소문의 선조가 20여 년을 폐관 수련하여 만든 최고의 검법이 마침내 시전되려는 순간이었다.

"형님!!"

"……."

"형님!!"

소문은 치밀어 오르는 살기를 간신히 제어하고 자신을 부르는 사람을 바라보았다. 저 아래에서 구유크가 서둘러 뛰어오고 있었다.

"…그래… 네가 있었구나……."

소문은 자신을 부르짖으며 달려오는 구유크를 볼 수 있었다. 일이 영 심상치 않게 돌아가자 우띠 장군이 사람을 시켜 재빨리 구유크를 부른 것이다. 잠시 술자리를 피해 있던 구유크는 우띠 장군의 연락을 받고 급히 달려오는 길이었다. 한데 술자리 근처에 막 도착한 구유크가 본 것은 소문이 머리 위로 단도를 들고 있는 모습이었다. 구유크는 그런 소문의 자세에서 문득 불안한 생각이 들었다. 해서 일단 소문을 부른 것인데… 정말 아찔한 순간이었다. 구유크가 만약 조금이라도 늦게 왔다면 그가 본 모습은 흔적도 남지 않은 폐허뿐이었을 것이다.

소문은 머리 위의 단도를 천천히 내리더니 땅에 던져 버렸다.

"형님, 어찌 된 일입니까? 아니, 모사드는 왜 저리?"

"……."

땅바닥에 쓰러져 있는 모사드를 발견한 구유크가 놀라 물었다. 하지만 소문은 아무런 말도 하지 않았다.

"여기선 어떻게 하는지는 몰라도 내가 살던 곳에서는 사람이 죽으면 장례(葬禮)를 치러주고 땅에 묻는다. 모사드도 그리해 줬으면 좋겠구나! 이제 이곳은 내가 있을 곳이 못 되는구나… 아직 중원 말을 할 줄은 모르지만 여행을 하는데 큰 문제는 없을 것이다. 이제 그만 떠나야겠다. 그동안 고마웠다. 너와 모사드는 절대 못 잊을 것이다. 잘 있어라."

소문은 무슨 영문인지 몰라 어리둥절해하는 구유크를 뒤로 하고 몸을 돌려 걸어가기 시작했다.

"혀……."

소문을 부르려는 구유크의 행동은 토타우의 저지로 무산되었다. 토타우는 구유크의 팔을 붙잡고 한숨을 내쉬며 살며시 고개를 흔들었다.

무슨 일이 일어나도 큰 일이 있었음이 틀림없었다.

'빌어먹을! 빌어먹을……!'

구유크의 눈에선 어느새 눈물이 흐르고 있었다. 하지만 이대로 소문을 보낼 수는 없었다.

"형님! 저를 잊지 마십시오! 언제가 찾아주리라 믿습니다. 꼭입니다. 꼭 찾아주십시오! 형님!!"

소문을 부르는 구유크의 외침은 어느새 절규로 바뀌고 있었다.

'그래… 언젠가는…….'

본진을 벗어난 소문은 여느 때와 마찬가지로 천천히 발걸음을 옮겼다. 서쪽… 자신을 기다리는 중원을 향해서였다.

제 8 장

중원입성(中原入城)

중원입성(中原入城)

북경(北京)은 고대 주(周)나라의 제후국(諸侯國)인 연(燕)나라의 도성이었으며, 당시에는 계(溪)라고 칭했다. 후에 진 왕조(秦王朝)를 시작으로 한(漢), 수(隋), 당(唐)에 이르기까지 천여 년 간 줄곧 행정의 중심지이면서 북방의 물자, 문화 교류의 중심지였다.

후에 거란족이 한족을 밀어내고 북방에 요(遼)나라를 세우면서, 남경(南京)이라 불렀고 요나라를 물리친 금(金)은 처음에는 연경(燕京)이라 부르다가 아예 이곳으로 천도하여 중도(中都)라 칭했으며, 몽고족이 남하하여 중도를 빼앗고 새로운 성을 건설하니, 이를 대도(大都)라 하였다.

뒤에 원(元)이라는 나라를 세운 몽고족은 도성을 이곳에 정하니 대도는 중원을 다스리는 정치, 문화, 경제의 중심지가 되었다.

명대(明代)에 이르러 연왕(燕王)으로 봉해진 주체(朱棣)가 정난의 변을 일으켜 삼 년 간의 전쟁을 통해 건문제를 몰아내고 도읍을 옮겨 이후 이곳을 북경(北京)이라 부르게 되었다.

담장의 높이가 오 장에 이르고 둘레만도 수십 리에 달하는 북경성의 위용은 실로 대단하여 감히 누구도 범접하지 못하는 위엄이 있었다. 또한 명나라의 수도이자 중원을 다스리는 천자가 있는 곳이니만큼 그 경계가 삼엄하여 날이 밝기 전에는 장벽에 접근하는 이가 없을 정도였다. 한데 지금, 이른 새벽부터 관병의 눈을 피해 월담을 시도하는 간 큰 인물이 있었으니……

"제기, 너무 높잖아… 그러나!"

소문은 크게 심호흡을 하며 발에 힘을 주었다. 오 장이면 무공을 익힌 사람이라도 쉽게 넘보지 못할 높은 높이지만 소문에게는 그저 그런 높이였다. 그럼에도 소문이 불만을 터뜨린 것은 이틀 동안 먹을 것을 제대로 먹지 못한 데다가 빈 속에 밤새 술을 먹었기 때문에 힘 쓰는 것 자체가 귀찮았기 때문이었다.

가볍게 성벽을 넘은 소문은 좌우를 재빨리 살피더니 아무 일도 없었다는 듯이 태연스레 걸어갔다. 아직 새벽인지라 거리는 텅 비어 있고 찬바람만 불어와 을씨년스러운 느낌만 주었다. 그러나 좌우에 늘어선 상점(商店)들과 전각(殿閣), 주루(酒樓)들이 빽빽이 들어선 걸 보면 이곳은 틀림없는 북경, 잠시 후면 발 디딜 틈도 없이 사람들로 메워질 북경의 시내가 틀림없었다.

"그나저나 배도 채우고 옷도 구해야 하는데, 상점이라고는 문을 다 걸어 잠갔으니……"

소문은 텅 비어 있는 거리에 몹시 상심했다. 새벽이라 예상은 했지만 그래도 혹시 열어놓은 객점이나 주루가 있을까 은근히 기대를 한

터였다. 하지만 소문의 이런 기대와는 달리 북경의 거리는 매정하기만 했다.

소문은 쓴웃음을 지으며 자신을 쳐다보았다. 도무지 사람의 몰골이 아니었다. 이미 흑색 무복(黑色武服)을 빙자하고 있는 백색 무복(白色武服)의 색깔이야 그렇다 쳐도 옷에는 군데군데 구멍이 나 있었고, 머리는 헝클어져 지저분하게 늘어져 있었으며, 얼굴은 며칠 동안 씻지 않았는지라 그 모양새가 거지 할아비라 불러도 전혀 이상할 게 없는 상태였다.

소문이 야우커우 족을 떠난 지 백여 일. 그동안 소문에겐 도대체 어떤 일이 있었기에 이리 망가진 것인가?

소문이 야우커우 족을 떠난 때는 그가 북경에 도착한 오늘로부터 정확하게 백하고도 이 일 전이었다. 이것저것 생각할 것 없이 야우커우 족을 떠난 소문은 마을 주민의 고난과 모사드의 죽음으로 큰 충격을 받았다.

무공을 익혀 여태까지 잔병치레 한 번 안 한 소문이지만 심적으로 타격을 받고 또다시 새로운 세계로 간다는 부담감 때문인지 덜컥 병이 나고 말았다.

심한 열(熱)과 함께 구토(嘔吐)와 복통(腹痛)이 이어지고 온몸이 나른하여 좀처럼 움직일 기운이 나지 않았다. 소문은 결국 발걸음을 멈추고 야타우라는 조그만 마을에 치료차 머물게 되었다.

지난 몇 개월을 여진족과 지내면서 그들의 말과 문화를 제법 익힌 소문은 의사 소통엔 큰 어려움이 없어서 쉽게 거처를 마련할 수 있었다.

하지만 마을이 너무 작고 외진 곳에 떨어져 있어서 의원이라고는 찾을 래야 찾을 수가 없었다. 결국 소문이 할 수 있었던 것은 자신이 거처하고 있는 집의 노인이 해주는 민간 요법(民間療法)대로 치료를 받는 것뿐이었다.

노인은 집 근처의 야산(野山)에서 잎은 네 개고 뿌리의 길이가 두 치 반인 약초(藥草)를 캐왔는데, 마치 조선의 산삼(山蔘)과 비슷하게 생긴 것이었다. 노인은 캐온 약초와 집 주변의 잡풀(소문이 보기엔 풀이었다)과 말의 소변을 한데 뒤섞더니 탕약을 만들었다.

소문도 과거에 할아버지가 캐온 약초를 내다 팔아 생계를 유지했기 때문에 약초에 대한 식견이 제법 있었지만 이 노인이 만드는 약이 무슨 약인지는 도무지 알 수가 없었다. 약에 말의 소변이 들어간다는 것은 듣도 보도 못했지만 자신이 모르는 치료법도 있는 법. 이것저것 가릴 형편이 아니었다.

아무 소리 없이 노인이 해주는 약을 받아 마셨다. 소문의 불안감과는 달리 그 약의 효능은 상상외로 뛰어나서 소문은 약을 먹은 지 하루만에 그렇게 높았던 열이 떨어져 몸을 제법 추스를 수 있었다. 노부인은 그런 소문을 위해 보리로 만든 미음(米飮)을 준비했다.

"에그… 환자에게는 흰죽을 쑤어줘야 하는데 죽을 만들 것이라고는 보리밖에 없으니… 그래도 이거라도 좀 드시구려."

"아닙니다. 이거면 충분합니다. 감사합니다."

"근데 이런 험한 곳까지 젊은 청년이 뭐 하러 오셨나? 보아하니 우리 여진족 사람은 아니고… 중원 사람도 아닌 듯한데?"

"어허! 환자에게 쓸데없는 말 시키지 말고 입 다물고 물러나 있어!"

소문에게 이것저것 물어보던 노부인은 노인의 불호령에 찔끔하더니 방 한 켠으로 물러섰다.

"하하, 아닙니다. 괜찮습니다. 저는 조선에서 왔습니다."

"조선? 조선에서 무엇 하러 이곳까지?"

"흥, 영감도 물어보시는구랴?"

조선에서 왔다는 소문의 말에 노인이 흥미를 보이자 방금 전에 한소리 들었던 노부인은 때를 만났다는 듯이 기세 좋게 쏘아주었다.

"하하! 두 분, 그만 하십시오. 싸우시겠습니다."

"싸우기는… 늘 이런 걸……."

노인은 말리는 소문을 보면 허허 웃었다.

"중원에 제 아내 되는 사람을 맞으러 가던 길이었습니다. 한데 길을 가다 그만 이리 병에 걸린 것이지요."

"중원? 아니, 조선 여자는 놔두고 어찌 그 먼 중원에서 부인을 얻는단 말인가? 그것 참……."

소문의 말에 노부부는 깜짝 놀라 되물었다.

"어찌하다 보니 그리 됐습니다. 제가 어릴 때 집안 어른들께서 미리 약조를 하셨다고 들었습니다."

이렇게 태연히 말하면서도 억울한 건 여전한 소문이었다.

"그럼 빨리 가야 할 텐데 몸이 이래서야……. 쯧쯧쯧!!"

노부인이 그런 소문이 영 불쌍해 보였는지 혀를 끌끌 찼다.

"그런데 이곳에서는 두 분만 사시나요?"

소문이 화제를 바꿨다. 생각하면 생각할수록 부아가 치미는 일이라 더 이상 생각하다가는 병이 더 악화될 것만 같았다.

"웬걸. 큰 아들놈은 제 마누라가 병에 걸려 일찍 죽자 돈이 없어 죽었다며 돈 벌겠다고 도시로 떠났고, 둘째 놈과 늦게 얻은 막내 놈은 전쟁이 터져서 병사로 끌려갔어⋯⋯."

"이 할망구가 울긴 왜 울어? 누가 죽었다고 그러나? 부정 타게 시리."

소문의 말에 어느새 볼에 흐르는 눈물을 닦으며 노부인이 말을 하자 노인은 대뜸 큰 소리로 노부인을 나무랐다. 하지만 노인도 적이 걱정되는 눈치였다. 소문은 노부인의 눈물이 멈추기를 기다렸다가 말을 했다.

"전쟁이라니요?"

"이번에 저 북쪽에서 여진족이 쳐들어 와서 이 근처의 장정들은 다 군대에 끌려갔어. 우리 둘째와 막내도 함께."

"그럼 할아버지 아드님들은 야우커우 족의 병사가 되는 것인가요?"

"그렇지. 나도 여기 마누라도 다 예서 태어나 자랐으니 당연히 야우커우 족이지."

소문은 반가운 마음에 재빨리 말을 이었다.

"이번 전쟁에서는 야우커우 족이 이겼다 들었습니다."

"그게 정말인가? 허허, 이겼구먼. 다행이야."

"그런데 둘째와 막내는 왜 안 돌아오지요? 혹시⋯⋯."

"예끼! 아까부터 재수없는 소리만 하고 있어. 곧 돌아올 게야. 암⋯⋯."

노인은 확신이라도 하는 듯 호통을 쳤다. 소문은 그런 노인을 보며 마음이 무거웠다. 전쟁에서 이기기는 했지만 제법 많은 병사들이 죽었기 때문인데 이 노부부의 자식들이 거기에 끼지 않았다는 보장을 할 수 없기 때문이었다. 하지만 처음부터 실망을 하게 할 수는 없었다.

"예. 전쟁이 끝난 지가 얼마 되지 않아서 아직 돌아오지 못하는 것일 겁니다. 아마 곧 돌아오겠지요."

"그러면야 더 이상 바랄 게 없겠지만⋯⋯."

노부인은 여전히 안색을 흐리며 말을 줄였다.

약을 먹기 시작한 지 5일 정도가 지나자 소문은 제법 건강을 회복했다. 몸이 어느 정도 추슬러지자 소문은 이제 이곳을 떠나리라 생각하고 있었다. 노부부 또한 소문이 곧 떠날 것임을 대충 짐작하고 있었다. 그러나 자식을 기다리는 노부부가 걱정도 되고 오랜만에 가족이 무엇인지를 느끼게 해주는 그 무엇인가가 소문을 붙잡고 있었기에 선뜻 떠나지 못하고 있었다.

그렇게 하루 하루가 지날 때였다. 결국 소문이 떠날 수밖에 없는 일이 찾아왔다.

"어머니!!"

오늘도 어김없이 밭에서 일하고 있는 노부부를 부르는 소리가 있었다. 같이 일하던 소문이 몸을 일으켜 고개를 돌리자 두 명의 남자가 밭으로 뛰어오고 있었다.

"아이고! 왔구나! 내 새끼들이 왔구나!"

"그래⋯ 살아서 왔구나!"

어느새 노부인은 들고 있던 호미를 집어던지고 살아 돌아온 자식들에게 달려가고 있었다. 노인 또한 일손을 멈추고 하늘을 보며 흐르는 눈물을 애써 감추려 하였다.

한참을 부둥켜안고 있던 노부인과 두 아들들은 천천히 밭으로 걸어왔다. 노부인은 그런 자식들의 손을 꼭 붙잡고 있었다.

"아버님, 저희 왔습니다. 그동안 건강하셨지요?"

"그래. 고생했다. 몸은 괜찮은 거냐?"

인사를 받는 노인의 시선은 어느새 막내의 팔을 감고 있는 붕대로 향했다.

"예. 그냥 조금 스쳤을 뿐입니다. 죽은 사람이 부지기수인데 이 정도면 멀쩡한 것이지요."

"그래. 하늘이 도왔구나! 할멈, 애들 배고프겠소."

"아이고, 내 정신 좀 봐! 잠시만 기다리거라!"

"하하! 어머니, 괜찮아요. 천천히 하세요."

"무슨 소릴 하는 게야! 그동안 고생만 하다 왔을 것을, 이제 집에 왔으니 어미가 해주는 밥을 먹어야지."

노부인은 말리는 자식들의 손을 뿌리치고 허겁지겁 집으로 뛰어갔다. 노인과 두 아들은 그런 노부인을 보며 정답게 웃고 있었다.

'나도 집에 가면 이런 환대를 받을 수 있을까? 흠, 과연? 하하……!'

자신의 생각에 혼자 웃고 마는 소문이었다. 자신이 약해지긴 약해진 모양이라고… 그런 소문을 물끄러미 바라보는 시선이 있었다.

"아버님, 저 청년은 누구지요?"

"아, 며칠 전에 병을 얻어 우리 집에 치료차 잠시 기거하는 젊은이다. 조선인인데 중원으로 간다고 하는구나."

"그래요……."

둘째 아들은 그렇게 대답을 하면서도 고개를 갸웃거렸다. 암만 해도 어디서 많이 본 사람이란 생각을 하고 있는데 옆에 서 있던 동생도 그리 느끼는 모양이었다.

"형님, 어디서 많이 본 듯한 느낌이 드는데요. 형님은 안 그러세요?"

"흠, 글쎄다. 나도 그렇기는 한데……."

두 형제가 소문을 두고 이렇게 미심쩍어 하고 있을 때 소문이 그들에게 다가왔다. 머리에 하얀 천을 뒤집어쓰고 있던 소문은 그 천을 벗으며 노인에게 말을 했다.

"다행입니다. 아드님들이 무사히 돌아와서… 축하드립니다."

"허허! 고맙네."

소문이 이렇게 노인과 대화를 하고 있는데 대화를 지며보던 두 형제의 눈은 놀람으로 찢어질 듯 커져 있었다.

"호, 혹시, 을지 공자님 아니십니까?"

"……."

"맞으시군요. 저는 구유크님 밑에서 전령을 맡던 퉁밍가이고 이쪽은 제 아우 우디거입니다. 먼발치에서 공자님을 몇 번 뵈온 적이 있습니다."

처음엔 모른 체하려 했던 소문도 둘째라는 사람이 구유크까지 들먹이자 어쩔 수 없이 아는 체를 했다.

"아! 무사히 돌아와서 다행이오. 두 분이 몹시 걱정을 하셨는데……."

"그게 다 공자님 덕분이지요. 그때 공자님의 활 솜씨가 아니었으면 저희는 다 죽었을 것입니다."

"하하! 무슨 말을 내가 한 게 무엇이 있겠소."

한참을 그리 서서 전쟁에 대해 얘기했다. 보병(步兵)이 어찌 싸웠고 기병(騎兵)이 어찌했다는 둥, 그리고 절체절명의 위기에서 소문이 어떤 활약을 했는지에 대해서 두 아들은 노인을 붙잡고 떠벌렸다. 그러나 소문은 이런 자리가 여간 불편한 게 아니었다. 두 아들이 자신을 알아보자 노인이 자신을 대하는 태도도 대뜸 바뀌는 것이 아닌가? 소문은 그런 게 정말 싫었다. 오랜만에 가정의 편안함을 느꼈는데 이젠 정말 떠나야 한다는 생각을 했다. 생각은 길었지만 결정은 빨랐다.

"이제는 떠나야 할 것 같습니다. 그동안 정말 감사했습니다."

"아니, 그게 무슨 소립니까? 떠나시다니요? 조금 더 쉬다 가시지요?"

소문을 만류하는 노인의 말투는 어느새 존대로 바뀌어 있었다.

"아닙니다. 이곳에서 너무 많이 지체했습니다. 이렇게 오래 지체하다간 제 신부가 기다리다 못해 처녀 귀신이 돼버릴지도 모르는 일이잖습니까? 하하!!"

"아무리 그래도……."

"그럼 전 이만, 건강하십시오!"

소문은 계속해서 만류하는 부자들의 손을 뿌리치고 천천히 마을 밖을 향해 걸어 나갔다.

"형님은 그때 거기 계시지 않았으니 몰랐지요… 이만주 장군이 저분을 잡으라고 명령했을 때 저분에게 다가가다가 바로 죽는 줄 알았어요."

"그 정도였냐?"

"만약 그때 구유크님이 와서 말리지 않았으면 그 자리에 있던 장수와 병사들은 다 죽었을 거예요……."

"그래서 잡아왔던 주민들을 다 풀어준 것이었구나."

"그렇다니까요."

"그동안 이곳에 있을 땐 그리 무섭지 않아 보였는데……."

"에그, 영감. 그건 병이 들었으니까 그렇지요."

"그런가……?"

소문이 떠나온 노부부의 집에선 한참 동안 소문의 얘기로 정신이 없었다. 마을을 벗어나는 소문은 자꾸만 뒤를 돌아보았다. 너무 부러웠다. 전쟁터에 나간 자식을 기다리는 부모와 그 기대를 저버리지 않고 살아서 오는 아들들… 소문은 구름 한 점 없는 하늘을 쳐다보았다.

"제길!!"

소문은 처음으로 일찍 돌아가신 부모님이 원망스러웠다. 문득 할아버지가 보고 싶었다. 비록 허구한 날 자신과 티격태격 했지만 끌리는 마음은 어쩔 수가 없는 것이었다. 그러나 당장 집으로 돌아갈 수는 없는 노릇이었다.

그때였다. 소문의 이런 울적한 마음을 알기라도 했는지 갑자기 파란 하늘에서 하나의 점이 보이더니 그 점이 점점 커지고 있었다. 소문이 이상해서 가만히 쳐다보고 있는데 그 점이 점점 자신의 앞으로 다가오더니 하나의 물체로 화(化)하는 것이었다. 소문은 깜짝 놀라 소리쳤다.

"면피야!!"

소문을 향해 쏜살같이 내려오던 점, 아니, 철면피는 소문의 머리 바로 위에서 우아하게 회전을 한번 한 뒤 자신을 반기는 주인의 어깨 위로 사뿐히 내려앉았다.

"아니, 이게 어찌 된 거야? 니가 어떻게 여기까지 나를 쫓아왔어? 혹시, 집에 무슨 일이라도……?"

소문은 오랜만에 보는 철면피가 몹시 반가웠지만 틀림없이 집에 있어야 하는 철면피가 자신에게 온 것이 왠지 수상쩍었다. 해서 급하게 물어본 것인데 대답할 리가 없었다. 철면피는 그저 소문의 볼에 부리를 비비고 있을 뿐이었다.

소문은 그런 면피를 걱정스레 쳐다보다가 문득 다리에 매여 있는 하얀 천을 볼 수 있었다. 재빨리 천을 풀어 읽어가는 소문의 얼굴에 다양한 표정이 생겼다가 사라졌다. 처음엔 불안감이, 다음엔 반가움이, 그리고 황당함이… 마지막에는 아예 천을 집어 던지고 말았다.

"그럼 그렇지. 내 팔자에 무슨 분위기… 가자, 면피야!"

소문은 아직도 볼을 부비고 있는 면피를 바로 돌려세우더니 멈추었던 걸음을 재촉했다. 소문이 집어 던진 천은 때마침 불어오는 바람에 공중으로 날아올랐다.

천에 쓰여진 글귀는 다음과 같았다.

면피가 네가 떠난 뒤에 영 기운이 없어 보여 네놈에게 보낸다. 그리고 중간에 쓸데없는 짓 하지 말고 빨리 다녀오너라. 혼자 밥해 먹기 귀찮다. 어서 와서 밥해라!

할아버지가.

소문이 집어 던질 만했다.

마을을 떠난 소문과 면피는 얼마 지나지 않아서 중원의 실질적인 시작점인 산해관(山海關)에 도착할 수 있었다. 산해관은 하북성(河北省) 북동단에 있는 교통, 군사상의 요지로 북서로는 연산산맥(燕山山脈), 동쪽으로는 발해만(渤海灣)에 접해 있었다. 산해관은 명대 초(明代初)에 성을 쌓고 산해위(山海衛)를 설치하여 군대를 주둔시킨 데서 유래되었으며, 산과 바다 사이에 있는 관(關)이라는 뜻을 담고 있었다. 산해관 동쪽의 만리장성(萬里長城) 동문 성루(東門城樓)에는 천하제일관(天下第一關)이라 쓰여진 현판(懸板)이 걸려 있으며 이곳을 지나야 비로소 중원에 들어왔다고 말할 수 있는 것이다. 소문은 지금 천하제일관(天下第一關)이란 현판이 걸려 있는 동문의 입구에 서 있었다.

"이야! 멋진데……."

어떤 글이 잘 쓴 것이고 못 쓴 것인지도 제대로 구별하지 못하는 소문이지만 현판에 걸린 글이 주는 느낌은 알 수 있었다. 글자 하나하나가 살아 움직이는 듯이 생동감이 넘치고 금방이라도 하늘로 날아오를 듯한 모습이었다. 과연 천하제일관문이란 칭호에 어울리는 현판이었다. 하지만 이리 감탄만 하고 있을 수는 없는 일. 소문은 중원으로 가기 위해 동문을 지나야 했다.

중원으로 가는 초입(初入)이라 그런지 많은 사람들이 줄지어 서서 차례를 기다리고 있었다. 여진족 사람들도 보였고 장사를 하러 온 조선의 상단도 보였다. 저마다 부푼 꿈을 가지고 중원에 들어가는 듯 상기된 모습을 하고 있었다. 그런 사람들과 한데 뒤섞여 있을려니 소문 또한 이런 분위기에 휩쓸려서 가슴이 뛰기 시작했다. 드디어 소문이 서 있는 곳의 사람들이 산해관으로 진입하기 시작했다.

"어이, 거기!"

"뭘 하는 거야? 말 안 들리나?"

아무런 생각 없이 문을 지나던 소문은 갑자기 자신을 잡는 손에 영문을 모르겠다는 표정을 지었다.

"불렀으면 대답을 해야지! 귀먹었나?"

"……."

"흠, 좋아. 아무려면 어때. 통행 증명서(通行證明書)를 내놓아라!"

"……."

'통행 증명서? 그런 게 있다는 말은 처음 듣는데… 젠장, 내가 그런 게 있는지 알게 뭐야?'

소문이 꿀 먹은 벙어리인냥 대답을 안 하고 서 있자 병사들의 기세가 흉흉해졌다. 그들은 소문을 둘러싸기 시작했다.

"여기가 어디라고 함부로 들어오려는 것이냐? 복장도 그러하고 말도 제대로 못하는 것이 첩자(諜者)인 것이 분명하구나!"

'첩자? 내가? 아니, 저것들이 사람을 어찌 보고…….'

"아니, 어디를 보아 나는 첩자가 맞소!"

소문이 흥분을 해서 말하자 병사들의 반응은 바로 날아왔다. 하지만 소문의 기대와는 정반대였다.

"역시, 네놈 스스로가 첩자라고 밝히다니 대담하구나. 어서 무릎을 끓고 오라를 받아라! 그럼 목숨만은 건지게 될 것이다."

병사들은 들고 있던 창과 칼로 소문을 위협했다.

'지미, 첩자라니 이게 어찌 된 거냐?'

"아니오. 나는 첩자가 맞소. 진정이오!"

"미친놈 아닌가? 그래, 너 첩자인 것은 다 알고 있다. 그러니 어서 무릎을 끓고 순순히 항복해라!"

소문은 미치고 팔짝 뛰는 심정이었다. 저들이 하는 말이 귀에 제법 잘 들어 오길래 그동안의 자신의 공부가 헛되지 않았다고 의기양양한 소문이었다. 그래서 조금은 서툴지만 자신도 중원어로 말을 한 것인데 자신의 의도와는 전혀 상관없는 말이 되는 것이 아닌가?

"이보시오. 잠시 말 좀 잡아주시오. 나는 첩자가 아닌 것이 아니라 여행을 하려는 것이오."

"허허, 점점… 말을 잡으라니? 네놈이 정녕 우리를 우롱할 참이구나. 긴말할 것 없다. 잡아라!"

수문장(守門將)인 듯한 사내가 결국 참지 못하고 포위하고 있는 병사들에게 명령을 했다. 병사들이 일제히 소문을 향해 병장기(兵仗器)를 들이댔다.

"이것들 보시오. 내 말 좀 들어보시오. 이보시오."

"그 입 닥치거라!"

소문이 처음으로 제대로 말을 했지만 이미 때는 늦어버렸다. 병사들의 공세는 점점 거세어졌다. 피하기만 하던 소문도 슬슬 화가 치밀었다.

"그래. 나 중원 말 못한다. 어쩔래?"

소문은 어깨에 메고 있던 철궁(鐵弓)을 들고 자신을 공격하는 병사들을 냅다 후려쳤다. 소문이 비록 공력(功力)을 싣지 않았지만 그 힘을 무공도 모르는 일반 병사가 막기에는 무리가 있었다. 순식간에 두어 명의 관병이 땅에 뒹굴었다.

"저, 저! 뭣들 하느냐? 쏴라! 화살을 날려라!"

수문장은 성벽에 대기하고 있던 병사들에게 명령했다. 명령을 받은 병사들이 소문을 향해 일제히 화살을 날렸다.

'이크! 저놈들이 날 아주 죽이려고 작정을 했군. 이 정도에 죽을 나였음 이곳에 아예 오지도 않았다. 그러나 더 머물러서 좋을 것은 없으니……'

소문은 빗발치는 화살 속에서도 여유롭게 움직이며 뒤로 몸을 빼기 시작했다. 그런 소문을 보는 수문장의 눈에는 불똥이 튀었다.

"저놈이 도망가지 않느냐? 쏴라, 어서 쏴라. 그리고 병사들은 나를 따르라!"

수문장은 성안에 있던 병사들이 쏟아져 나오자 직접 말을 몰아 소문을 쫓기 시작했다. 그 뒤를 병사 수십이 허겁지겁 쫓아오고 있었다. 날아오는 화살을 여유 있게 피하며 뒷걸음치던 소문은 그 모양을 보고는 날아오는 화살을 하나 잡아채더니 자신의 철궁에 재었다.

"선물이다!"

소문은 자신에게 맹렬하게 달려오는 수문장에게 화살을 날렸다. 화살은 빛살처럼 빠르게 날아갔다.

퍽!

수문장이 어찌 반응하기도 전에 그가 쓰고 있던 모자를 꿰뚫은 화살은 힘을 잃지 않고 그대로 성문으로 날아가 천하제일관이라 쓴 현판에 꽂혔다. 소문이 약간의 내공을 실은지라 화살에 맞은 현판은 그 형체를 알아보지 못할 정도로 박살이 나고 말았다.

"머, 멈춰라……!"

수문장은 소문을 따라간다는 생각을 감히 할 수가 없었다. 자신의 뒤를 따라온 병사들을 멈춰 세운 그는 그저 멍하니 성을 벗어나는 소문의 모습만을 바라볼 뿐이었다.

"내가 통행증이 뭔지 알게 뭐야. 그나저나 어쩐다. 그리 사고를 쳤으니 이제 통행증을 얻는다고 들여보내 줄 것 같지도 않은데… 에라 모르겠다. 꼭 문으로 들어가라는 법도 없고!"

산해관의 현판을 박살낸 소문은 그곳에서 얼마 떨어지지 않은 야산에 누워 밤이 오기를 기다리며 잠을 청했다. 밤이 되자 소문은 다시 산해관의 동문으로 몰래 다가갔다. 밤이라 그런지, 아니면 낮에 있던 소문의 문제로 인한 것인지 성의 경계는 한층 더 강화되어 있었다. 소문은 동편의 성벽을 따라 한참을 북상했다. 그리곤 높이가 삼 장에 이르는 성벽을 한 번의 도약(跳躍)으로 가볍게 뛰어넘었다. 소문이 중원에 첫 발을 내딛는 순간이었다.

소문이 힘들게(?) 중원으로 들어왔지만 길이 결코 순탄치만은 않았다. 우선 자신의 말이 전혀 도움이 되지 않는다는 것이 치명타였다. 자신은 상대방이 무슨 소리를 하는지 이해하는데 전혀 문제가 없었다. 그래서 자신도 나름대로 잘 말한 것 같은데 듣는 사람은 영 다르게 알아들으니 큰 문제였다. 그런 것을 깨닫는 데에는 오랜 시간이 걸리지 않았다.

소문이 객점(客店)에 가서 음식을 시키면 엉뚱한 음식이 나오기 일쑤였고, 아니, 음식이라도 나오면 다행이고 점원(店員)이 고래고래 소리를 지르지 않나, 관군을 부르질 않나, 주루에 가서 술을 시켰더니 기생을 불러오는 등 도무지 여행을 할 수가 없었다.

그래서 결국 소문은 벙어리라는 길을 택했다. 이후 말은 하지 않고 손짓 발짓을 써가며 대화를 하니 상대방이 오히려 그 뜻을 정확하게 알아듣는 듯했다.

간혹 문법에도 안 맞는 글을 써서 자신의 생각을 일러주기도 했지만 사람들은 용케도 알아들었다. 물론 이 방법이라고 문제가 없는 것은 아니었다. 소문이 말을 못한다는 것을 안 사람들이 그를 무시하고 경멸하기도 했다.

심지어는 작대기를 들고 두들겨 패기까지 했는데, 처음에는 화도 내고 혼도 내주면서 자신의 분을 삭였지만 그것도 한두 번이지 거의 매일같이 그러다 보니 이제는 아예 그러려니 하고 욕을 하면 먹고, 두들기면 맞으면서(맞아도 전혀 느낌이 오지 않았지만) 여행을 했다. 게다가 배고픔엔 장사 없다고 지니고 있던 돈마저 떨어지자 온갖 무시를 당하면서 구걸까지 하게 됐다.

소문은 항상 실실대고 웃었다. 자신의 품에서 죽어가던 모사드의 당부도 있고 해서 의식적으로 그래봤는데, 여간 힘든 것이 아니었다. 하지만 화날 때 웃으며 분을 삭이고, 구걸을 하려면 웃음이 최대의 무기라는 것을 깨닫자 이제는 그런 웃음이 너무도 자연스럽게 흘러 나왔다. 자존심과 고집 빼고는 시체였던 소문에겐 실로 엄청난 변화였다.

산해관을 벗어나 이런 생활이 익숙해지기까지는 상당한 시간이 걸렸다. 통상 산해관에서 북경까지는 천천히 걸어도 스무 날이면 충분히 도달할 수 있는 길이었지만 도중에 엉뚱한 곳으로 빠지기도 하고 이런저런 문제와 부딪치다 보니 소문이 북경성 밖에 도착한 것은 구유크와 헤어진 지 백 일이 가까워지고 있을 때였다.

"흠, 어쩐다. 아무래도 이 꼴로는 북경에 들어가기가 만만치 않을 것 같고, 들어간다 해도 더 이상 이러고는 다닐 수 없으니… 면피야 뾰족한 방법 없겠냐?"

당연히 없겠지만 그저 답답해서 해본 말이었다.

"제길, 이럴 줄 알았으면 집에서 산삼 몇 뿌리 들고 오는 걸 그랬어. 집에는 널린 게 산삼인데 여기서는 그리 귀하다고 하니. 아님 호랑이 가죽이라도 들고 오는 건데… 가만, 호랑이라… 조선에서도 호랑이 가죽이 비싸게 거래되니 여기서도 그러지 말란 법은 없겠지. 좋아. 면피야, 호랑이 잡으러 가자!"

돈을 준비해야겠다는 소문의 생각은 결국 호랑이 사냥에까지 나서게 만들었다. 그리고 채 하루가 지나지 않아서 소문은 자신보다 훨씬 큰, 몸 길이가 거의 이 장에 달하는 대호(大虎) 한 마리를 잡아서 질질 끌며 산을 내려올 수 있었다. 원래 호랑이라는 것은 영물(靈物)인지라 사람 눈에는 잘 띄지 않았지만 철면피라는 하늘의 제왕에게는 너무도 쉽사리 발견되고 말았다.

따가운 햇살을 피해 그늘에서 한가로이 쉬고 있던 호랑이는 정수리가 어디서 날아온지도 모르는 한 발의 화살과 접촉을 하자 그 자리에서 세상을 하직했다. 그런 호랑이를 끌고 오는 것은 문제도 아니었다. 소문은 잡아온 호랑이를 북경 밖 저잣거리에서 팔려고 했다. 사람들은 처음에 호랑이를 보고 기겁을 하고 도망갔지만 잠시 후 그것이 이미 죽어 내다 팔려는 상품인 것을 알자 진귀한 구경을 하기 위해 소문 주위로 구름같이 몰려들었다.

"좋다. 금화 열 냥이다. 어떠냐?"

"홍, 그 정도에. 나는 금화 열닷 냥 내겠다."

소문의 입은 좌우로 길게 찢어져 다물어질 줄 몰랐다. 약간의 여비를 벌려는 생각에 잡은 호랑이건만 사람들의 반응이 이리 뜨거울 줄이야… 자신은 아무 말도 하지 않았건만 모여든 사람들이 알아서 북 치고 장구 치고 하고 있었다. 처음 금화 한 냥을 부른 사람은 도둑놈이라는 소릴 듣고 이미 쫓겨났고 어느새 금액은 황금 열닷 냥까지 올라갔다. 그러니 소문의 입이 찢어질 수밖에……

사실 소문은 대수롭지 않게 생각하고 있었지만 호랑이를 사려는 사람들의 생각은 달랐다. 그 가죽만으로도 꽤 비싸게 팔 수 있는 것이 호랑이였다. 그런데 소문이 들고 온 것은 상품의 질에서 차원이 달랐다. 살아 있는 거나 다름없는 호랑이였다. 상처라고는 이마의 조그만 구멍이 전부였으니 호피(虎皮)로는 극상품(極上品)이고, 한약의 중요한 재료로 쓰이는 뼈[虎骨] 또한 어마어마한 덩치를 자랑하듯 몸에서 나오는 양이 상당할 것이다. 호랑이의 발톱은 귀한 장신구로 쓰일 것이고, 가장 쓸모 없다는 고기 또한 말이 그렇다는 것이지, 그 어떤 고기보다 비싸게 팔릴 것이다. 어디 하나 버릴 것 없는 귀한 것이 호랑이인지라 머리에 핏대를 올려가며 어떻게든지 얻으려고 하였다.

소문은 난처했다. 그냥 두면 어디까지 올라갈지 모르는 가격이었으나 별로 그렇게 하고 싶은 마음이 없었다. 하지만 말도 안 통하는 자신이 무엇을 할 수 있으랴. 그저 수수방관만 하고 있었다. 그런데 재미있는 것은 흥정이 있으면 구경하는 사람도 있지만 그 흥정을 부추기는 사람이 있듯이 제 물건도 아닌데 흥정을 하는 사람이 있다는 것이다.

"자, 열닷 냥 나왔습니다. 더 쓰실 분 안 계십니까? 놓치기엔 정말로 아까운 호랑이올시다."

"스무 냥!"

"스물닷 냥!"

가격은 계속 뛰고 있었다. 그러나 흥정한 지 한참이 지나도록 끝나지 않던 거래가 한 사내의 등장으로 허무하게 끝나고 말았다.

"이백 냥!"

"헐, 아무리……."

"끄응!"

사람들은 육십 냥이 오가는 마당에 누가 이백 냥이라는 거금을 불렀는지 몹시 궁금해했다. 하지만 등장한 중년인을 보고는 충분히 그럴 수 있다는 생각에 고개를 끄덕였고, 한참 경쟁이 붙었던 두 명의 장사치도 어쩔 수 없다는 듯이 고개를 흔들고는 물러났다.

바람과 같이 등장한 사내, 그의 이름은 육전만(陸田萬)이었다. 북경성에 커다란 포목점(布木店)을 여러 개 지닌 지독한 노랑이로 유명한 그는 가진 게 돈밖에 없다고 소문이 났다. 그런 그가 등장했으니 이미 이 거래는 끝난 것이나 다름없었다. 조그만 부채를 들고 겨우 볼따구 한쪽만을 가리며 거만하게 서 있는 육전만이 눈치를 주자 옆에 있던 노인이 하나의 꾸러미를 들고 황급히 소문에게 다가왔다. 소문이 꾸러미를 살펴보니 그 안에는 황금이 가득 들어 있었다. 소문은 그 노인에게 고개를 끄덕였다.

"어서 들어라. 귀한 것이니 조심해서 다루도록 하고."

노인의 말이 끝나자 뒤에 시립했던 장정들이 우르르 몰려오더니 호랑이를 들쳐 업고 노인을 따랐다. 그 모양을 보며 천천히 사라지는 육전만의 얼굴에 흐뭇함이 가득했다.

거금 이백 냥을 주고 호랑이를 산 육전만이 사라지자 그를 보고 있던 사람들은 저마다 한소리 하는 것을 잊지 않았다.

"저 노랑이가 이백 냥이라는 돈을 한 번에 쓸 때도 있네그려!"

"며칠 전에 홍청루(興淸樓)에서 어린 기생 하나를 첩으로 들이지 않았나? 아마도 밤일 때문에 샀을 것이여. 호랑이 거시기가 정력에 최고라는 소리도 있잖여."

"그런가? 허, 그럼 첩이 벌써 열을 훌쩍 넘긴 겐가? 세상 참 불공평하이 누구는 이십 년 동안 바가지만 긁어대는 마누라만 바라보고 있는데 언놈은 열 첩을 끼고 살아가니……."

"그럼 자네도 첩 한번 들이지 그러나?"

"예끼, 이 사람아! 누구 죽는 꼴 보려 그러는가?"

"하하, 그냥 한번 해본 말일세. 우리 처지에 입에 풀칠하기도 힘든데

첩은 무슨……."

소문은 번 돈을 혼자 먹는 째째한 짓은 하지 않았다. 자신을 대신해 홍정을 맡았던 사람에게 금 열 냥을 주어 큰 술자리를 열었다. 그리고 주변에 모였던 상인이며 구경꾼이며 모두에게 술을 샀다. 소문도 배우기는 늦게 배웠지만 워낙 술을 좋아해, 부어라 마셔라 새벽까지 술자리를 떠날 줄 몰랐다. 술을 먹던 사람들이 하나둘 사라지거나 아예 길에 누워 자는 사람이 생기기 시작한 것은 벌써 동쪽 하늘에서 먼동이 터오고 있을 때였다.

"이런, 벌써 시간이… 아이쿠!"

소문은 앉아 있던 자리에서 몸을 일으키다가 그대로 엎어지고 말았다. 해가 지기도 전에 마신 술자리가 지금까지 왔으니 제아무리 술이 센 장사라도 견딜 재간이 없었다. 소문은 잠시 정신을 수습하고 앉아 내공을 운용했다. 내공을 운용한 지 얼마 되지 않아서 소문의 몸에서 하얀 김이 솟아올랐다. 소문이 하루 종일 퍼먹은 술기운을 내공의 힘을 이용해 몸 밖으로 내뿜는 중이었다.

"아이고, 아까워라. 그 좋은 술을 이리 버리다니… 다시는 이딴 짓 하지 말아야지!"

소문은 날아간 술이 혹여 공기 중에 남아 있을까 하여 혀를 길게 내밀어 보았지만 싸늘한 새벽 공기만이 느껴질 뿐 날아가 버린 술은 찾을 수가 없었다. 게다가 며칠 동안 제대로 먹지 못하다가 마신 술이 몸에 무리를 줬는지 술기운이 빠져나갔음에도 속은 무척이나 쓰려 왔다.

소문은 미적미적 걸어 북경성을 향해 걸었다. 돈도 마련했고 했으니 옷부터 준비해야 했지만 지금 이 시간의 저잣거리는 그저 조용한 침묵만이 있을 뿐이었다.

"젠장, 옷부터 준비하고 먹어도 먹는 건데… 술 먹느라고 정신을 빼앗겨서… 북경에는 그래도 열어놓은 곳이 있겠지."

소문은 자신의 짧은 생각을 후회하며 북경성 외곽의 성벽에 도착했다. 북경성의 성벽은 다른 성보다 그 높이에서 상당한 차이가 났다. 다른 성의 성벽이 기껏 높아봐야 이, 삼 장인데 북경성의 성벽은 무려 오 장이나 되었다. 하지만 소문에게 그리 큰 문제는 되지 못했다. 소문은 지난 번 산해관에서 한번 크게 혼난 후 정문으로 관문을 통과한 적은 한 번도 없었다. 항상 조용한 밤이나 새벽에 월담을 하곤 했다. 북경성에서 또한 예외는 아니었다. 소문의 북경에서의 첫날은 이렇게 시작됐다.

소문이 눈을 뜬 건, 해가 이미 중천에 떠서 그 빛을 최대한 지상에 보내고 있을 때였다. 소문이 이곳 북경에 들어온 지는 한참이 되었지만 새벽이라 그런지 그를 반겨주는 것은 길에 굴러다니는 현상금 종이밖에는 아무 것도 없었다. 해서 사람들이 활동하는 아침까지 잠시 벽에 기대어 쉰다는 게 그만 깊은 잠에 빠지고 말았다.

소문이 와자지껄하는 소리와 웅성거림에 살며시 눈을 뜨자 자신의 앞에는 몇 개의 동전이 놓여 있고, 안됐다는 듯이 쳐다보는 사람도 간혹 눈에 띄었다.

'이건 뭐지?'

소문은 순간적으로 자신이 처한 상황을 잊고 있었다. 하지만 잠시 후 그 동전의 의미를 깨달은 소문은 창피한 마음에 어쩔 줄을 몰랐다. 그러나 창피하다고 움츠러들면 더 창피한 법, 소문은 어깨를 펴고 천천히 일어났다. 그리고 자신이 덮고 있던 옷인지 걸레인지 유무가 불확실한 장삼(長衫)을 소리 내어 털더니 가지런히 접었다. 물론 땅에 떨어진 동전도 주웠다. 소문이 그동안 구걸하며 익힌 생존의 법칙 제1조 '챙길 수 있을 때 챙겨라'가 발동하는 순간이었다. 소문이 너무나 당당하게 행동하자 그를 바라보던 사람들은 일순 착각을 했다. 혹여라도 그를 잘못 본 것인가, 다시 확인을 하는 사람들도 있었다. 하지만 그들이 내린 결론은 하나였다.

'미친놈!!'

사람들의 이런 시선을 무시하고 소문이 발걸음을 옮긴 곳은 북경 시내 한복판에 크게 문을 열고 있는 만인루(萬人樓)라는 큰 주루(酒樓)였다.

만인루에 들어선 소문은 그 규모에 우선 놀랐고, 안에서 술을 마시는 사람들의 수에 또 한 번 놀랐다. 만인루는 총 삼 층으로 이루어졌는데 일 층과 이 층은 주로 술과 음식을 파는 곳이었고, 삼 층은 여행을 떠나는 사람들을 위한 방이 마련되어 있었다. 어찌 보면 객점(客店)이라 해도 틀린 말은 아니지만 그래도 주로 파는 것이 술이다 보니 주루라고 해도 잘못된 것은 아닌 듯싶었다.

'허, 대낮부터 술을 퍼먹는 인간이 뭐 이리 많지?'

소문은 안에서 술을 먹는 사람들의 수가 너무 많음에 상당히 의외라는 듯 고개를 갸웃거렸다. 과연 소문의 마음이 이해가 되는 것이 만인루는 발 디딜 틈조차 없을 정도로 꽉 차 있었고, 대부분의 식탁에는 식사를 위한 음식보다는 술을 위한 안주가 마련되어 있었다. 그러나 소문은 사람이 많든 적든 이왕 온 김에 다른 곳으로 가는 것도 귀찮고 하여 만인루 안으로 들어섰다.

"어서 오… 시… 흠……."

소문이 들어서자마자 득달같이 달려나와 고개를 수직으로 꺾은 점원은 주루가 떠나가라 소리를 지르다가 문득 소문의 신발을 보곤 그 시선을 점차 바지에서 상의로 그리고 얼굴로 향하더니만 하던 인사를 잠시 멈추고는 기도 안 차다는 듯이 소문을 쳐다보았다.

"밥 없다. 좋은 말로 할 때 그냥 가라!"

"……."

"이 시키가! 여기는 너 같은 거지가 들어올 수… 있습니다. 어서 옵쇼!!"

황금이 주관하지 못하는 것은 오직 생로병사(生老病死)뿐이라고 누군가 말했다지. 과연 황금 동전 하나의 위력은 실로 막강했다. 소문을 거지로 알고 눈을 부라리며 쫓아내려던 점원은 소문이 말없이 내민 황금 한 냥을 보더니 그 태도가 어느새 싹 바뀌어 있었다.

"어서 오십쇼. 뭘 도와드릴까요? 저희 주루에는 없는 술 빼고 다 있습니다. 중원의 술은 물론이고 저 멀리 조선의 진짜 이슬로 담근 술과 색목인(色目人)들이 즐겨 마신다는 술도 있습죠. 에, 또한 최고의 주방장들이 동원되어 음식이란 음식은 모조리 만들어서 대령하는 그야말로 북경에서 으뜸가는 곳입니다."

소문이 미처 안으로 들어서기도 전에 점원은 자기가 할 말을 다하고 읍을 하며 서 있었다.

'뭐 이런 놈이 다 있어?'

점원이 하는 말 중에서 소문이 알아들은 말은 그저 술과 음식이 있다는 말뿐이었다. 소문은 그런 점원을 무시하고 주루 안을 천천히 둘러보았다. 하지만 점원은 그런 소문을 가만두지 않았다.

"헤헤, 일 층과 이 층은 손님들이 다 차서 자리가 없습니다. 삼 층의 방으로 드시지요. 요 며칠은 삼 층에서도 술 손님을 받고 있습니다."

아닌 게 아니라 점원의 말대로 일, 이 층엔 자리가 다 차서 앉을 자리가 없었다. 소문은 결국 삼 층의 방으로 올라가게 되었다. 방 안은 아래의 술좌석과는 다르게 제법 잘 꾸며져 있었다. 방 한 켠에는 침상이 놓여 있었고 중앙에는 원형으로 된 탁자가 놓여 있었는데 나무의 뿌리를 잘라 만들었는지 그 모양이 멋들어졌다. 소문이 자리를 잡고 의자에 앉자 점원은 허리를 굽히고 실실 웃으면서 소문에게 다가왔다. 그 모양이 주문을 받기 위함임은 소문도 알 수 있었다.

"술하고 간단한 안주!"

소문은 간단명료하게 말했지만 점원은 그게 성이 안 찬 모양이었다.

"술은 어떤 걸로 갖다 드릴까요? 아까 말씀드렸다시피 그 종류가 너무 많아서… 헤헤, 그리고 안주 또한 하나를 꼭 찍어서 올리기엔 너무 뛰어난 것들만 있어서……."

'빌어먹을 놈! 내가 아는 게 있어야 시키든지 할 것 아냐?

"흠, 여기서 가장 유명한 게 아닌 것으로."

"예?"

"험험. 여기서 가장 잘하는 걸로 가져오라는 말일세."

"아, 예, 그럼 잠시만 기다리시면 금방 갖다 올리겠습니다."

점원은 재빠른 동작으로 방 안에서 사라지더니 일 각이 지나지 않아서 쟁반 가득 술과 안주를 들고 다시 나타났다.

"헤헤, 이게 저희 만인루에서 자랑하는 죽엽청(竹葉靑)입니다. 보통 주루에도 죽엽청을 팔고는 있지만 진정한 죽엽청은 그 숙성 기간이 10년을 넘어선 것으로 그런 술은 노란 빛깔에 은은한 대나무 향이 납지요. 하나 그런 죽엽청을 파는 곳은 만인루가 거의 유일하다 할 수 있습니다. 그리고 안주는 뭐니 뭐니 해도 북경 요리의 자랑 오리 고기입죠. 다른 어떤 안주보다 죽엽청과 잘 어울리는 요리가 바로 요 오리라는 것은 천하가 다 알고 있습니다. 북경에 오셨으면 다른 것은 몰라도 저희 만인루에서 죽엽청과 오리 안주를 먹어야 비로소 북경에 다녀갔다는 말을 할 수 있을 정도로 이곳에서는 유명합니다."

점원은 일사천리로 술과 안주에 대해서 소개를 하더니 중앙에 있는 탁자에 가지고 온 술과 안주를 내려놓았다. 그리고는 소문을 향해 말을 했다.

"더 시키실 것 있음 언제든지 불러주십시오. 그럼."

점원은 인사를 하더니 방 밖으로 나가려고 했다. 그런 점원을 소문은 황급히 불러 세웠다.

"저기, 옷이……."

소문이 자신의 옷을 보며 말을 하자, 점원은 재빨리 말을 받았다.

"예. 옷은 요 앞에 포목점(布木店)에서 구입하시면 됩니다요. 아님 제가 사다 드릴까요?"

소문은 고개를 끄덕이고는 금화 두 냥을 주었다. 그러자 점원은 깜짝 놀라 고개를 저었다.

"아이고, 뭔 놈의 돈을 이리 많이 주십니까? 이 돈이면 주루 안의 사람들 모두에게 옷 한 벌씩 사서 입힐 수 있을 정도입니다."

"나머지는 자네가… 고마워서……."

"가, 감사합니다. 나리! 감사합니다. 제가 후딱 가서 근사한 옷을 사다 드립죠. 정말 감사합니다, 나리!!"

점원은 코가 땅에 닿을 정도로 인사를 하더니 소문이 혹시라도 마음을 바꿀까 싶어 부리나케 달려나갔다. 점원은 지금 너무 기뻐 정신을 차릴 수가 없었다. 자신이 죽어라 일해야 한 달에 겨우 은자 닷 냥을 벌 뿐인데 은도 아니고 금화 두 냥이면… 일 년은 놀고 먹어도 될 거금이었다. 점원이 저리 기뻐하는 것도 당연했다.

소문이 어제 퍼먹은 술의 여파로 들여온 죽엽청은 잠시 뒤로 미루고 안주로 나온 통통한 오리를 한참 뼈다귀로 만들어가고 있는데, 예의 그 점원이 방 안으로 들어왔다. 점원의 손에는 백색의 무복(武服) 한 벌과 흑색의 장삼(長衫)이 각각 들려 있었다.

"포목점에 있는 옷들 중 최고급으로 만들어진 옷입니다. 백색 무복과 흑색 장삼의 조화는 분위기가 있어 요즘 많은 무사님들이 그리 입는다 들었습니다. 점원은 소문이 바닥에 내려놓은 활을 슬며시 보면서 말을 했다. 소문은 그저 고개를 끄덕일 뿐이었다. 점원은 소문의 옆에 서서 얼마든지 일을 더 시켜 달라는 듯 서 있었다. 소문은 그런 점원에게 자신에게 꼭 필요한 몇 가지 정보를 알아내고자 하였다. 우선 말하기 전에 심호흡을 했다. 그리고 자신의 말이 제대로 전달되기를 바라며 말을 하기 시작했다.

"흠, 저기 사천(四川)……."

"예, 사천 요리도 이곳에서는 취급을 합니다만……."

"그게 아니고 사천에……."

"아, 사천에서 오셨다고요. 어쩐지 첨에 무사님의 의복이며 모습이 조금 남루하여 먼 곳에서 오신 줄 알았습니다."

"……."

점원은 말을 하다 말고 소문의 눈초리가 차츰 매서워지는 것을 보고 이게 아니다 싶어 조용히 입을 다물고 소문의 말이 끝나기를 기다렸다.

　"사천에 자려면, 아니, 가려면 어찌 가야 하는지?"

　"아! 사천 말씀이시군요. 한데 혹시 나리께서는 중원 분이 아니신가요?

　"그렇네."

　"흠, 중원 분이 아니시면 지리도 잘 모르실 거고, 더구나 말이 잘 통하지도 않는 듯하니……."

　점원은 상당히 곤란하다는 듯이 소문을 쳐다보았다. 소문 또한 그 점을 잘 알고 있었기에 답답할 뿐이었다. 그때 갑자기 점원의 얼굴에 생기가 돌더니 소문에게 대뜸 질문을 했다.

　"저기, 나리! 혹시 무공을 익히셨는지요?"

　"약간의 실력은 지니고 있네."

　소문은 점원의 뜬금 없는 소리에 영문을 몰랐지만 일단 대답을 했다. 그러자 점원은 환한 얼굴로 소문에게 말을 했다.

　"그렇다면 다행입니다. 나리께서 무공을 지니셨다니 하나의 방법이 떠오르는군요."

　"그게 무엇인가?"

　"예. 알다시피 사천이란 곳은 길도 멀거니와 그 길이 험하기로 유명한 곳입니다. 나리처럼 초행(初行)이시라면 더욱더 가기 힘든 곳이 사천입지요. 하나 아무리 먼 곳이라도 이웃 마을처럼 드나드는 사람들이 있습니다."

　"아니, 그런 사람들이 없단 말인가? 그게 누구인가?"

소문이 반가운 마음에 반문을 하자 점원은 쓴웃음을 지었다.

"그런 사람들이 있! 지! 요! 흔히들 말하길 그런 사람들이 모인 집단을 표국(鏢局)이라 하지요."

"표국? 아! 표국……."

소문은 표국이란 말을 지난 여행 중에 우연히 들어 알고 있었다. 운송을 전문으로 하는 무림인들의 영리를 목적으로 한 조직이라고 했던가? 소문은 자신도 표국을 안다는 것을 자랑이나 하듯 말을 길게 끌고는 고개를 끄덕였다.

"예. 그 표국에 있는 사람들이야말로 아무리 멀고 험한 곳이라도 중원 방방곡곡(坊坊曲曲)을 안 가는 곳이 없죠."

"그래서?"

"아! 그러니까 표사(鏢士)가 되면 자연스럽게 사천까지 갈 수 있다 이거죠."

"흠……."

딴은 그러했다. 하지만 표사는 아무나 시켜주나? 소문이 알기에 표사는 무공 실력도 뛰어나고 또 무공이 뛰어나더라도 웬만큼 신분이 확실하지 않으면 고용하지 않는 것으로 알고 있었다. 하지만 계속되는 점원의 말은 소문의 이런 걱정을 없애주었다.

"요즘엔 장사가 잘 되는지 중원 이곳저곳으로 많은 물건들이 옮겨진다고 하는데 그래서 그 물건을 운송해 줄 표국도 많이 생겼습니다. 그러니 당연히 표사가 부족할 수밖에요. 그래서 한동안 이곳저곳에서 표사를 뽑는다고 난리도 아니었습니다. 지금은 거의 모든 표국에서 표사를 뽑는 것이 끝났고 천리표국(千里鏢局) 단 한 곳만이 남았다고 들었습니다. 저기 일, 이 층에 모여 있는 사람들이 다 표사

가 되려고 모인 사람입니다. 어떻습니까? 손님도 표사에 한번 도전
해 보시지요? 된다고만 하면 사천까지 가시는 길이 한결 쉬워질 겁
니다."

"흠, 표사라……."

『궁귀검신』 2권으로 이어집니다

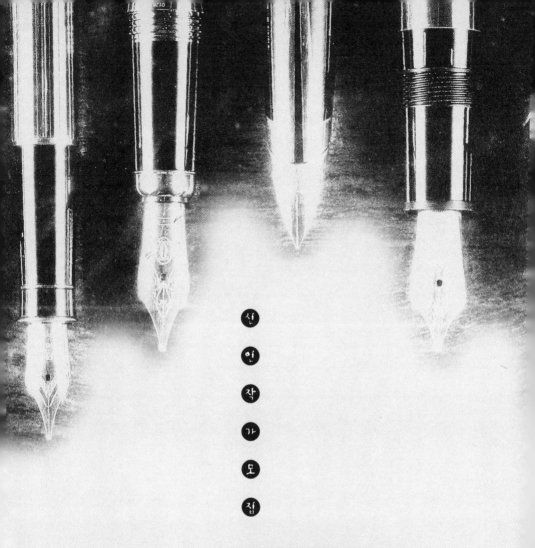

신
인
작
가
모
집

시작이 반이라고 했습니다.
작가의 길에 대한 보이지 않는 벽을 과감히 깨뜨리십시오!
청어람은 작가 지망생 여러분들의
멋진 방향타가 되어드리겠습니다.

저희 도서출판 청어람에서는
소설 신인 작가분들을 모집합니다.
판타지와 무협을 사랑하시는 분들의 많은 참여를 바랍니다.
소정의 원고(A4용지 150매)를 메일이나 우편으로 보내주시면
검토 후 출판 여부를 알려드리겠습니다.

주소:경기도 부천시 원미구 심곡1동 350-1 남성B/D 3F 우편번호420-011
TEL:032-656-4452 · **FAX**:032-656-4453
http://www.chungeoram.com
e-mail:chungeoram@chungeoram.com